金魅
歌者
玲瓏嬌婉，
一塵不染
學生會書記，
擔當樂團主唱
林投
鬼魅
怨魂如祟，
心願演蛻
祆教師一員，
被封惡鬼稱號

妖怪鳴歌錄
FORMOSA
唱遊曲
增訂新版
小說 何敬堯
音樂 邱盛揚
蝦島
禁謠令

第四章 禁忌的鬼湖 207
1—美夢 209
2—失蹤 215
3—湖畔 223
4—競歌 232
5—真相 240
6—地牛 249
間奏曲 打工交易 256

第五章 迷宮城 263
1—斷牆 266
2—禁錮 272
3—復仇 277
4—撤退 283
5—終戰 289
6—毀滅 292

附錄一
妖鬼奏音，諦聽魔幻——小說家與音樂家的對談錄 301
附錄二
小說歌曲樂譜 315

楔子

婆娑之洋，華麗之島，名為「鯤島」。

海島地亙數百多里，形如碩大靈魚，潛泳黑潮，眾嶼拱繞，浮現於驚濤駭浪之上。山海之間，靈氣繁衍，分生「人界」與「靈界」迥然相異之所。

魑魅魍魎，山妖水怪，成就悠悠靈界。所謂「妖怪」，即是「妖精、鬼魅、神怪」之略稱。

華麗之島，龍鯤之骸，人族妖怪，共榮同在。千百年以來，鯤島之不思議風情，傳唱於無數歌謠之中，在人界與靈界之間流傳不歇。

天地運行，山海秩序，皆需千萬靈氣運轉其中，維持平衡。激發靈氣之靈術妙法，諸如靈符、咒歌，皆於兩界流傳。靈界中，修習靈術之聖地，尤以「祅學館」[註]久負盛名。

祅學館，坐落於西瀛群島之鬼市，乃靈界著名法術學院。武神「祅羅」於寂滅前夕，創建此館。往後數百年，祅學館成為研靈習術之盛大場所，眾妖絡繹不絕。

同時，人界鯤島，物事遞嬗，政權幾經改換——此刻，正逢興國當世。

註：祅，怪異反常的事物或現象。音、義皆同「妖」。

前奏曲：悲鳴

時值盛夏午後，鯤島南部的府城燥氣蒸騰，猶如悶燒在一座巨大的蒸籠內，大街小巷的柏油路面都往上吐著氤氳熱氣，浮盪著霧光。

街角拂來的一陣陣炎風，不知道從何時開始，總會蘊藏著一股莫名的焦味，怪異難聞。若想要踏足去尋找焦味的源頭，卻只是徒勞無功，枉然迷失在曲折蜿蜒的巷弄之間。

火傘高張，正是炎天暑月。

但府城的人們絲毫不以熱潮為苦，老街上的攤販在酷熱中仍盡力吆喝。朱紅遮陽棚底下，是一排排販賣蚵嗲、蝦捲與禮品小物的攤車，沿街竄出糖炒栗子的爆香。

晴天之上，還有數艘造型前衛的飛行船低空盤旋。

飛行船除了載運觀光客，在飛船的巨大氣囊下方還設置電能看板，絢麗輝煌的七彩電子線條構築成知名品牌的商徽，不留餘力宣傳廣告。

巷弄之間，男女老少熙來攘往，本來就熱鬧的安平老街遇上周末假日，人潮更加喧囂。彷彿熱能越強，越能激揚起生命的慾望，暑氣越熾，更要以暢快輕鬆的笑語來面對。

毗鄰老街的公園小角落，有一位穿著黑衣戴墨鏡的街頭女藝人正在演唱。不過歌詞一再反覆，字句極為單調，歌喉也很沙啞低沉。

歌者雖努力賣唱，卻鮮少有人駐足。路人經過時，總神色緊張，彷彿在躲避什麼危險般遠離歌者，更遑論投錢支持。

「大白天敢在街頭公開演唱，不知道是大膽，還是不識相？」

在果汁攤前，看起來是熟客的中年婦人皺著眉，斜望廣場上的歌者，朝果汁攤窗口後方的老闆搭話。

老闆一邊熟練地將事先剖好的西瓜果肉丟進果汁機，一邊無可奈何搖頭：「她都在這老街唱了幾十年，也沒什麼專才，不得不拋頭露面賺個小錢。反正城警隊只要一來，她也會趕緊收拾離開，免得被盤查。要是被乘機刁難揩油，她一天的收入也就沒了。唉唉，如今這個世道，實在改變得難以想像，就算心血來潮想唱首歌，還得要找個隱祕地方偷偷摸摸，真累人。」

「老闆你這樣講，只會讓這些無視法律的人更加囂張。自從禁謠令頒布，應該有些自知之明吧。」

「畢竟盲人討生活難嘛，況且……她唱的歌詞也沒觸犯到什麼，不是什麼危險的禁歌。」

婦人搖搖頭，向老闆反駁：「就算不會被城警隊開單，但她唱得實在有夠難聽，實在讓人逛街掃興。真希望城警隊的人可以多來這裡管一管市容。」

「不過看起來，她也不像法師那類身分，應該不是城警隊首要取締的對象。」

婦人聽聞老闆回話，似乎興致一來，滔滔說道：「對呀，講到那些法師、道士，就讓我生氣。以前這條街，擺著攤子唱謠誦經的道士就像蒼蠅一樣。如今那些蒼蠅都沒了，不三不四的風水館、收驚鋪都被查封，這條街看起來總算順眼多了。真多虧禁令約束，只用簡單的法條，就一舉推翻這些陋習，真是厲害。畢竟，這些怪力亂神實在有礙觀瞻。像是這幾年，島上地震這麼多，天災這麼多，就是因為太多人為非作歹，惹得天怒人怨……」

話還沒說完，一陣高亢笛聲沿著攤車後方的陰黯小巷悠悠傳來。聲音的源頭，是一位穿著紅色斗篷的矮個子手中的短笛，斗篷帽之下的臉龐閃露狡黠的精光。

怪異的紅斗篷矮個子身後，還跟著一位身材高大魁梧的男子，一件黑色披風罩著全身，甚至連五官也隱藏在披風寬大的帽簷陰影裡。

他們正沿著巷弄的洗石子牆面，緩步踅往老街的主道路。

「這麼熱的天氣，還穿斗篷，真奇怪……」多嘴的婦人不禁咋舌，抿抿嘴唇：「真的是壞年頭，多瘋人。」

「就算再奇怪，也不會比太子街的事情還怪。」老闆接著說話。

婦人不禁一問：「太子街有什麼事？」

「那條街……鬧鬼。」

「太子街鬧鬼？我還真不知道。那條太子街的盡頭，不就是刑監所嗎？」

「沒錯，就是那條街。」

婦人好奇心一起，正要詢問，卻又吞了吞口水，說道：「你又不是不知道，皇族大人要禁歌謠，其實是要禁這些落後的迷信，世上哪有什麼鬼？」

老闆聳聳肩，一副無所謂的模樣：「呵呵，沒關係啦，反正就是茶餘飯後隨便八卦一下。」

「既然如此……那條街怎麼啦？」

「我之前聽市場的賣魚阿婆講，她有天傍晚趕小路回家，所以才往太子街走去。夕陽快要下山的時候，路邊突然傳來一陣哭聲。賣魚的阿婆轉頭一瞧，結果路旁一排排的榕樹什麼人都沒有，她一陣冷寒，趕緊跑起來。可是，沒想到哭泣聲還是如影隨形，她嚇得起雞皮疙瘩。這鬼哭聲，好像不只阿婆聽過，市場裡其他小販也在八卦。」

「這麼玄？」

「所以囉，昨日我就好奇，往太子街去散步，豎起耳朵，結果也沒什麼動靜，鬼哭聲果然是亂講。但是沒有想到，我正要返回走的時候……」

「怎麼了，你聽到哭聲？」

賣果汁的老闆這時停下了裝西瓜汁的動作，抬眼向婦人說：「不，我沒聽到哭聲。但，我看到刑監所的那片圍牆上，好像有一道黑色影子，好像……有人想要爬出來。」

「真是鬼？」

「搞不好真是鬼呦，哈哈。」

「是怨魂？還是妖怪？」

「大姐別說笑啦，妳剛才不是說，這些怪力亂神都是迷信？之後我看來看去，再也沒瞧到黑影，果然只是我眼花，哪來什麼鬼影？有趣講講而已啦。」

婦人登時呵呵大笑：「確實是呀！這世上哪有什麼鬼什麼妖怪，都是騙小孩的故事。」

「不過，會有鬼哭聲的傳聞也有道理。畢竟……圍牆裡面，就是牢房。先前那些違禁的人，不是都聽說——」

果汁攤的老闆還沒說完，原本神情戲謔的婦人頓時愕然，舉起右手的食指在嘴唇上比畫，彷彿觸犯了什麼禁忌：「噓……小聲一點，皇族大人的事，怎輪到我們這些小人物去評論？」

「不過，那些違禁者，好像下場很慘烈。聽說那座監牢內，都用老虎凳……」

「喂喂，頭家，你別亂講話，畢竟他們都是叛亂組織，罪有應得。你這樣亂說，若是被城警隊的人聽見……」

「鬼就會～出現喔！嗶～嗶!!!」婦人還未說完，一道尖銳的聲音從後方悚然響起。頓時，婦人與果汁攤老闆嚇得三魂六魄都要飛走。

婦人轉身一看，才發現原來是那位穿紅斗篷的矮個子在嚇人，還拿著短笛胡亂吹奏。

婦人生氣地說：「你這尖嘴猴腮，賊頭賊腦在喊啥？」

「欸，這位大姐，我才說您沒禮貌呢！您又沒看過鬼，怎麼斷定鬼不存在呢？要是啥鬼啥妖怪聽到了，可是會生氣的喔！」

「我這樣講哪有錯？本來這世上就沒鬼，如果存在的話，怎麼不出現在我面前？」

「哎呦呦，真是好大牌啊，好大的架子，還得要跑到您面前，跟您好聲好氣說一句：『在下是鬼，在下是如假包換的妖怪。』您才會相信，原來如此。」

「喂，你是誰呀？真沒禮貌。」

「哎呦呦，您總算問到我是誰了，我呀～就是您說的……」

眼神輕佻的矮個子，瞬間一身紅斗篷慢慢像氣球般鼓起，巨大的手掌露出斗篷外，粗糙黑毛遍布手背。

矮個子雙眼如炬，往上睨瞪著婦人，對方被這突如其來的炯炯瞪視嚇得退後一步，腳沒踩好竟然跌倒在地。

「燈猴，肅靜。」另一名黑衣人忽地開口。

「我只是……有些忍不住，那大嬸實在……」

「安靜。」

「是的，謹遵神諭。」

只見紅斗篷的矮個子再度縮起身子，趕緊向身後的黑衣人連連鞠躬。一旁的婦人瞠目結舌，呆望對方。

「喂喂，你們想這樣就走？太囂張了吧！」

婦人眼見他們要舉步離開，回過神來，又是一連串飆罵。

「都沒有王法啦？造反啦！你這野蠻人推我跌倒，沒付賠償費就想走？信不信我叫城警隊來處理！」

紅斗篷的矮個子肩膀不停顫抖，似乎忍耐到了極限，即將又要轉身。

此時此刻，卻見路上的人潮劇烈推擠，往兩旁躁動散開。

還不清楚狀況的當下，乍然一位朱色道士服裝的大叔匆匆忙忙，從人群中奔跑而出，還不停咳著血花。

大叔身後的人群不明所以，紛紛往兩旁散去，因推擠發出噪聲。

不久之後，老街中央便已騰挪出偌大的空間，炎熱的空氣中傳來一陣陣皮靴踩地的腳步聲，步履整齊劃一。人群的躁動也隨著這陣腳步聲而緩緩安靜下來。

一群墨綠色制服的兵警列隊排開，臉覆詭彩面具，頭戴皓白鐵盔，在那名大叔面前頓時停步。

「哈，你看，城警隊的人還真的來了，看你還敢不敢——」

原本態度跋扈蠻橫的婦人，臉色瞬間大變，因為她發現這群兵警並非城警隊的成員。定睛一瞧，每位兵警的胸口都佩戴一枚菱形的水晶胸徽，徽上盤旋著一尾呈現S形的金龍，龍嘴尖牙還銜著一顆銀白色的龍珠。

金龍銀珠，赤天翱翔，此乃輿國皇警隊獨有之徽章。

婦人眼見前方駐足的兵警，竟然是來自皇警隊的人員，連忙爬起身來，往果汁攤側邊低頭躲去，一句話也不敢說。

「我還沒輸！」

紅衣道者大聲嘶吼，有一道血淋淋的傷口從他的左眼往臉頰劃下，鮮血淋漓，渾身是傷。儘管傷重，他右眼仍閃露兇猛亮光，彷彿一隻被追擊的野獸，虎視前方。

「為了你好，我實在不想再跟你對敵，傷人非我所願。乖乖束手就擒，否則刑期會更加重。」聲音從隊伍的中央傳出，一位看似首領的軍警緩緩現身，一身銀白制服，雙手負於身後。這名中年男子，滿臉虯髯，威嚴赫赫。

「什麼刑期？你們這群瘋子，憑什麼定我罪？」

「你知道我是身不由己，畢竟命令下來就是命令，看在我們多年的老友交情上……」

「呸！我就算浸鹽灌水銀，也不屑做你朋友！你為了當皇警隊的副隊長，出賣多少東西？」

大叔一邊啐口咒罵，一邊往老街旁的公園廣場退步而去，方才在廣場邊的街頭歌人早已不見蹤影。

「看來，事情真是難辦，我還是不想對你動武……」嘆了一口氣，一臉黑鬍的軍警轉身走向人群，儘管臉龐看似野蠻粗俗，卻是彬彬有禮向人群鞠躬，滿懷歉意：「抱歉，打擾眾人，因為皇警隊正在抓拿違反禁令的凶惡匪徒，方才意外打翻一些貨架，皇警隊將全額賠償。」

「囉嗦什麼？喝！」

只見紅衣道者一聲大喊，口中唸唸有詞，彷佛在唱頌奇異的經文，音韻詭異莫測。同時，右手劍指則在一張黃色符紙謄畫奇異的圖形，儘管指尖沒有墨水，卻在黃符上浮現螢藍色的咒畫。

「散！」

黃色符紙飛散空中，竟散裂成無數紙屑，每張碎片都發出藍色的光點，光芒越聚越亮，匯集成一片藍色的龐大水霧，在空中環繞，逐漸旋轉成猛烈水瀑。

隨即，藍色水瀑化身成一尾凶狠恐怖的水龍，不停盤旋上空。

他再度高舉右手，目眦欲裂，依然高聲誦吟怪異咒歌，手掌往皇警隊的方向畫去，藍色暴洪便往前方傾洩而出。在水龍衝擊之下，轟隆隆的水聲威勢駭人。

「電光盾，前排就位。」

黑鬍軍警不慌不忙，一聲令下，前排的綠衣隊員踏前一步，隨即從側邊腰帶取下一件附有手柄的長方形金屬鋼牌，按下手柄上方的按鈕，隨即電子能量充滿，一面圓形的電能網就從鋼牌中央環射而出。經過加壓，高溫的電離子頓時形成堅不可摧的防護盾牌。

衝擊力十足的藍色水龍遭遇一排電光盾的包圍，瞬間高溫蒸騰，化為滋滋作響的水蒸氣，一眨眼白霧瀰漫，看不清眼前。

紅衣道士不甘落於頹勢，連忙又從袍袋中取出數枚符紙，劍指點畫，口誦祕謠，散出源源不絕的水瀑。

「哈哈，你們擋得住我的威力嗎？」

「前排，維持隊形！」

就算是手持電光盾的兵警，也無法以肉身阻擋水壓，人牆倏然出現了一個缺口。道士眼見機不可失，再用黃符化出一道水龍，往兵警被沖散的空隙擊發過去，瞄準那位指揮警隊的黑鬍軍警。

「真大膽！」

一道熊熊火舌從中劈開水龍，在周圍一片白茫茫的霧氣之中，身披紅色斗篷的矮個子怒然而立。

「誰啊？又是皇警隊走狗？」道士瞪大右眼，想看清濛濛水霧中的身影。

「皇警隊？嘿嘿，那算啥！你竟然用水龍符濺濕了神座大人的披風，才是不可原諒。」

「別礙事！」

道士聽不懂對方在說什麼，心一急，又捏著數枚符紙往前擊去，化為一道道水瀑。矮個子當即火冒三丈，雙手伸舉胸前憑空畫圓，頃刻間焚焚火焰便從他烏黑的手中團團捲出，劈啪作響。

水龍符不敵對手的威力，瞬間燒成灰燼，被火焰威壓的道士，不得不退後數步。被逼退的道士前方，紅斗篷在烈風中飄然浮起，顯露出斗篷下的怪物身形——渾身黑色長毛，齜牙裂嘴，眼露凶光的可怖怪猴，正得意地嘿嘿奸笑。

「原來是隻妖！」道士大驚。

「到現在才曉得啊，人類果然都很笨。」

「竟然不需要詠唱咒語就能催動靈力，看來有些道行。」

「靈術博大精深，哪是你這區區人類懂得？」

「我沒空陪你遊戲，不知好歹的小妖，快滾！」

道士不明就裡，飆罵數聲，再度手持符咒往前猛攻。

白霧濛濛，鬥聲不絕。

在白霧之外的黑鬍軍警霎時間也不明狀況，無法知悉迷濛水霧中發生何事，只得揮手點頭，示意兵警往左右包抄圍住，並暫時停步。

轉眼之間，白霧內再無聲響，黑鬍子的軍警害怕凶匪逃離，即刻下令兵警往白霧中央進發。

沒想到霧氣緩緩散去，廣場中央躺臥著渾身是血、傷口焦黑見骨的道士，不停地咳血。

「快抓！」

黑鬍軍警一聲令下，綠衣兵警即刻拿出電鐐銬，將紅衣道袍的大叔牢牢銬住，確保他無法逃脫。但事實上，就算沒有電鐐銬的拘束，道士也因嚴重創傷而動彈不得。

「我不屈服！公理何在？」

「嫌疑犯被控A級傷害罪，密謀殺害六人，包含一名皇族人士、五名皇警隊成員，持有危險殺傷性物品，並且在拘捕過程一再違反音輔法第二條例，所以在此逮捕嫌疑犯。」將道士壓制在地的兵警，冷靜地向被銬住的道士說明他的處境。

道士儘管傷痕累累無法動彈，但也不甘示弱，仍然詈罵不歇，嘴角不斷涎吐著白沫。

虯髯黑鬍的軍警注視著倒臥在地的道者，忍不住嘆了一口氣：「這世道，你還祈求公理嗎？放心吧，我會善待你們……」黑鬍軍警整理好心情，再度轉身向老街上驚恐的民眾致歉，並且指揮手下收拾善後。

老街上的人們雖然表情不安，但也隨即穩定心神，三三兩兩離開現場。躲在果汁攤後方的中年婦人，不知道什麼時候已經消失蹤影。

「副隊長，嫌疑犯確認捕獲。」

「將犯人押上囚車，嚴防他再次逃跑。」

「遵命！」

兩名戴著面具的綠衣兵警隨即聽從副隊長指令，架著道士的雙手，將他搬往附近的囚車。

這時，態度總是強硬的道者，竟然淚眼涔涔，嗚嗚咽咽，低哭起來。

原本熱浪席捲的午後天空，不知道何時開始，便緩慢湧聚著烏黑的雲朵。不遠處傳來陣陣低沉的悶雷，盤旋藍天的巨型觀光飛船早已駛離。

即將落雨的天氣，讓老街上的人們慌張起來，果汁攤老闆匆促收拾起攤車旁的水果箱，洋樓欄杆旁的禮品攤販趕緊在貨架鋪上一層塑膠布，防止雨水濺濕。男女遊客也提起步伐，往騎樓底下避雨。

人潮逐漸散離的老街廣場，方才的騷動一點痕跡也沒留下，只有人行道上的榕樹無言佇立，一根根黑色的氣根從樹頂懸空而下，在水氣漸湧的空氣中悠悠飄盪。

「嘿嘿，真是爽快多了。」黑毛怪猴吐吐舌頭，一臉舒坦暢快的模樣。

老街僻靜的角落，一高一矮奇異身影依舊往前方踱步走去。

「敢冒犯神座大人，就是這種教訓。」

「燈猴。」

「是的，神座大人，有什麼吩咐？」

黑衣男子緩緩問道：「皇警隊，是何物？」

聽聞黑衣男子的問題，名喚燈猴的妖怪畢恭畢敬回答：「稟告神座，這是興國的特殊軍事機構。他們平常除了負責島上治安，也是皇族直接統轄的軍事單位。」

「何謂興國？」

「神座大人有所不知，現今已經是興國的世代。我算一算……神座大人進入沉眠期的這二十年，人界有了一些變化。遠在海洋另一端的興化族率領千萬軍隊，搭配先進的電曜科學武備，渡海前來鯤島，順利擊潰了火國的士兵，在十五年前成為島上的正統。那時，興化族人立名興國，統治鯤島。」

「何謂皇族？」

「興化族內的軍事將領們，是鯤島實質的統治者，當然就自命皇族，算是島上的貴族吧！」

「火國向來軍力強大，竟會被擊敗。」黑衣男子聽聞燈猴描述，一向肅穆的臉龐露出些許訝異。

「興化族能贏，還不是依靠電曜能量的武裝？像是剛才那群笨人類手中武器，就是用電曜晶能來驅動。關於電曜晶能，該怎麼說呢……嗯～電曜科學似乎是一種特殊的科學技術，可以高效率利用電子能，發揮強大的能量，大概是這樣吧！詳細狀況我也不太了解。我只知道，像是飛在天空的飛船還是街上跑的車輛，這些人類搞出來的小玩具，都是利用電曜能量來驅動。就我看嘛，其實也沒啥厲害，咱們靈界使用的靈力還更勝一籌！總之，與國的皇族，就是依靠電曜的科技武器，才能擊敗火國。」

黑衣男子回復嚴肅表情：「不管哪個時代，人族還是一樣自大。胡妄稱皇，可笑。」

「嘿嘿嘿，是的是的，人類真是好玩，真滑稽。」

「儘管如此，低下種族還是為毗舍邪貢獻契機。」

燈猴連連奸笑，點頭答道：「正如神座大人所言。我等尋覓已久，毫無毗舍邪之線索，就算神座大人在沉眠期前，曾與我潛入祆學館搜覓線索，仍一無所獲。幸好興化族統一全島後，不只進行鎖國政策，還頒布禁謠令，全力壓制妖怪鬼神的存在，咒謠靈歌幾乎絕跡。這個禁令，嘿嘿嘿，真妙！人族不知頌歌唱謠，其實隱含靈術原理，在謠曲流傳的過程中，能使天地緩緩匯聚靈氣，流通陰陽。這十多年來，藉由禁謠令的嚴格禁制，鯤島靈氣已劇烈流失，陰陽失衡，終於造就山海變異，讓鯤島的龍穴地脈劇烈震盪，幾近崩塌。因此，我才能藉由破損的地脈循線追蹤，順利測得穴位，得知關鍵所在。」

「辛苦汝等。」

「為您效勞，是我的榮幸。」

「接下來，只需要得知封印將在何時最為衰弱。」

「是的！燈猴會盡力尋覓封印的線索。」

此刻，他們也行至老街盡頭的大門口。

這座大門是熱蘭遮古堡觀光勝地的出入口，因為已經是休館時刻，暗紅色鐵條大門已然關閉。只見燈猴伸手，掌心噴吐出一抹赤紅烈焰，便將鐵條門熔燒出一個巨大缺口。

兩者魚貫而入，直往古堡內的古代斷牆。

數百年的光陰，經歷過無數次戰火洗禮的紅磚斷牆，鏤刻著風雨的痕跡。翠綠藤草蔓延磚牆，在灰雲欲雨的天氣下，顯露出幽深靜謐的氛圍。

在紅磚斷牆的正中央，有一處明顯的凹陷痕跡，面積廣大，乍看之下竟然像是一隻大魚的輪廓。

只見魁梧的黑衣男子從披風中伸出右手，墨黑色手套散發出皓白色的條紋光芒，與大魚輪廓互相感應。

「龍鰲，快出來迎接，神座大人終於回歸啦！」

一旁的燈猴急躁地吱吱呼喊，轉瞬之間，牆面的凹陷處倏地浮現晶亮透明的一尾碩大龍魚，爍閃著紫色雙瞳，從紅磚牆憑空游出。

數十丈的龍魚在半空中迴轉一圈，便甩尾泅至黑衣男子的足前，朝對方低首鞠躬。

隨即水晶龍魚往前一游，將黑衣男子與燈猴雙雙包覆進透明的體內。

登時天鳴巨雷，大雨滂沱落下。

水晶龍魚仰天鳴吼，再度迴游一圈，轉身便朝地面俯衝而去。龍魚彷彿直接穿透地表，不留下任何痕跡。

不久之後，現場再度回復平靜。紅磚斷牆恢復了往昔的沉靜，牆上老藤濡濕著滴滴答答的雨水。

老街上的攤販皆耳聞奇異鳴聲，驚心動魄之餘，抬頭四望，卻未見任何落雷。人們心安，以為錯覺。

往後數日，暴風驟雨卻是接連不止，各地風雨如晦。

在豪雨終於停歇的那一夜，倏然地鳴山震，恐怖災禍降臨鯤島。

轟響天地的巨大地震，成為往後人們記憶猶新的一夜噩夢。

劇烈地震，儘管人界災害不大，卻波及異空間，造成靈界地域滿目瘡痍，死傷慘重。

爾後，靈界諸妖，便將這場翻天覆地的災害稱為——大惡災。

興國律法：音樂淨化輔導法

【法規內容】

第一條、總則

查歌謠樂曲流傳已久，通行甚廣，影響社會甚鉅。宜訂立規章，從旁協助，使音樂推行良善風俗，促進社會文明進步。爰經制定音樂淨化輔導法，簡稱「音輔法」。

第二條、禁謠令

古歌謠流傳極廣，觀念卻陳舊迂腐，落後迷信，或提及神妖、咒術、恐怖、淫穢等情節，妖言惑眾，易使人思想誤入歧途，已不合文明時代需要，故禁絕所有古歌謠之流通。在公開場合、私領域皆嚴禁古歌謠唱誦。興國曆元年之前出版之歌本謠冊須沒收、毀壞。意圖散播古歌謠，無論唱誦、出版相關樂譜，營利或非營利，或以其他形式流傳，皆屬叛逆，皇警隊與其轄下單位可調查、逮捕、判刑。

第三條、審歌令

音樂歌謠流通民眾，影響廣泛，不可不慎。此後創作、出版、奏唱歌曲，皆須符合規範，推動新時代文明進步之思想。創作新樂曲，嚴禁神妖、咒術、恐怖、淫穢等字句。全曲演唱之字句，至多兩句、十字以內。任何音樂出版品、公開奏唱，皆須向皇警隊申請審核，違者查禁。舶來樂曲，皆由海關查驗。

*興國曆元年，公布前原條文。

第一章

人界唱遊

腥臊海邊多鬼市，
島夷居處無鄉里；
黑皮年少學採珠，
手把生犀照鹹水。
——施肩吾〈島夷行〉

1. 踏足

婆娑佇立於街道中央，微風吹拂，髮絲在黑色的眼鏡框上兀自飄晃。

他仰頭深呼吸，感受人界城市的氣息。

人界，人族居住之地。

人類聚居之鯤島，乃汪洋海濤中的華麗大島。

鯤島，也是一座名為興國的國度。婆娑在出發前，曾聽杜鵑提及，鯤島現在正是興國曆六十七年。

雖然，這六十多年來興國政府採取鎖國政策，只允許最低限度與島外他國貿易。但因為鯤島資源豐富，技術優秀，在興國政府長年經營之下，島上生產足以自給自足。

興國當世，島上太平興盛，經濟繁榮富庶。

北城，即是島上數一數二的大城市。婆娑站立的位置，即是興國北城的大稻埕街巷。

街巷裡，人聲鼎沸，路人川流不息，過路客都會興致盎然瀏覽左右兩邊的商家。時已薄暮，黃昏的夕陽餘暉沿街灑落，街道上依然有著大量人潮來來往往。

儘管婆娑已經想像過眼前景象，他也曾在一葉贈予他的電腦中，藉由網際網路的連線，從電腦螢幕一窺究竟。但，實際親眼一見，仍讓他備受震撼。

這就是……人界？婆娑暗自驚詫。

在街屋的門面上，紛紛架設著3D立體影像的廣告招牌。以電曜晶能流通的雷射光波，浮空投影，就會立體顯影出模特兒穿搭彩衣走秀，或是宣傳接下來的音樂祭慶典，將會隨著日蝕奇觀舉辦一連串熱鬧活動。

並且，牆上也有介紹當紅樂團的電子看板，以立體全像投影出演奏情景。3D顯影的歌手演奏畫面，也會有音樂一同播放。海報標明「賽克樂團」、「春日樂隊」、「百聲樂團」……等等流行樂團的名稱。其中又以寫著「震天霆樂團」的三人龐克搖滾樂團海報最為寬大，極力宣傳他們將搭著專車，在各地巡迴演出。他們一身黑衫皮褲，奇服異裝，頭髮染成鮮豔的金、藍、紅色，十足視覺系打扮，與其他樂團形象截然不同，極為醒目。

奇異的是，這些立體海報上的歌手，鮮少開口唱歌，偶爾只以吶吼或低吟之類的聲音作為樂曲的人聲演出。唯獨震天霆三位演奏者，獨樹一格唱了好幾句歌詞。在嘈雜的街道上，婆娑依稀聽見歌曲似乎是描述戀愛的甜美酸苦。就算如此，震天霆歌手唱誦歌詞的部分也只占整首歌三分之一而已，其餘部分仍以電子樂器演奏為主。

這種演出，與鬼市習以整首曲調都有歌詞的演唱，簡直大相逕庭。

婆娑不管怎麼聽，總感覺怪異。

舉目望去，大街上鋪設著一條條縱橫交錯的寬闊鋼鐵軌道。散發暗藍色光芒的軌道上，一輛輛稀奇古怪的磁浮車來回穿梭，車體有大有小，都是以電曜能量推動磁能運轉。

最引人注目的，莫過於街角的上百年老廟。觀光客進進出出，煙繞霞海，不過……香爐內，卻是電子香炷投影出的虛擬白霧。這座廟宇的存在，只是為了讓觀光客體驗古早風味、拍照留念而設置。

曩昔作為善男信女膜拜場所，如今已成為小型博物館，門廳內各路神像都以厚重玻璃櫃罩住，一旁有發光的電子字牌詳細解說不同神尊雕像之差別。

婆娑四處走走停停，發覺北城街道，似乎只留下這間古代廟宇做為觀光用途。街道上一排排的巴洛克式建築門面，看起來典雅又古樸，卻是經由地面上的雷射燈光投射，立體投影出古老磚牆。事實上，這些空中立體影像背後的實際建築，都是一棟棟造型新穎的鋼鐵建材房舍，多以銀白色調的外觀為主。

只要跨越特色老街的街區範圍，就會看到北城時下流行的前衛建築，以及結合百貨商城、飯店和車站功能的複合式巨構大樓。鐵銀色高樓直聳入天，上空飄浮五花八門的摩登飛行船。高樓玻璃帷幕還特意鑲上電曜燈光裝置，時近傍晚就閃耀起光彩。

在婆娑的前方，一位少女，跟他同樣展露驚訝。

少女嗅聞著空氣中夾雜的咖啡芬芳、麵線的誘人香氣、小籠包出爐的鮮味，興致盎然。

倏然，少女察覺騎樓角落有一處飾品攤位，擺放著雕工細緻的木製器具。她舉步走向攤前，瀏覽攤架上的木雕小物。

攤架上每一件木雕商品都讓女孩瞪大眼睛，她拿起木雕的梅花鹿杯墊，放在手上把玩，跟婆娑說話：「之前在網路上轉賣木藝品，利潤實在太少了……若我能照樣畫葫蘆……肯定能……賺大錢！哈哈！」

婆娑不禁咋舌：「琥珀，妳又在做發財夢啦。」

「好不容易利用學館假期，終於來到人界的城市，當然要乘機大賺一筆。什麼機會都要把握，大賺特賺，夢想無限～」

少女甩甩頭髮，一臉古靈精怪吐著舌頭。看起來，琥珀完全把這次的社團旅行，當作是一場難得的發財之路。

自從婆娑在祆學館與琥珀認識之後，總聽她說要賺大錢。琥珀央求他出借一葉送他的電腦，甚至請他教導如何經營網拍，讓她能在網路上轉賣精緻小巧的木藝品。雖然鬼市跟人界無法輕易交通，但她能藉由經常往來兩界的杜鵑居中幫忙，慢慢建立自己的小生意，利用網路流通的虛擬貨幣累積起一筆財富。

不過，人界的貨幣，無法在鬼市流通，琥珀這小鬼……究竟想要人界的錢幣做什麼？每次婆娑這樣問她，她總是一副心虛的面容轉移話題。

這時，琥珀似乎看到什麼驚人的東西，忽然注視起攤架旁的一張樂隊海報。她端詳了一會兒，竟然亮出尖銳指爪，往海報憤怒揮抓。

投射立體影像的電子海報，頓時冒出白煙，三名演奏者時隱時現，顯影功能開始故障。琥珀的意外舉動，讓路過的人們紛紛側目。

「琥珀？妳怎麼了？」婆娑驚問。

「沒什麼啦，呵呵。」琥珀傻笑敷衍。

這時，後方闖入一位面貌倜儻的紅瞳男子，揹著一把朱紋月琴，一手捧著紙袋，俯身瞧著冒煙海報上的樂團巡迴資訊，問說：「妳幹嘛攻擊這海報？」

「沒你的事啦。」

「這支樂團竟然有專屬的巡演座車，真是氣派。不過……他們裝扮一點都不像人類，比我們還像妖魔鬼怪呀，哈哈。」

「一點都不好笑。」

「小琥珀，妳今天火氣很大喔～」

「嗄！別叫我小琥珀，蛇郎你這笨蛋！」

琥珀鼓著腮幫子，隨手拿起腰間的黃金銅嗩吶，碗口朝向蛇郎大聲吹奏。蛇郎只得退後數步，捧在手上的一大袋甜餅，竟意外掉出數個。

迅雷不及掩耳，男子身旁竄出一道長形白影，左旋右轉，一一將墜落的甜餅纏繞住。最後，露出兩枚尖牙咬住最後一枚掉落的甜餅。

白影是一尾妖魅長蛇，睜大血眼，盤上蛇郎的手臂，朝琥珀瞪視。

「真是好險。」名喚蛇郎的男子眼神帶笑，調皮地捏起甜餅，「吃一個看看，這是紅豆餡，妳會愛上的喔！」

琥珀滿臉厭煩，一邊揮手一邊躲避著對方。

婆娑見狀，只好上前調解：「好不容易來了北城，你們就稍微休兵吧，不要吵來吵去。」

此時此刻，一名桃腮杏臉的紫衣身影穿過人潮，身揹一把二胡，闖入蛇郎與琥珀的中央，將兩人拉開，柔聲勸和。

琥珀拉著對方的衣袖，滿臉無辜：「菟蘿，救救我！」

菟蘿正氣凜然，插著腰當和事佬。

「朋友之間，要相親相愛嘛！吃個甜餅，降一下火氣。」菟蘿雙目一眨，雙手變魔術般捏出一隻又一隻的藤草人偶。他低吟咒歌，轉瞬間藤草偶憑空浮現瑩綠色咒印，像是有生命般活過來。

隨著菟蘿指令，小巧的藤草偶就在空中跳來躍去，嘿咻嘿咻一邊喊著，一邊依序抱住一個個紅豆餡餅，列隊往琥珀他們的嘴中塞去。

除了目瞪口呆，大夥兒也只能大口咀嚼起甜餅。

琥珀似乎還想反駁，可是沒想到嚐了甜餅滋味，竟驚詫萬分，似乎被美味即刻擄獲。她顧不得形象，狼吞虎嚥起來，甚至還繼續往蛇郎的紙袋中掏抓剩下的甜餅。

歌謠社的社長蛇郎，以及社員琥珀，像是位於天平兩端，向來水火不容。居間的菟蘿則是中央支架，維繫歌謠社的危險平衡。

正當蛇郎跟琥珀的戰火平息，琥珀忽然瞧見攤架上最右側的貨架，擺放著一隻雕刻鯉魚造型的髮簪，模樣逗趣萬分。

琥珀大眼閃亮，端詳髮簪許久，總算心意決定，拉著婆娑的衣袖，小聲詢問：「婆娑，杜鵑姐借放在你這邊的錢包，能不能先給我一下……」

婆娑笑了笑，便將錢包遞給琥珀。

琥珀歡天喜地掏錢付帳，正要拿起髮簪，這時冷不防——攤架前方竟旋起一陣黑霧怪風。

烈風猖狂，暴捲砂塵。

「咦?!」琥珀疑惑之間，黑霧就籠罩住琥珀和攤架範圍。外圍的眾人，都看不清黑霧中的情況。

琥珀勉強睜開雙眼，望見黑霧中一名短髮黑膚的怪客攀爬在騎樓圓柱上。

對方一手抓住柱子，一手拾起貨架上的木雕髮簪，瞇著眼仔細打量。

「嗯嗯，這件不錯，本大爺收下啦！」

「喂！你這小偷！」

黑霧之中，琥珀眼瞧這名怪客就要拿走方才中意的鯉魚髮簪，尖吼一聲就往圓柱躍去。

原先嬌小玲瓏的少女，瞬間元靈化身，幻變成一隻橘毛金眼的凶惡花虎，毛髮蓬張，怒火沖天瞪視對方。

「嘿嘿，原來是隻小虎妖。」

「嗄！快放下髮簪！」

「牙尖嘴利的小姑娘，好可怕，我好害怕喔。」

怪客一臉頑皮，用手指拉扯嘴角模仿琥珀生氣的模樣，更讓琥珀火冒三丈，往前奮力撲抓。

花虎與怪客在攤架周遭不停扭打，撞倒了貨架，架上的木雕小物一下子就散落在地。劇烈打鬥，甚至還波及騎樓裡的其他攤架，一整排貨架都被翻倒，現場一片狼藉，尖叫聲此起彼落，卻無人看清楚黑霧中的狀況。

「嗄！臭傢伙，別跑！」

奇異怪客哈哈大笑起來，甩著屁股後的小尾巴，一陣噗嚕噗嚕聲響，現場再度濃霧瀰漫，嗆得琥珀咳嗽起來，身形頓時化回原先的人類型態。

「可惡……咳……你這個小偷！把我的髮簪還來……咳咳……」

「琥珀，還好嗎？」

現場揚起大風，吹散黑暗的迷霧。定睛一瞧，原來是空中一隻皚白色的大海鷗正奮力振翅。平常浮游於空氣中的透明靈體，經由婆娑特殊的靈力喚醒，就能蛻變為一隻白色靈鷗。

婆娑趕忙扶起咳嗽不停的琥珀。

「婆娑，有小偷……咳……可惡的妖怪……」

「先不要說話，喘口氣。」婆娑拍著琥珀的背，想讓她好過一點。

這時，蛇郎也湊近他們：「雖然剛才一團黑霧看不清楚，但那隻妖怪好像有條尾巴還有長耳朵，大概是妖精之類的魔物吧。婆娑，你怎麼看？」

婆娑摸著下巴，思考了一會兒才說：「雖然……我是第一次來人界，這兒的妖怪肯定跟鬼市很不同，浮游靈、土地靈都有可能。依我看，也許那妖精是狗妖，或者是貓鬼。也就是橫死的貓狗屍體，死後化成的怨靈。總之，我先讓小玉找找那妖精的蹤跡吧。」

話一說完，婆娑就吹起口哨「嗶~嗶~」，七彩靈印就在唇邊浮現。

隨即，飄遊於空中的靈鷗便滑著白霜霜的羽翼，低鳴一聲，盤旋街巷之間。被婆娑喚名小玉的靈鷗，向來是他得力的好助手。

時已夜晚，漆黑的高樓間，明幌幌的純白色大海鳥格外引人注目，大稻埕的路人們都驚訝地拿起手機拍攝。

儘管靈鸚四處巡看，菟蘿也命令藤草偶四處查找，卻都找不到那隻怪異妖精的身影。

「找到你們了！」

一聲厲吼卻又音色柔潤的大喊，從後方傳來，眾妖詫異轉身一瞧，一名女子正氣喘吁吁跑近，滿臉氣憤。

「杜鵑姐！」琥珀不禁驚呼。

菟蘿無辜地說：「杜鵑呀，別生氣，我們只是來逛街……」

「太過分了！我才一轉身，你們就不見蹤影，竟然跑來逛街？而且……你們竟然將攤商的貨品弄亂，如果不小心洩漏你們的身分，該怎麼辦？」

蛇郎呵呵陪笑：「好啦好啦，生氣會長皺紋喔。」

低頭的琥珀淚眼汪汪，沮喪地說：「打翻貨架……明明是剛剛逃走的小偷妖怪造成……」

聽聞眾妖解釋方才情景，杜鵑深深嘆了一口氣，一臉無可奈何。

「好吧，雖然不是你們的錯，但我等一下還是會向那些攤商賠罪。放心啦，我會將事情處置妥善。畢竟你們在人界，我就是你們的監護人。」

「杜鵑姐……妳最好了！」琥珀嗚哇一聲，便往杜鵑飛撲過去，說道：「感謝妳帶我們來北城旅遊。今晚，我們一定會努力演奏！」琥珀擦乾眼淚，再度提起精神。

看到琥珀逗趣的表情，杜鵑也禁不住噗哧笑了出來：「好吧，我們快點回去排練。快快快，祆學館的歌謠社，今晚就要演奏出最棒的音樂！」杜鵑浮誇地大喊大叫，惹得路人頻頻側目。

婆娑望著大夥兒打打鬧鬧，不禁微笑起來。

像是這樣與大家來往，但又保持一定的距離，讓婆娑感覺很自在。
獨立、獨善，是他的選擇。
一直以來，婆娑心頭彷彿壓著沉甸甸的重量，讓他喘不過氣，也讓他無心與鬼市其他妖怪深交。唯有歌謠社的成員，是他比較信賴的夥伴。
處於鬼市，婆娑總覺得自己格格不入。或許如此，他才這麼著迷人界的事物吧？另一個世界，究竟是什麼模樣？每當設想起神祕的人界，他的心頭就會減輕許多壓力。
得償所願終於踏足人界之城，婆娑的心情應當高興。不過，不知何時，他的眼眸卻悄悄掩上一層翳影。
「婆娑，在想什麼？走吧！我們要回旅館囉。」菟蘿一手收起方才用靈力編造出來的藤草偶，草偶再度嘿咻嘿咻爬上菟蘿手腕，解體成草綠環鏈。
菟蘿微笑著揮揮手，示意婆娑趕緊跟上。婆娑一邊跟上大夥兒，內心卻逐漸揚起不知名的恐慌。
究竟在焦慮什麼？婆娑望著前方眾妖，總覺得自己無法輕易開口說出自己的煩憂。他不想打壞同伴們的興致。
第一日的人界遊，就遇上莫名其妙的小偷妖怪攪局，也讓婆娑內心惶惶不安。
儘管如此，他還是抬起步伐，往前邁進。
此刻，婆娑並不知曉，他們在休館月舉辦的這一趟社團旅行，將成為人界災禍之開端。
——眼前繁華城景，將一夕崩塌。

2. 鬼市

婆娑是孤兒。

妖怪的存在，經由天地靈氣聚合而成，妖鬼精靈或有血脈傳承。婆娑曾經模糊記得，身為童妖之時，曾有親緣相伴。但……除此之外，他再也記不得任何細節。

婆娑最早的清晰記憶，是自己獨自在冥漠灘徘徊多日。

——創傷後失憶症。

收養婆娑的祆學館資深教師魔蝠長老，形同他之義父，曾解釋婆娑記憶阻礙的症狀，是因為經歷過創傷。見多識廣的魔蝠長老，說明這是一種人族常見疾病，他很訝異妖族竟然也會罹患。

「記不得也好……」魔蝠長老在冥漠灘上找到婆娑，嘆著氣，拉起尚且年幼的金羽族孤兒的手，帶往鬼市街道。

婆娑不曾明瞭自己的身世。他不知從何而來，也不知往何而去。若不是恰巧被祆學館裡的長老收養，他不知道自己會成為什麼模樣。

之後，魔蝠長老總喜歡鼓勵他：「為何你不想成為祆學士，進入學館研習呢？依你的天資與才智，肯定能有所成就。」

儘管魔蝠長老說破了嘴，撫著胸口呼呼喘氣，差點氣到將嘴上的花白長鬚都拔掉，仍舊無法吸引婆娑的興趣。雖然最後……長老還是偷偷替婆娑辦了入學手續，送婆娑進入學館就讀。

婆娑成為祆學士之後，魔蝠長老就將一冊古老的歌本遞交給他。

婆娑詢問這是什麼，長老只是搖搖頭，告訴婆娑要好好珍藏，從此閉口不談。他暗自猜想，古歌本可能與他遺失的記憶有關。

那冊扉頁泛黃的古歌本，彷彿鎖著一個無法觸及的祕密。

其實，婆娑不覺得進入學館不好，他也在學館裡獲得許多學習樂趣。不過，就算不成為祆學士，他也覺得無所謂。畢竟對他而言，鬼市的生活過一天算一天，得過且過。

但有時……命運會出現奇異的轉折。

一葉跟杜鵑，即是如此的存在。他們兩名人族，為婆娑單調的鬼市生活，帶來了許多新鮮的體驗。

但其實，在遇見他們之前，婆娑就一直很好奇：人族跟妖怪，究竟有什麼差別？

妖怪之生命歷程，與人類相異。妖怪只要從元靈或魂體修練成童妖，就會擁有化身實體人形的能力，之後也有各種階段的不同變化。但不同個體所需的修練時程，長短不同，差異性極大。

魔蝠長老曾說，原本靈界與人界互有往來，兩界相依相存。可惜……日異月殊，時序流轉，靈人兩界逐漸不相往來，尤其是在「大惡災」之後，受創的靈界更加閉起門戶。

「阿爺，人界是什麼？」婆娑側頭不解。

長老聽聞婆娑的問話，瞬間變色。沉吟半晌，驀然反問婆娑，為何會對人界感興趣？

婆娑三緘其口。要是讓長老得知他會到冥漠灘溜達，甚至撿拾人界船骸的遺物，肯定免不了一陣責罵。

——總之，你就在鬼市好好生活，善用才能，成為厲害的大妖怪就好了。不要多想其他，更不要去了解人界，那不是你該做的事。

魔蝠長老總這樣耳提面命，拍著婆娑的肩膀鼓勵他：「只要你能修練成像是武神祆羅那樣的大妖怪，我這把老骨頭也算值得囉。說起祆羅，祂可是創建祆學館的偉大妖怪！因此，學館才以『祆』冠名，吟唱咒謠時的古代語言，我們就以『古祆語』稱呼，都是為了頌揚祂之功績。你在學館之中，也會學習這種古代語言。在古早時代，靈界跟人界相通時，也使用同種語言，雖然我們稱為『古祆語』，不過人界那邊則是稱為『古文語』……」

講著講著，長老察覺自己竟說起人界事物，一陣慌張，趕緊講回祆羅身上：「咳咳……總之，祆羅曾掃蕩四野八荒的作祟邪神。祂戰無不勝，攻無不克，更在數百年前制伏了肆虐人靈兩界的恐怖魔神毗舍邪……」長老侃侃而談，一邊撫摸長至腰身的兩兩串濃密的花白長鬍鬚，神情怡然自得。

長老總會以鬼市的傳奇妖怪「祆羅」作為講古開頭，描述這位驍勇武神如何叱吒風雲，降伏動亂各界的魔怪邪鬼，訓導婆娑要以祂為典範。

講這些古老往事，實在食古不化。長老不願他觸碰人界事物，更讓他反感。

禁忌，一向是變相的鼓勵。長老的制止，反而讓婆娑更加好奇。

結識一葉跟杜鵑，終於讓婆娑一窺人界奧妙。婆娑與他們相遇時，兩人都還只是未滿十歲的孩子。

婆娑是在鬼市外圍的冥漠灘，意外遇見這對被海草纏住的兄妹。貨真價實的兩名人類孩童。

婆娑瞪大眼，打量海草叢中的兩人。他想起長老的告誡，人族會帶來厄運。

就算長老告誡，婆娑還是無法置之不顧。畢竟……他是第一次見到活生生的人族。

婆娑扯掉他們兩人身上的海草，將他們拉到灘礁的大岩石上，施以靈力救助，才讓兩人恢復了生命跡象。

兩人慢慢恢復心跳，紛紛嗆出鹹水，奇蹟生還。
婆娑見狀，反而慌張起來，急忙躲至灘上一處巨大魚骨後方，小心翼翼注視對方動靜。
「咳……噗……」
看似年長的少年率先醒來，兩隻手胡亂往前抓，口中也不斷嚷著：「別怕，小妹……我來救妳！」少年神識不清，眼神迷茫。
觀望了好一陣子，婆娑才從魚骨後方探出頭來，出聲提醒：「你是說……你身旁的人？」
少年轉頭查看身旁，眼見妹妹還活著，終於鬆了一口氣。
「先喘口氣，不要急。她也無事，應該等會兒就會醒來。」
「是你……救了我們？」
「……嗯。」
「謝謝你……我……我名叫一葉。這是我的小妹，杜鵑。」
婆娑遲疑了片刻，才回答自己的名字：「我是……婆娑。」
這是婆娑與一葉、杜鵑，首次見面。
一葉躺在布滿殘骸的沙灘上不停喘息。這座沙灘堆放著許多擱淺破損的人族船隻，並且散落無數的人骨或龐大可怕的魚骨。這是一座諸多骷髏殘屍交疊而成的灘礁。
冥漠灘位處黑潮交會之處，所以經常漂來各種各樣奇妙的物體，其中也包含溺水的人族死屍。
不過……頭一次，婆娑在冥漠灘見識到還未死亡的人類。
不擅長與其他妖怪相處的婆娑，經常來這座偏僻的灘礁散步。因此，藉由這些灘上的屍體，婆娑認得了人類面貌。他也從這些遺體身上夾藏的飾品、筆記，或是船骸木箱中的書頁……等等雜物，得知人界的一些文化與生活狀況。

婆娑有些訝異，這位名喚一葉的少年，儘管身處於遍地屍骨、充滿死亡氣息的灘礁上，卻沒有一絲一毫的恐懼，更沒有被婆娑異樣的妖怪形態所嚇倒。他反而很鎮定，機警地觀察周遭，並確認他妹妹的身體狀況。

人類……究竟是什麼樣的存在？婆娑好奇注視這一位機靈的人類少年。

婆娑在一葉的言談中，總算得知他們兄妹遇難經過。

他們與家人來自於鯤島，結束西瀛群島的旅遊行程之後，正要返回黑水洋東方海上的本島。沒料到一場劇烈暴風雨，讓船艇搖晃不已，杜鵑竟意外墜海。而她的大哥一葉，為了要拉住妹妹，也一同墜落海中。

「婆娑，這裡……到底是什麼地方？」

「這裡是鬼市。」

「鬼市？」

「鬼市是一座妖魔城市，位於西瀛海域。只不過，鬼市底下的巨魔蜃，會吐出蜃氣，讓鬼市隱藏在異空間，凡人難以見到。你們能抵達這裡，真是奇蹟。」

「巨魔蜃……那又是什麼？」

「嗯……在你們的話語裡，你可想像成一個很巨大的貝殼。像是這座灘礁，其實就是最外緣的扇殼。整座鬼市建立在像是小島的蜃殼上。」

「你剛才說到……妖魔？」

「從你們人族的話語來說，就像是妖精、鬼魅、以及神怪的存在。」

婆娑向一葉解釋，所謂的妖精是指天地自然孕生的魔物，鬼魅則是人死後成鬼的魂魅，有時候這些浮游靈會飄來鬼市定居。至於神怪，則是指精靈、神仙之類的存在。

婆娑平常並不多話，可能因初次遇見活生生的人族，不由自主興奮起來。婆娑察覺自己失常，再次升起警惕心，往後退了數步，默默觀察眼前的人類。

一葉總算比較清楚目前處境，東張西望之後，想站起身，卻往前跌了一跤。

婆娑嘆了一口氣。

鬼市有句俗諺，送神送到西，幫鬼幫到底。婆娑無可奈何，只好舉步向前，幫忙揹起杜鵑，另一手扶著一葉，往鬼市的居處走去。

為了隱藏兩人，婆娑一揚手，肩上便滑捲出一襲華美羽衣。婆娑身為鳥妖，卻很厭惡一身豔麗彩羽，所以平常總是刻意隱藏自己的原形。

婆娑張開羽翼，讓他們能躲在蓬張的彩羽底下，避過市街上鬼怪們的眼目。

恰巧這陣子，正是鬼市一年一度的迎神祭，正逢各家魔族的鬼轎遶境賽會，街市一片喧騰。

——正是百妖出陣、萬魔群舞之際。

形如鳳嘴的嗩吶尖聲鳴放，龍皮鼓和炎龜鑼的敲擊節奏足以動盪陰冥。

諸多靈怪遊魂共襄盛舉，氣氛喧鬧歡騰，各式各樣的妖鬼神怪戴著斑斕面具，手環銀鈴玎響，沿街翩翩起舞。

幸好祭典的嘈雜聲響掩蓋了兩名人族的氣息，婆娑以為可以放心。沒想到走至一半之時，突然醒來的杜鵑竟然喊出聲來，嚇得婆娑冷汗涔涔。

要是被妖族察覺了人類氣息，一葉跟杜鵑可能會被眾妖魔生吞活剝，成為祭靈臺上的新鮮牲禮。多虧一葉急忙摀住杜鵑嘴巴，才沒有被一隻察覺動靜的天石鬼瞧見躲在羽衣底下的兩名人族男女。

婆娑趕緊出聲，假意向天石鬼問路。

天生神力且嗜將岩塊丟擲半空的天石鬼豪邁一笑，便用一隻肌肉虯結的手臂向婆娑指出方位。

總算一切平安。婆娑趕緊離開喧鬧的街道。

順利回到泥磚砌成的窯洞房舍，經過一葉安撫，杜鵑才逐漸明白目前處境。

也真是湊巧，魔蝠長老因為祆學館有公差，所以正離家辦公，使得婆娑可以讓一葉兩人先躲藏在窯室裡。

若是被魔蝠長老發現自己私藏人族，肯定免不了一陣痛罵。婆娑想像起長老的凶惡臉龐，甩起兩串花白的長鬍子就會砸壞家中器具的情景，就頭痛萬分。所以，必須要在長老返家之前，讓一葉兩人安全返回人界。

一葉跟杜鵑在鬼市暫居的時日，婆娑也藉機探問諸多關於人界的風土民情，讓他極為嚮往。

花費了數日休息，兩人總算恢復元氣，婆娑才協助他們返回西瀛群島。

婆娑再度揚手，身後的亮麗羽衣便嶄露張開。他摘下肩膀下緣兩枚璀璨的金羽毛，遞給對方。

「冥漠灘外，蜃氣會瀰漫成一片迷濛灰霧，若無引導，將會陷入深霧，永遠都找不到出路。只要不停低聲誦唸想返回人界的語句，這枚金羽發出的光芒，會指引你們返回人界島嶼。」

一葉驚訝地問：「只要誦唸句子就可以？」

杜鵑興奮地說：「我知道了！就像是婆娑你這幾天跟我們解釋過的『靈力』吧？只要有了想法，用語言說出，就能凝結成實際力量。哇～好像超能力！」沒想到恢復精神之後，杜鵑竟是如此活力十足。

「我聽長老說過，以前人族也能使用靈力。我想，你們應該可以藉助我的金羽，順利發揮你們的潛能。」

一葉走向前，握住婆娑雙手：「謝謝你，期待我們能再相見。」

趁著半夜掩護，月光稀微，他們在闃黯的鬼市街道低聲躡足，終於來到了冥漠灘。礁岸處，已停靠一艘婆娑事先準備好的小船。船身浮動暗黃色咒文，能讓船體堅固，並具備隱形功效。

道別之後，一葉與杜鵑便踏上舟船，搖動船槳，順利往外海航去。

婆娑目視他們遠離，雖心中感傷，卻也無可奈何。

本來，婆娑以為，再也沒機會與這兩名人類見面。

與人族的相遇，僅此就夠。

沒想到隔年——散步中的婆娑，再度撞見兄妹二人。

「婆娑，好久不見！沒想到……你戴眼鏡了。」一葉爽朗的笑容，從冥漠灘巨大魚骨的後方驀然出現，嚇了婆娑一跳。

「一葉，你們……怎麼在這裡？」婆娑驚訝詢問。

「多虧你的金羽毛！」杜鵑嘿嘿笑道。

一葉微笑舉起手來，手中正是之前婆娑贈與的金羽。原來他們因懷念婆娑而再度來到西瀛群島，試著找尋去年藏放在隱密灣岸的小船，沒想到竟然還在。他們便划著船，依照金羽光芒的指示，順利航進了鬼市的冥漠灘。

兩人又抵達了這座玄異地界。

原來如此，若金羽能指引上岸，當然同樣能指引巨魔蜃上方的鬼市位置。婆娑很欣喜能與他們再次會面。

後來，他們兄妹倆都會利用寒暑假期前來鬼市，也逐漸熟稔這座妖魔之城。他們口中的寒暑假，很類似於祆學館每年的休館月。

不過，一葉後來因為學業成績優秀，被興國的公家機構特意拔擢，擔任城警隊的見習隊員。他事務繁忙，就很少前來，也不曾與婆娑之外的妖族有過認識。反而杜鵑似乎越來越熱愛鬼市的異土風情，甚至每間隔一個月就會來拜訪。

同時，因為婆娑身處歌謠社的緣故，杜鵑也與大夥兒打成一片。

杜鵑與歌謠社的濃厚友誼，讓眾妖有了機會前往人界旅遊。這趟旅程，要回溯到祆學館的休館月假期，正要開始之際。

3. 規畫

「哈呦……你們這次休館月，有什麼規畫嗎？」

一聲飽含元氣的甜美嗓音，從門口響起。臉蛋俏麗的杜鵑一手拉開社團教室的大門，精神抖擻看向室內懶洋洋的眾妖。

她滿臉興奮昂揚，額上的金羽毛也不斷上下飄動。這枚金羽，不只能協助人類進入鬼市，經過婆娑以靈符術增強之後，更可以掩蓋人族氣息，讓人族大搖大擺走在鬼市街上，也不怕被妖魔察覺出人味。

「嗨嗨，大家，有聽到我說話嗎？」杜鵑不放棄地繼續大喊，不過眾妖卻是渾身懶散。

祆學館一年一度的休館月，鬼市周遭的黑潮洋流改變，水溫升高，造成鬼市的蜃氣溫度急遽上升。性喜陰寒的妖族，都會被每一年的熱潮徹底擊敗，苦不堪言。

熱浪難耐，就算祆學館正逢休假，歌謠社的成員仍然會窩在學館中的社團教室。因為地處低漥地帶的祆學館，平均氣溫總比鬼市街道還要低，所以才成為眾妖的休憩樂園。

杜鵑說道：「我有個大～計畫，你們想不想到人界看看？來一場社團旅行！」

杜鵑的提議，讓婆娑心生漣漪。

但，就算杜鵑熱情洋溢，其餘眾妖還是不感興趣。

蛇郎打著哈欠，繼續縮回他的社長專屬豪華扶椅，手彈著月琴，哼哼唧唧隨意吟唱起靈界時下流行的小調。菟蘿借來隔壁烹飪社的烤爐，以靈氣驅動熱能，耐心等候魍豆蛋糕烘烤完成，一如既往偷瞄蛇郎背影。

桌前的琥珀則專心一致，瞇著眼睛，正用一把虎爪雕刀刻劃漂流木，打算在網路上大肆販賣木雕藝術品。

「杜鵑姐～妳來得正好！這次也請幫我拿去北城交貨喔，這陣子訂單越來越多，真開心！」

當婆娑教導琥珀如何使用電腦，琥珀曾告訴婆娑：「我想大撈一筆！」婆娑以為她只是說笑，沒想到之後，她奮力展開網拍事業。

婆娑一眼望去，歌謠社的每隻妖，如同一盤散沙。他不禁疑問，這種組合，真能順利進行社團旅行？

至於婆娑……他本來並非歌謠社一員。

婆娑進入祆學館之後，沒過多久就決定加入推理社。但是入社之後，才發現成員只剩下他，這個小型社團即將面臨廢社窘況。

「喂喂，別走！停一下……你就是婆娑吧？我聽傳聞，推理社唯剩你一妖，將會被廢除社團。」一名妖怪踏步前來，渾身怪裡怪氣，攔住剛上完靈符課的婆娑。

婆娑觀他放蕩不羈，方才途經之處引起女性祆學士一陣譁然，甚至還有隔壁班的女同學赧臉想送他一封看似情書的紅信封，卻被微笑拒絕。婆娑這時才想起，對方就是傳聞中擁有眾多愛慕者的蛇妖。

婆娑不知對方為何前來找碴，不願搭理。轉身欲走之際，對方卻拋出一句話：「你想要一個……不受拘束的世界嗎？」

這一句話，就算婆娑想忽視，也無法抬起已然停下的步伐。

婆娑端詳對方，一雙朱瞳，火焰般虎視眈眈。

對方慢條斯理，表明自己乃是歌謠社的社長。他提說，只要婆娑願意加入歌謠社，婆娑可以在歌謠社的社團教室內，隨意做自己想做的事，無拘無束，甚至可以無視社團內的歌謠練習。

自稱蛇郎的妖怪，雖然古怪，提議卻不差。畢竟婆娑只想要一個棲身所在。因此，考量片刻之後，婆娑點頭答應。

爾後婆娑才知曉，原來歌謠社當時也只剩下蛇郎、菟蘿跟琥珀三位，其實也將在袄學館的長老會議中決定廢社。因此，蛇郎才會千方百計遊說婆娑，達成社團最低四位成員的界線。

轉社之後，蛇郎確實遵守信諾，讓婆娑不需要參與歌謠社的正規活動……但，婆娑仔細觀察，歌謠社本來就沒有任何活動啊。

不管是蛇郎還是另外兩位，都是想做什麼就做什麼，就算婆娑加入後沒有參與社內活動，也對歌謠社沒有任何影響。

所謂的歌謠社，根本只是一個蛇郎想要自由活動不受拘束，因此建立起來的空殼社團。至於歌謠練習，也只是蛇郎偶爾心血來潮，才會請眾妖一同拿起樂器來演奏。

婆娑望著眼前的社團教室，疊放在角落的二胡、大廣弦、嗩吶、琵琶、鑼鼓……等等樂器，嘆了一口氣。

在社團教室的大圓桌前，杜鵑持續苦口婆心。她似乎很期待與歌謠社眾妖一同旅行。

儘管婆娑對杜鵑的提議很心動，不過一想到要踏足陌生的人界，難免有所恐懼。

事實上，他很害怕。也許，人界並不如自己想像的那般美好。

婆娑拿不定主意。左右猶疑之際，他只好放下沒有心思讀下去的小說，推著鼻梁上的鏡框，想打開電腦，看看他在網路上經營的不思議討論區又有什麼新的留言。

「喂喂，大夥兒，怎麼不理我呀？因為我大哥一葉有人脈，所以只需要花一點點力氣……大家就可以借住在城裡的一家旅店喔。我也會當個稱職的導遊，吃喝玩樂完全不用擔心。」杜鵑朝空中拍了幾下手掌，想提醒大家她的存在。

「可是，杜鵑姐……最近好熱啊，我絲毫沒有出門的動力……」琥珀放下虎爪雕刀，往前一躺，圓滾滾的臉蛋貼在冰涼桌面上，一副毫無氣力的頹喪模樣。

「琥珀，妳不是一直想賺大錢？要不要乾脆直接到人界走一趟，看看有什麼賺錢門路？」

琥珀瞬間眼神晶亮，抬頭瞪大眼睛望向杜鵑。

杜鵑眼看上鉤，繼續說道：「如果怕熱，我們就去大稻埕老街吃冰吧。讓一讓，我用電腦找景點的資訊給你們看。嗯……這就是大哥送給婆婆的電腦？沒想到這裡沒有電曜能量，也能夠啟動它。」

「是呀……你們人族的機器似乎只要用靈力驅動，就能自由使用。」本來婆婆也不相信這種人界機器可以在鬼市使用，可是一試之下，竟順利運作，甚至能連上人界的網際網路。

婆婆猜測，鬼市蜃氣或許是一種高傳導的介質，不只能夠接收人界傳來的電子訊號，也可以發射回去。

因此，婆婆就在網路上架設一個討論區「不思議論壇」，提供人族能在此論壇留言，討論各種不可思議的事情。至於人族所謂不可思議、怪力亂神的事物，十之八九與靈界息息相關。

藉由網路上人族看待玄異之事的討論，婆婆逐漸理解諸多人族的想法，也能辨認出人靈兩界相異的觀念。同時，也會得知某些相通的事物。例如，有些好事之人將古老書冊拍照上傳，詢問有沒有人看懂扉頁上的古文語。這時，婆婆才確定魔蝠長老曾提及人界的古文語，確實與古袄語幾乎相同，只是兩界稱呼不一。不過如今，古文語在人界幾近失傳。

杜鵑在電腦螢幕搜尋大稻埕相關資料，引起眾妖好奇，紛紛聚在電腦前。

蛇郎瞇著眼睛詢問：「看起來挺有趣，不過……不要以為我沒聽見喔。所謂的『只需要花一點點力氣』，究竟是什麼？」

杜鵑像是做壞事被抓到，只得嘿嘿笑說：「果然，還是被你發現。其實很簡單啦，不會讓你們吃虧。那間可以借住的旅館名叫郁金屋，一樓設有演奏廳，專門提供音樂家表演。我上回來你們這兒，聽過你們演奏，大為吃驚，實在太精采了。所以我才想到，可以跟旅館的周老闆交涉，問問看能不能讓你們的演奏抵上住宿費，沒想到對方欣然同意……當然，可能也是看在我大哥的面子上才通融，畢竟他現在是警隊裡的明日之星。」

總之，杜鵑和周老闆洽談之後，條件如此：歌謠社只要在郁金屋旅店一樓附設的Live House，進行兩天夜晚的演奏，便能抵上兩日住宿費。

蛇郎聞言，笑著說：「演奏嗎？我已經很久沒露一手了……」蛇郎半閉眼眸，若有所思。婆娑本來以為散漫的蛇郎對這項提議不屑一顧，沒想到蛇郎慵慵懶懶地開口：「……那也不錯。」

杜鵑費力勸說，總算有了回報，一臉喜孜孜：「別掉以輕心喔，我們人界的眼光可是很嚴格，一點都不輸祆學館的標準。不過，我有些擔心，你們的音樂風格……」

「我們的音樂如何？」蛇郎詰問。

杜鵑頓了頓，繼續解釋：「怎麼說呢……雖然我很喜歡你們的曲風，不過其實有點太古老了。像是月琴或者是鑼鈸這些樂器，在我們人界已經很少見，很多人也沒聽過這些樂器。我第一次聽到你們演奏，簡直嚇了一大跳。」

蛇郎緩緩睜開雙目：「別擔心，相信我吧！就算如此……我也會讓我們演奏出來的樂曲，令你們嘖嘖稱奇。」

蛇郎之言，自信滿溢，彷彿對於歌謠奏唱，有了什麼腹案。儘管蛇郎在歌謠社中總是懶散，但婆娑不太會懷疑蛇郎的樂曲造詣。

據說，蛇郎琴藝非凡，曾在迎神祭上的靈謠鬪，贏得幡旗，成為靈謠幡主，主持祭靈臺上的盛大祀典。

靈界之中，存在千百種不同靈術，不過鬼市獨尊咒謠，因而尊崇擅長謠曲之妖。鬼市之妖，能成為靈謠幡主，是無上尊榮。只不過——蛇郎曾在靈謠鬪獲勝，已是數十幾年前的舊事。

不知為何原因，蛇郎再也不參與迎神祭。

因為婆娑對於這類鬼市祭典總是意興闌珊，也不曾擠進眾妖雲集的靈謠鬪去觀看賽事。所以，他在進入歌謠社之前，對蛇郎這一號人物完全不知底細。

雖然蛇郎在社團裡會彈起小曲，不過都是苟且馬虎的彈奏，唱辭也總歪七扭八不成章句，絲毫沒有曾任靈謠幡主該有的磅礡氣勢。婆娑偶爾會懷疑，那些傳聞都是蛇郎的愛慕者們編造出來。

可是，若傳聞屬真，蛇郎應是一名演奏高手，並且超群出眾。

如此一名樂手，自然會對杜鵑所言耿耿於懷。

這時，杜鵑也向蛇郎回嘴：「真會說大話啊。」

「這叫真妖不露相，露相非真妖。」

「好啦好啦，這麼有自信是好事。不過，目前北城也有很多活躍的當紅樂團，人氣旺盛，等你能贏過他們再說吧！」

杜鵑一副看好戲的樣子，更激起蛇郎興致。

「呵，妳就好好洗淨耳朵來聽聽我們的演奏。」蛇郎瀟灑地放下月琴，答應參加人界旅行。

「既然如此，那麼……我也去。」菟蘿舉起手。

「我當然要參加！」琥珀一反先前的無精打采，興高采烈大喊。

婆娑也只好微笑點點頭。

「感謝大家的熱烈支持，我實在太感動了！」隨著烤爐的定時裝置嗶嗶響起，杜鵑捏起裙襬，以華麗的姿勢向眾妖低頭鞠躬。

就這樣，歌謠社的社團旅行拍板定案。

4. 歌謠

——樂音，萬物之聲。

——歌謠，山海之靈。

祆教師如此講授咒謠的真諦。

不過，婆娑卻始終無法感受到咒謠的真義。儘管，婆娑在祆學士當中出類拔萃，實力獨占鰲頭。一如魔蝠長老的眼光預測，婆娑天資卓越，鶴立雞群。

無論是靈符或者咒謠，婆娑對於各項靈術駕輕就熟，甚至也曾在艱險萬難的魔競塔比試中毫髮無傷。但……他卻對眾妖稱羨的力量沒有太多感覺。

對於婆娑而言，能否贏得眾妖肯定、能否修練成舉世無雙的大妖怪，都毫無意義。只要日子能順利過下去就好。

畢竟多麼努力，多麼奮搏，仍敵不過「靈數」的安排。鬼市之妖咸信，妖鬼神魔各自擁有特異靈數。不同靈數，將造就不一樣的際遇。不過，靈數的概念非常廣泛、複雜，非一語能道盡。婆娑在一葉的口中，得知人界似乎流傳類似想法，稱作「命數」，或者類似「緣份」之義，不同情境各有不同的用法與概念。

靈數靈數，靈之有數，魂火生滅，冥軌鋪路——這首俚俗歌謠，在鬼市傳誦許久。既然靈數已然命定，會成功會失敗都是注定。

婆娑領悟這件事之後，就看得很開。從此隱藏自己，也盡力不在眾妖面前展露能力。

祆學館的學習歲月悠長無盡，卻令婆娑感覺單調，祆教師在課堂上反覆解釋咒謠的運作道理。例如，怎麼使用古祆語來吟唸咒謠，或者使用特殊物品來加強咒謠威力，皆是祆學館課堂重點。

當然，靈界之妖本身即可運轉靈力，只不過若藉由咒謠、靈符、寶器的輔助，靈力發動將威能倍增。

在祆學館之中，共分三個年級。一、二年級會修習初級、高級的靈符與咒謠，也要兼修祆史課、古祆語課……等等課堂，而三年級的祆學士，則必須活用各種技能，通過學館教師的最終考驗，才能算是修練之路大功告成。至於每個年級的晉升，有長有短，只要通過魔競塔的試煉，就能前往更高的年級。歌謠社成員中，除了琥珀是一年級生之外，其餘成員皆屬二年級祆學士。

——語言即是無形的符咒，傳唱歌謠則成為超越時間與空間的力量，是「真義」的傳承。字語可成正面的能量，也能成為負面的詛咒，音符是串聯起一切事物的契機。

在咒謠課講述高級心法的的祅教師，如此諄諄誡誨。

真有如此神奇？婆娑半信半疑。

例如，古祅語本身，就是反駁祅教師最好的證明。古祅語，其實很多字義沒有傳承下來。目前靈界流通的咒謠，能理解其義的古祅語只有一半，另一半都是有形有音卻不知其義的語字。但就算如此，只要能正確發出古祅語音節，同樣能以靈力催動咒謠。

若咒謠真能傳承「真義」，那麼這些早已遺失意義的字語，該如何解釋它們的存在？

咒謠，僅僅只是一項「技術」而已。為了運轉靈力，必須採用的技術。

就如同這次為了抵住宿費，必須在旅館演奏廳演出一樣，只是一種手段。

對於這次在人界演奏樂曲，眾妖並沒有特別進行準備。雖然當初蛇郎信誓旦旦，保證能讓人們對歌謠社的演奏刮目相看，但幾天下來，卻沒見到蛇郎有什麼特別的規畫。

婆娑只能苦笑。蛇郎當時的宣言，是不是隨意說說罷了？

不過，就算沒有特意準備，婆娑也不太擔憂歌謠社搞砸演出。畢竟眾妖的演奏底子都強，就算只是彈奏旋律簡單的小調，應該也能符合那間旅店演奏廳需要的演出標準。

隨著社團旅行的日子接近，社員們興致越來越高昂。杜鵑甚至製作起介紹人界文化的指導手冊，發給每位成員一本。

出發日，眾妖來到冥漠灘，乘上小船，在杜鵑引導下，先航往西瀛群島。抵達碼頭之後，再搭乘往來於鯤島、西瀛之間的交通船。

不久，大夥兒便順利穿越黑海，抵達島岸上的北城碼頭，轉往大稻埕街道。

這時，杜鵑請眾妖在街上暫時等候，她先進旅店辦理住房手續。

沒想到，才一眨眼的工夫，辦好手續的杜鵑踏出門口，就看不見眾妖蹤跡。

她汗流浹背尋覓，才在附近巷弄尋獲眾妖。

會合之後，大家便往旅店走去。

菟蘿揮揮手向蛇郎詢問：「社長，這回演奏，我們該選什麼曲目？歌謠社裡，只有你遊歷過人界，應該知悉一些人類流行的曲風吧。」

蛇郎答道：「那已經是很久以前的舊事，如今觀來，鯤島風情早已大不相同，街頭上播放的音樂也五花八門。目前人族的音樂美學是什麼，我無法立即斷言。也許……得改變我們習以為常的樂曲風格。」

婆娑曾聽菟蘿提及，蛇郎來鬼市之前，曾在人界鯤島遊歷多年。照這樣推算，蛇郎的妖齡甚至可能長達兩百多年以上，應當是眾妖之中最有道行的妖怪。

至於蛇郎在人界的經歷，婆娑偶爾也會從學館中的閒言閒語得知一些八卦。

據說，蛇郎曾與一名人類女子結縭，結果女子的親姊嫉妒小妹，竟殘忍殺害妹妹，並假扮為蛇郎的新妻。但，蛇郎真正的妻子精魂未滅，竟幻化為青鳥，想要通知蛇郎。幾經波折後，真正的妻子終於恢復肉身，讓蛇郎得知真相。蛇郎最終趕走假妻，與真正的愛人同在一起。

可能因為蛇郎有些名氣，因此這類不知是真是假的傳聞，在學館裡不脛而走。婆娑也明白，這類傳聞聽聽就好。畢竟，這則傳聞破綻百出。

例如，如果蛇郎真與人族結親，蛇郎沒發現妻子被調換，實在太詭異。

關於蛇郎任何事，婆娑總無法一眼看透。尤其是眼前認真討論起樂曲的蛇郎，與平常在歌謠社的散漫神情相比，截然不同。

菟蘿問起：「以前我們排練的曲子，都是迎神祭常用的樂曲，像是〈迎神八音〉、〈奏鳴春〉、〈將軍令〉……這些適合嗎？」

蛇郎答道：「可以是可以，暫且先演奏這些曲子吧。不過，節奏似乎要再柔緩一些，我來想想該如何編排。我的月琴，適合當伴奏襯底，婆娑負責鑼鈸、小鼓，琥珀則是嗩吶，菟蘿你的二胡做為曲調最重要的領奏……」

杜鵑聽到眾妖討論音樂，趕緊插話：「差點忘了提醒你們，在人界演奏歌謠，其實有禁謠令的規範。」

「禁謠令？那是什麼？」菟蘿納悶詢問。

杜鵑摸摸鼻子，思考了一下，才向菟蘿回答：「其實這是很古老的法律條文，嚴禁歌曲裡傳唱一些怪力亂神的東西。甚至，會禁止歌曲中出現太多的歌詞。演變至今，現在興國的樂手演奏音樂，早就習慣不吟唱歌詞了。聽大哥說過，以前還逮捕了很多吟唱歌謠的道士、法師，或者是原住民巫師。不過……這是很久以前的法令了。現在的音輔法其實沒那麼嚴格，連審查歌曲的禁令也在十年前就廢除。」

杜鵑繼續解釋，音輔法包含了禁謠令與審歌令。

「原來如此。」菟蘿恍然大悟：「難怪妳剛來我們歌謠社，聽到我們演唱起全曲都有歌詞的樂曲時，會那麼驚訝。」

「我聽到你們演奏之前，完全沒想過，竟然還有這種音樂形式。雖然很驚訝，但我也非常喜愛，徹底被你們的演奏吸引住了。」杜鵑笑著說。

「我以前在島上生活，當時人族建立的國家，應該叫月國吧？那時候，從來沒有這種莫名其妙的律法。」蛇郎遙望遠方，若有所思。

「月國時代，距離現在已經很久了啦。後來鯤島經過火國統治，現在則是興國時代喔。總之……」杜鵑拍拍胸脯，說道：「別擔心！都過了那麼久的時間，禁令已經寬鬆很多。就算演奏古調，應該不會有太大問題。畢竟，我大哥是在警隊任職喔。就算真的違禁，他也會睜一隻眼閉一隻眼，哈哈，安啦！」

大家邊說邊走，不知不覺，已抵達郁金屋門口。

5. 魔音

迥異於大稻埕其他古屋門面是立體投影的虛擬畫面，郁金屋是一棟由百年茶行改建而成的旅店。古老的建築，刻印著濃厚的歷史氣息。

四開間的門牆格局，騎樓錯落著石雕圓柱，柱上飾有金花銀葉。雖然郁金屋只有三層樓的構造，與鄰近建築動輒十幾層樓的格局有所差距，不過古色古香的模樣，別具特色。

推開門扇，入口便是旅店大廳，一名秀氣女子站在櫃檯前，向他們打招呼。

「我名叫周小茶，感謝您們願意在敝店參與演奏會。」

周小茶是這間旅店的經理，一身粉白時尚的襯衫套裝，態度和氣善良。聽杜鵑介紹，她也是旅店周老闆的女兒。

周小茶說道：「您們的行李，已經先放到二樓住房了。」

「小茶小姐，我們要去何處演奏？」菟蘿發問。

「是的，請眾人跟我來……演奏廳位於大廳後方。我們郁金屋是老茶行改建而成，一樓後方空間，原本是古早時代做茶用的工作間。我們前幾年就把這些空間打通，改建成適合演奏的Live House，提供住房客人一個聆聽音樂的好場所。」

周小茶一邊講解，一邊引領大家前進演奏廳。

穿過紅磚疊砌的門廊與天井，牆上有著圓形的月洞窗櫺。窗口外似乎密林層疊，冷清荒涼，甚至還有一輛廢車卡在盤繞的樹根之間。

琥珀瞪大圓滾滾的雙眼，新奇大喊：「哇～你們看，車子卡在樹中耶！」

周小茶微笑解釋：「這是周家先祖在茶行旁開闢的花園，不過後來花園擱置好多年，以前用來運茶的四輪貨車也被丟棄在那邊，我們仍無力清掃……時至今日，就變成如今模樣，讓你們見笑了。」

不久，便抵達演奏廳門口，周小茶側身推開門扇，大約四十多名聽眾已然入席。

大夥兒往舞臺走去，會路過數十個往地下挖掘的小型洞口。聽周小茶介紹，這是焙窟。以前只要在窟中放炭火，上方放置焙籠就可以焙茶。茶行改建成郁金屋之後，特意保留這個構造，甚至還在焙窟放置木炭作為展示。

據周小茶所言，她父親是一名念舊之人。

隨即，蛇郎躍上被簾幕遮住的舞臺，指揮大家開始準備。同時，他也調整起隨身月琴的六角柱琴軸，開始試著調音。

蛇郎扶住琴頸，以撥片彈起月琴圓形音箱上方的三條絲弦。由鬼市特有的海蠶絲揉成的弦線音色清亮，潤而不尖。乍然迸現的音律，令舞臺前的觀眾議論紛紛。

蛇郎試了幾個音之後，便交代一旁的琥珀如何調整嗩吶的演奏，也跟菟蘿討論起二胡在何時增添更多的伴奏和音。

在蛇郎三言兩語的引導下，原先要演奏的〈迎神八音〉等曲目，已然被改編成另一種風味的曲調。

演出的時刻總算來臨，舞臺上的紅絨布幕緩緩升起，現場一片安靜，只剩下舞臺上的燈光照射著演奏者們。

蛇郎舉起手來，眾妖按部就班，在各自的崗位上，準備奏出樂音。

但，方要演奏之際，現場竟然——

尖叫聲四起。

騷動越鬧越大，鼓譟越鬧越廣……最後竟演變成驚恐的大喊。

逃離座位的人們，雙耳開始淌流血水。有些人甚至口吐白沫，一臉痛苦，倒地掙扎，渾身抽搐起來。

眼見許多人在地上癲癇打滾，更增添眾人恐慌。

「魔音……魔音又來了！」

「啊啊！我的耳朵！」

「救命……救命！」

「快逃啊！」

懼怕的呼喊充斥著演奏廳，大約有一半以上的聽眾都在混亂中奪門而逃，只留下三三兩兩的聽眾，似乎對這樣的狀況摸不著頭緒。

舞臺上，眾妖大惑不解。

婆娑觀望臺下，離席的聽眾大多是年輕人，因為受到某種莫名的刺激，因而疾步逃離。

「杜鵑姐，妳……妳的耳朵！」琥珀的驚呼讓婆娑轉身望去。

沒想到後臺的杜鵑也臉色蒼白，雙耳滲流紅色血液，琥珀趕緊衝過去查看。

這時，在聽眾席中，有一位穿著體面的中年男子巍巍顫顫站起。儘管他兩耳並未流血，也未受驚，卻是一臉鐵青。

他還顧尖叫逃離的人群，張口結舌。

婆娑清楚聽到他在說話。

他說：「又來了！魔女的詛咒……」

瞬間，燈光熄滅。

間奏曲：虎骨巫女

人族是自私的種族，充滿貪婪的存在！長年以來，他們一步一步進逼虎石峰，砍除了一大片森林，讓虎魔們的獵場越來越狹小，食物逐漸短缺。

數年前，因為豪雨連日沖刷，山坡地滾落許多岩塊，土石流將虎魔村落的燻肉小屋都淹沒了。雖然沒有傷亡，但在虎骨婆婆與眾位長老的決議下，虎魔一族便將聚落往深山搬遷。我偷聽到長老們竊竊私語，得知土石流起因，就是因為人族濫砍濫伐。因此，我又更加厭惡人族。

不過……自從遇見杜鵑姐之後，我對於人族的印象，有了一些改觀。

她雖出身人族，卻不驕縱惡劣，也有善良、可愛之處，與那些進入虎石峰想開發山林地的霸道人類截然不同。

虎骨婆婆曾告訴我，世事沒有絕對的善，也無純粹之惡。人族，同樣有好有壞。

身為虎魔一族的見習巫女，我必須懂得分辨萬事萬物之間的差異。畢竟，我未來會繼承「虎骨」的稱號，成為一族仰賴的首席巫女。虎骨巫女是虎魔一族極為重要的引導者，會以占卜之術為族內預言吉凶。虎骨巫女的占卜，必須與自然萬物進行感應溝通，因此需要嫻熟於操控靈能的方法，更要精通咒歌吟唱。所以見習巫女其中一個職責，就是要前往祆學館繼續進修。

「婆婆，我留在山上，也能好好鍛鍊自己！」

「小琥珀，妳乖乖去吧。」虎骨婆婆拍拍我的頭，安慰我別怕。並且，婆婆還從懷中取出一串虎牙鍊子，遞交給我。

「但是……」

婆婆笑了一笑：「妳這樣耍賴，無法擔任虎姑婆喔！如果想念婆婆，我們就用這串虎牙來聊天吧。」

望著虎骨婆婆和藹的臉，我實在無法反駁。「虎姑婆」這個稱呼，是人族以往擅自為虎魔一族取的綽號。因虎魔女性大多強勢，就算出外狩獵也以女性為主，懼怕虎魔的人們因此流傳起這種俗稱。雖稱呼有貶義，但傳進族內時虎魔卻視之為榮耀。畢竟虎姑婆讓人類如此畏懼，就代表虎魔高人一等。甚至因為「虎姑」類似「虎骨」的諧音，久而久之就成為「虎骨巫女」的戲稱。

虎骨婆婆不理會我的請求，滿布皺紋的虎掌緊緊抓住我，將我拉進空間轉移法陣，抵達鬼市。我只好告別從小到大不曾離開的虎石峰。

自古以來，虎魔一族隱居虎石峰，就算與山下的人族起紛爭，也不會太過針鋒相對。但是，近年來，肆意妄為的人類，一步一步進逼我們的領地……

這也是我不願離開的原因。我想待在這座山上，為虎魔的未來奮鬥。

只因為我是見習巫女，就可以輕鬆愉快在學館裡學習？明明族裡比我幼小的孩子們，每天都勤懇工作，一心一意維護村落，我卻只能待在學館裡讀書，什麼事都做不了。我不想離開虎石峰，因為比起學習咒歌，我更想和大家一起為虎魔貢獻勞力。

一想到這，我不禁嘆了口氣。

虎骨婆婆常啞著嗓子，摸著我的頭說：「別煩惱，族內的事，交給婆婆來處理。只要有婆婆在，人族哪能傷害我們呢？我知道妳想幫忙村子，但是除了貢獻勞力之外，也有其他方法，可以為族內分擔解憂。妳學習好咒歌，懂得掌控靈能流動，擁有成為虎骨巫女的堅強實力，妳就能為虎魔帶來希望喔。」

婆婆總笑著說，我不需要煩憂太多事情。我只要好好成長，努力學習，心中夢想就會慢慢實現。我不知道自己能有什麼夢想。但是，我從小就一心一意，希望快點成為虎骨巫女，負擔起保衛一族的使命。婆婆的話，雖有道理，但我就是迫不及待。畢竟，我全看在眼裡……山上的生存環境越來越嚴苛，虎魔的未來岌岌可危。

雖說遠離家鄉，袄學館一開始讓我很不習慣。不過，在館中學習的日子，一天一天逐漸順遂起來。我也在歌謠社隔壁的烹飪教室，與一位名叫金珊瑚的袄學士，成為無話不談的莫逆之交。

我倆志趣相同，簡直天作之合。

其實……也沒這麼誇張啦。只是因為喜愛烹飪調理的金珊瑚，常常煩惱做出來的料理無法消耗。在知情的蔓羅的鼓勵下，我便踏上前，叩叩敲著烹飪社大門。金珊瑚與我一拍即合，她很高興有同伴提供試食意見。與其說志趣相同，不如說我們是相得益彰的團隊合作。除此之外，我也常向她請教諸多飲食建議、海域離島的生活條件，因為我一直思考虎魔村落食物短缺的問題，也許能夠從海鮮食材的方向來克服，甚至能夠藉由遷移離島，解決困窘的生存環境問題。

說起金珊瑚，讓我想起一件奇妙之事，這件事也與歌謠社的成員婆娑相關。

那陣子，金珊瑚正在實驗新型態的糕餅，不過卻屢屢受挫。雖然我試吃之下，美味到我都快暈過去，金珊瑚依然一邊掉淚一邊嚷嚷：「不行不行！要是火鱷吃了，認為我是專門製造『黑暗料理』的女朋友怎麼辦？我絕不能毀了我辛辛苦苦建立的形象！」

沒錯，金珊瑚鍛鍊料理技術的原因，完全是因為她日思夜盼未來能成為火鱗鱷的賢慧妻子。雖然我一直想吐槽她想太多，火鱗鱷那位肌肉大老粗每次在學館食堂都直接將餐點倒進嘴裡，根本不懂得如何品嘗食物美味。金珊瑚的考量，實在太多慮。

但為了能繼續品嘗美食，發揮團隊合作的價值，我還是選擇不說出這個事實。

結果，某一日，金珊瑚一臉呆滯，眼神空洞，癱坐在烹飪教室的大門前。

我驚愕萬分，趕緊上前，將金珊瑚扶起。

她哭著臉說：「火鱷他……火鱷……」

該不會是火鱗鱷欺負金珊瑚？難道那個熱愛健身的肌肉白癡打了珊瑚？我滿心氣憤，開始檢查梨花帶淚的金珊瑚身上是否有傷痕。

「沒有……他沒有打我。」金珊瑚依舊哭哭啼啼，楚楚可憐。

我問道：「那麼，他做了什麼，讓妳這麼傷心？」

「應該是……他嫌棄我做的料理不好吃，所以……就炸了烹飪教室！」金珊瑚抱頭痛哭。

好奇之下，我推開烹飪社的大門。

果真，社團教室內一團烏煙瘴氣，燒焦灰燼四處飛舞，宛如經過一場劇烈爆炸。

我只好低下頭，安慰跌坐在地的金珊瑚。

「這不一定是那個肌肉……咳咳，不一定是火鱗鱷同學做的事情。」

「一定是他……因為……因為……」金珊瑚哽哽咽咽，我拍著她的背，才讓她舒緩一口氣，說出原委：「這次烹飪社活動是製作魍豆水葵糕，我特地邀請火鱷在活動結束之後來吃。沒想到……等社員都離開之後，我只是走出教室去拿掃具，返回教室時正好瞧見火鱷在廊道另一端走下樓，我正要叫住他的時候，就聽到社團教室傳來爆炸聲，一陣轟隆隆，嚇了我一大跳。」

「但是……他應該不會因為嫌棄妳的料理，就將教室炸掉。」我努力擠出話來。

「一定是！教室裡的甜糕，都被炸得屍骨不存，一定就是……嫌棄我……嗚嗚……」

眼見對方完全無法聽進我的話，我只好先帶她回宿舍休息。

一路上，她仍然哭著鼻子，滿臉淚痕。我只好跟她約定，隔天等她精神稍微回復，我就會跟她一同去質問火鱗鱷，了解為什麼他要炸掉烹飪教室。

金珊瑚之所以會對於跟火鱗鱷的關係這麼敏感在意，我也知情。

她出自深海龍宮，是統掌黑海一帶的西海龍王之女。身為權貴名門的千金公主，尊華非凡，婚姻對象自然會備受矚目。我聽金珊瑚提及，她與火鱗鱷的交往，讓龍王極為不悅，時時刻刻都想拆散他們。就算父王不答應，她仍義無反顧，反而更竭盡心力維持她與火鱗鱷之間的感情。

唉，也算是癡情無悔。

身為貼心好友，我願意為她的戀情兩肋插刀，在所不惜。

隔日，我前往金珊瑚的宿舍，敲了好幾下房門都沒回應，卻聽到室內傳來嘈雜聲音，還有火鱗鱷大嗓門的吼聲。我心生不妙，以為火鱗鱷正在跟金珊瑚大聲吵鬧，甚至會對她動粗。

我心一急，提起腳踹開房門。

「珊瑚別怕，我來救妳！」我張牙舞爪跳進房內，正要撲向那名可惡鱷妖……

火鱗鱷滿臉錯愕。

雖然他渾身自然散發的點點火苗在身上竄動，看似危險可怕，但他並沒有對金珊瑚動粗。

反而是金珊瑚嘻嘻哈哈，一直拿著毛茸茸的海鬚草往火鱗鱷身上搔癢，甚至沒察覺我進門。看樣子，火鱷大吼，是因為金珊瑚在搔他癢。

片刻之後金珊瑚總算瞄見我。她連忙整理好衣袖端正坐下問我：「琥珀，怎麼了嗎？」

好吧……我開始相信戀愛就是狂風暴雨。不只來得快，會發生什麼戲劇性轉折，永遠都是謎題。昨日金珊瑚還哭得死去活來，今天就跟火鱷卿卿我我。

「珊瑚，妳……怎麼回事？」

聽到我的問話，金珊瑚一邊害羞望向火鱷，一邊娓娓道來，解釋昨天之事。

原來，一切都是誤會，其實是……

昨日，火鱗鱷進入烹飪教室之後，見到金珊瑚不在，所以就先行離開，打算等會兒再過來。可是沒有想到，他再度返回教室，卻發現教室內滿目瘡痍，滿是火燒爆炸痕跡，更無金珊瑚身影。火鱗鱷感覺不妙，連忙衝到金珊瑚宿舍。但是，無論他在房門前敲了多少次，金珊瑚只是哭喊著叫他走開，他簡直一頭霧水。

火鱗鱷碰了閉門羹，只好長吁短嘆離開。這時，他在宿舍外恰巧遇見婆娑。

本來兩妖擦肩而過，火鱗鱷沒有多想什麼。但是他走沒幾步路，身後就傳來婆娑的喊聲。

「火鱗鱷同學……你，怎麼了？」

縱然是素無交情的同班同學，火鱗鱷見到對方關心自己，仍感到十分窩心。因此，他便將煩憂告知對方。

婆娑沉吟片刻：「帶我去金珊瑚的房門前。我想，我可以解決你們的煩惱。」

火鱗鱷雖然驚訝，但還是領著婆娑前往金珊瑚的宿舍門前。

婆娑在門前開口：「金珊瑚同學，我是婆娑……事情經過，我都從火鱗鱷同學那邊大概聽說了。我想問一問，到底發生什麼事情？」

可能因為第三者出面調停，讓金珊瑚情緒稍稍緩和。房門內，金珊瑚一邊抽泣，一邊坦白說出事情經過。

「原來如此。」婆娑恍然大悟。

「怎麼了?!婆娑，你知道怎麼回事？」火鱗鱷急急詢問。

「其實，這是魍豆的惡作劇。」

「惡作劇？」房中的金珊瑚和門外的火鱗鱷異口同聲。

「我曾經在人界的學術書中讀過，人族有一種名叫『物理』的學科，應該能解釋這種現象。請問，製作糕點，是不是需要很多魍豆粉？」

房內的金珊瑚答道：「是呀，製作糕點需要使用魍豆磨成的粉末。因為魍豆粉很光滑，粉量也很多，做成糕點就會蓬鬆酥脆，所以我使用了大量魍豆粉。」

「果然如此，這就是粉塵爆炸。這是人族研究自然環境，因而定義出來的一種物理現象。只要在一個密閉空間之中，有很多可燃性的懸浮粒子，就會引發爆炸。」

火鱗鱷依舊困惑：「可是……珊瑚常常用魍豆粉做糕點，為什麼只有這次會爆炸？」

「要產生粉塵爆炸，除了需要很多懸浮粉末之外，另一個不可或缺的要素是……引火源。」

「但是，我並沒有開爐火……啊！」房內的金珊瑚話講到一半，驚然大喊。

「怎麼了？珊瑚，妳怎麼了？」火鱗鱷焦急敲門。

門扉豁然開啟，金珊瑚一躍，就鑽進火鱗鱷的胸懷撒嬌。

「怎……怎啦？我的小珊瑚？」火鱗鱷雖摸不著頭緒，還是輕輕擁抱他的小珊瑚。

「嗚嗚嗚……對不起，我誤會你了，我親愛的火鱷！」金珊瑚緊緊抱住對方。

「小心點……我身上的火苗可能會燒到妳，小珊瑚要注意喔……啊，原來如此。」

火鱗鱷茅塞頓開。

滿布魍豆粉末的烹飪教室內，火鱗鱷離開前，應該不小心將身上自動燃燒的火苗遺落在這個密閉空間。

因此，爆炸產生。

得知真相的火鱗鱷與金珊瑚，當下轉身想要向婆娑道謝，卻發現對方早已離去。

經過這番說明，我總算了解事件始末。

金珊瑚有些遺憾地說：「可惜沒向婆娑好好道謝。對了，妳跟他是同一個社團吧？我下次拿龍宮裡的寶箱，請妳幫忙轉贈。要不是婆娑……我還在跟火鱷鬧彆扭呢！」

「哎，都怪我渾身散發著危險。」火鱗鱷舉起雙手秀出他的二頭肌，自戀地擺出健壯姿勢。

「那我就是奮不顧身的飛蛾！」金珊瑚眼冒愛心，更加緊抱對方。

眼前這一幕恩愛畫面，太恐怖了，閃光幾乎要刺瞎我。身處暴風圈的我，只好趕緊逃離。

相較於金珊瑚和火鱗鱷的戀愛風暴，我卻對於途中插手的婆娑更感興趣，也很不解。

平常他總是一臉冷漠，彷彿對祆學館的一切事物毫無興趣，連在歌謠社也是一副愛理不理的樣子。他黑框眼鏡下的眼神，莫測高深，不知道在想什麼。不過……他卻主動協助同班同學，幫忙他們解決紛爭。

據火鱗鱷所言，他與婆娑頂多是點頭之交，交情不算熱絡。不過，婆娑卻因為見到他在路上唉聲嘆氣，就決定出手幫忙。這樣多事的行為，我實在有點訝異。

我無法斷定，婆娑究竟是冷酷抑或熱情？如同虎骨婆婆所言，世事無絕對，人族有好有壞，連妖怪也是擁有變化莫測的個性。

不過……這一次計畫前往人界，婆娑應該很開心吧。雖然他在出發前，並沒有表露太多情緒，但畢竟是相處多時的夥伴，我還是能從他的言談中，偶爾察覺他一閃而過的笑容。

或許，我無法清楚婆娑究竟心裡在想什麼，不過若是我的朋友們，都能夠擁有那樣的笑容，我就會非常開心。我也期望金珊瑚臉上的笑容永駐，與火鱗鱷的戀情能開花結果。

我希望我的夥伴們，一切順心無憂。我也期盼，遙遠山中的虎魔一族都能平安無恙。

虎骨婆婆，這就是我的夢想。妳曾經跟我保證過，我的夢想一定會慢慢實現。

我們歌謠社眾妖與杜鵑來到冥漠灘，正要出發之前，我雙手合十，低聲頌唸虎魔巫女世代流傳的祈願之辭。

我對著掛在手上的虎牙手鍊，述說起我的期盼，不知道虎骨婆婆能否聽見我的聲音？

婆婆曾以空間法術對鍊子施法，讓我與她能透過這串虎牙，彼此進行隔空對談。自從我進入祆學館，我就常常使用這串虎牙，與婆婆聊起學習和生活的酸甜苦辣。但是，前陣子我跌了一跤，手鍊不小心撞到地上，虎牙具備的空間咒術因此受損，通話功能時好時壞。所以，我還沒有機會，向婆婆報告我將前往鯤島的消息。我想……等到這次社團旅行結束，我再設法通知婆婆，請她施展空間轉移法陣，帶我回故鄉探望大家。

我輕輕訴說我的期盼。

祝禱未來，期望這一趟旅行，一切皆能安好。

第二章

地底魔女

身屍墜落古井內，
用此辦法無人知。
身屍墜落古井底，
閣再用塗沌落下。
——〈周成過臺灣歌〉

「大姐姐，再玩一下下，好嗎？」

「可是……天快黑了，妳得回家。」

「不過，我好想玩球喔。那麼……等太陽比那棵樹還低，我再回家。」

「……好吧。」

「太好了！」

夕陽西下，林徑染上橘紅，身材高眺的女子佇立樹畔，背光的身影呈現一片濃墨。那片黑影，彷彿像黑洞一般，任何光線、色彩都無法觸及。彷彿不存在於世間的一塊黑色缺口。

儘管如此，我仍舊很喜歡大姐姐。

因為，她總願意跟我一起遊戲。我們會踢球、玩抓迷藏、丟小沙包。

這一日，我也跟大姐姐玩到不亦樂乎。我往前奔去，撿起掉落在大樹旁的皮球，轉身一望，卻沒見到大姐姐身影。

我呼喚對方，但是空蕩蕩的樹林沒有任何回音……

我焦急找尋，天色越來越暗，越來越黑，夜色就像是大姐姐身上的黑影一樣濃稠……

這一切，就像夢。暗黑色的夢。

驀然，前方一白。

我睜開雙眼，視線昏沉，眼前的畫面無法對焦。

前方有辦公桌，整齊陳列的書櫃……這裡是我的辦公室。沒想到我竟不小心趴在桌上睡著，睡夢中還夢見數十年前情境。

那時，我應該還沒上幼兒園吧。因為父親工作忙碌，我只能在後門的廢棄花園獨自玩耍。不知從何時開始，身邊多出了一位大姐姐，對方自稱鄰居，願意跟我一起玩耍，打發時間。記得那時，我很喜歡對方，因為她肯靜下心來，聆聽我對父親的各種抱怨。

但是，不知從何時開始，記憶裡再也沒有出現那位大姐姐的身影。我前往幼兒園，上學、讀書、交朋友、談戀愛、畢業，忙碌於各項工作，甚至返家接下父親一手打造的旅店事業。

那段幼時經歷，像是夢，我以為自己早就遺忘。或許，那真是夢，因為夢就是無證據的空想。我再也沒有見過大姐姐，所以無從證明真有這段與鄰居玩耍的經驗。這就是現代心理學家常說的「幻想朋友」吧。

但，我怎麼突然夢到這樁往事？

或許，最近太過疲累了。這陣子，為了改善郁金屋的營運，我想盡各種方法，業績依然毫無起色。

我真不懂……為何父親如此頑固？若郁金屋再不轉型，再不更改營業方針，赤字許久的旅店，將瀕臨倒閉……。若能再次改建，仿效其他新潮旅館，拆除老舊格局，汰換過時裝潢，不是很好嗎？我反反覆覆用各種方式警告父親，沒想到他仍固執己見。時至今日，比我原先預估順利說服他的時程，還拖得更久。我陷入艱難局面。

今夜，魔音再度出現之後，我緊急將傷者送醫，並且向四名拿著古怪樂器的演出者致歉。我對他們說出郁金屋被魔女詛咒的事實：「這陣魔音，可能來自……一名魔女。她因為被情人拋棄、殺害，死後就成為恐怖的魔女。」

與其他人的反應相比，這四名演出者似乎不感害怕，還很鎮定地跟我討論起關於詛咒的事情。我將他們一行人親自送到二樓住房之後，才鬆了一口氣。

究竟，這樣的日子還要多久？

我好疲倦。

為了應付經營上的各種難關，為了郁金屋這塊招牌，我犧牲了多少？我絕不甘願……

我只能握緊拳頭，咬緊牙關，更加努力……

這時，門外傳來了敲門聲。我打開門，原來是一葉副隊長的小妹，名喚杜鵑的女孩。郁金屋在城內可以順利經營，多虧皇警隊在背後支持，必須要好好款待她才行。

正當我思忖該如何應對，沒想到她竟說：「已經抓住魔女了，等會兒將在一樓大廳說明真相。」杜鵑接著說，她也要趕快去通知周老闆，於是告辭離開。

我懷著忐忑心情，著急離開辦公室。

1. 怪談

一片漆黑之中，半開的窗戶輕輕拂進微風。

闃黯的室內，中央的圓桌上點燃一根赤紅蠟燭。

圍繞著圓桌，各有高矮不同的黑影。

在燭光的搖晃照映下，牆上的影子不時呈現扭曲或者龐大的輪廓。儘管是濕熱的夏季夜晚，輕拂的詭譎寒風，卻帶來毛骨悚然的戰慄。

有一抹朦朧黑影，坐在距離圓桌頗遠的距離。黑影輕咳幾聲，開口說道：「今夜，我要彈唱一則鬼故事。」

黑影拿起一把月琴，右手持撥片在琴弦上唰唰彈出幾個顫音。

冷冷清清的弦聲迴盪，燭火彷彿受到感應而不停晃動，圓桌前其中一個身影抖聲說：「好……可怕……」

「別吵。」彈琴者的聲音冰冷鋒利，毫不留情，彷彿能一刀切開任何干擾者的喉嚨。

圓桌前的身影都戰慄起來，屏住氣息，在泠泠琴韻中，耐心等候故事的言說。

只因今夜，乃是陰森凍骨的……

怪談之夜。

——女子的詛咒，至今還在這塊土地陰魂不散。這間百年旅店，據說就是那名苦命女子命喪黃泉的古宅。不過，這名女子究竟遭遇何事呢？

傳說，很久很久以前，有一位華如桃李的美女子，與一位英俊男子結了親，成為羨煞旁人的鴛鴦眷侶。

女子以為，未來是相夫教子、和樂融融的家庭生活。

怎料上天作弄，女子家鄉旱澇連連，影響許多人的生計，連男子也無力負擔家中經濟。

這時，男子轉念一想，何不乘船跨浪，渡往鯤島，另闢一片天呢？

因此，男子拜別了親愛家人，從妻子那兒獲得一大筆經營事業的基金，前往彼岸的海島北城，奮力打拚。

沒想到，這竟是一場悲劇的開端。

獨守空閨的女子，日也盼，夜也盼，期盼情郎能功成名就，錦衣回鄉，但男子卻毫無音訊。

無法繼續空等的女子，最終下定決心，同樣乘舟渡海，與幼子一同來北城尋覓男人蹤跡。經過多方探聽，她才得知日夜思念的情郎，在大稻埕開設了一家大茶行，儼然功成名就。

歡天喜地的女子，趕緊前往丈夫經營的茶行。這時，她才發現，原來大富大貴的男人已另娶妾室，對這位元配惡言怒罵，視之如敝屣。

女子走投無路之際，更遭受男人與新妾聯合茶行夥計，陰謀陷害女子，將她無情毒殺！甚至，將她擲入井中！

名為月裡的可憐女子，魂魄無依，進入了地府的九幽十八層，遭受萬刑拷打。儘管如此，月裡依舊掛心她的幼子……

「嗚嗚嗚嗚……哇～～～哇～～～」一連串悲傷的淚水猛然噴發，猝不及防，嚇得眾妖驟然尖叫起來。

「啊啊……」

「小心蠟燭！」

「蠟燭倒了，快滅火呀！」

「水水……水在哪裡？」

「誰……偷打我？」

「啊啊床單燒起來了！」

「快要燒到窗簾！」

「我找到水了，大家放心！咦……怎麼火越來越大？」

「那是我的化妝水，裡面有酒精成分啦！你這個呆蛇郎，唔哇哇……」

一陣雞飛狗跳的騷動，婆娑總算一路摸索，順利打開房內電燈，拿起床畔的花瓶，將瓶內的水趕緊灑至起火點，才澆熄了火苗。

蛇郎放下月琴，露齒一笑：「正講到精采的地方，琥珀妳這樣大叫，喊得剛剛好啊！只是……幹嘛這麼激烈，連我的故事都被打斷。」

「因為你講的故事實在太悲慘了，嗚嗚……好可憐的女子，為什麼被欺騙還要被逼殺，死了之後還不得安寧，竟然要被閻羅王懲罰呢？嗚嗚嗚……」琥珀還沒講完話，又拿起衛生紙不斷擤鼻涕。

「好險窗簾沒燒起來，要不然我賠大了！」杜鵑雙手抱著頭，一臉崩潰。

菟蘿整理了一下衣領，說道：「鬼故事裡的女主角，應該就是那名魔女吧！」

琥珀按捺住淚水，擔憂地說：「不知道明天演奏能不能順利？如果明天還是中途被打斷，周老闆生氣起來，嫌我們沒演奏，向我們索取住宿費怎麼辦？」

「沒有機會一展曲藝，確實可惜。」蛇郎也雙手抱著胸嘆息，「只不過，那陣魔音……究竟是什麼？我們這群妖怪耳朵這麼敏銳，竟都沒聽到。」

杜鵑思考了一下才回答：「我也不知道怎麼形容，一開始聲音很小……很像蚊子的聲響，可是音量卻越來越大，彷彿放大了好幾萬倍的尖叫聲，轟隆隆像是打雷。我一時頭昏腦脹，眼花撩亂，就不省人事了。」

杜鵑只記得，迷迷糊糊中，琥珀用手巾擦拭她雙耳流下的血液，也拍著她的背，將她喚醒。

不過，在場許多人並不像杜鵑一樣幸運。婆娑見到被抬進救護車的傷員，還有人因過度驚嚇而心臟病發，被醫護人員緊急搶救。

蛇郎在房裡徘徊踱步，一手撫摸下巴，說道：「我們這些妖怪完全沒聽見什麼怪聲，可是杜鵑卻像其他人一樣，能夠聽見……」

「杜鵑，該不會妳……」蛇郎倏然停步，拍著手掌，一臉驚訝模樣：「該不會，妳瞞著我們偷交了男朋友？」

「你、你這個大笨蛋！誰偷交男朋友了？」杜鵑嘟著嘴，蹬踏著腳。

「好啦，失禮失禮，我不鬧妳了。」蛇郎連忙笑著賠罪。

大夥兒之所以吵鬧，起因是前一刻發生了離奇之事。

方才，詭異的奇怪聲響大鬧演奏現場，演奏廳的電源供應甚至跳電，現場一片漆黑。幸好，郁金屋配備電曜發電裝置，才讓熄滅的燈火，幾秒鐘後就再度亮起。

等燈光恢復正常，經理周小茶便趕緊呼叫旅店員工將受傷的聽眾送醫，也拿起麥克風廣播致歉。

眾人皆謠傳，這是躲藏在這座古宅中的邪惡魔女，所施加的魔音詛咒。

之所以會這樣傳言，是因為受襲的聽眾，幾乎都是年輕的情侶檔。這幾個禮拜以來，只要與情投意合的對象攜手前來郁金屋的演奏廳，肯定會聽到奇異古怪的邪惡魔音。因此，眾人才漸漸聯想到一則傳說，似乎這座古屋在百年以前，有一名女子因為被情人殺死，因此成為魔女。

傳言魔女就是魔音的元凶，因為她意圖拆散一對對圓滿情侶。

儘管這幾十年來，北城之人早已不信鬼神之說。但是，當匪夷所思的情況真實發生，卻遍尋不著能夠解釋的原因，眾人只能膽戰心驚。

甚至，往鬼怪作祟的方向去解釋。

方才魔音出現的時候，有一名指稱這是魔女詛咒的中年男子，也踏上舞臺。

「周老闆，真是不好意思，我們沒有好好演奏……」驚魂未定的杜鵑提起精神，趕緊上前，有些不好意思地向男子解釋。

原來這名體態福碩、穿著西裝的男子，便是掌管這座郁金屋旅店的周老闆。他介紹自己，名叫周得根，是這座古屋第四代傳人。

面容有些頹喪的周老闆拿出手帕擦著汗，有氣無力說著：「杜鵑小姐，沒關係，是我們不好。沒想到……自從數週之前首次出現魔音，一直到現在，我們還沒辦法解決這件事。不管是音響，或是其他設備的問題，都一一檢查過，可是還是調查不出哪裡出狀況。杜鵑小姐，妳還好嗎？」

「請放心，我情況還好。只是那聲音很尖銳，很可怕……」

「唉，老實說……我完全聽不到有任何怪聲音呀！難道真的是詛咒？如果再這樣下去，我真的不得不關起這家店……」

「都已經這樣了，爸，我才建議你……」

周小茶話還沒說到一半，就被周老闆出聲打斷：「外人面前，先不要談這個。」

眼見兩人有些爭執，素來貼心的菟蘿趕緊打圓場：「周老闆，請打起精神。明天不是還有一場演奏嗎？我們一定盡力演出，幫你增加來客數。」

「啊，謝謝你的鼓勵。」周老闆不禁微笑起來，「明晚的演奏，希望你們演出可以順利，別再出現什麼怪事情。為了吸引客人，明天的Live House我也邀請了現在北城很熱門的搖滾樂團，跟你們輪番演奏。對了，你們的樂團叫什麼名字？」

「我們是祅學館的……」蛇郎話還沒說完，就被杜鵑摀住了嘴巴。

「你這傻瓜，我不是說不能暴露嗎？」杜鵑低聲告誡蛇郎，才又轉身咳了幾聲清清嗓子，嘿嘿傻笑說：「這個……我們還沒有正式取名。」

「呵呵，沒關係，等你們取好了名字，再跟我說。我會請小茶將你們的樂團名稱放上我們旅店官網，好好宣傳。經過這一番折騰，你們應該已經累了吧？你們可以先上樓休息。」

周老闆話一說完，大夥兒便告辭，前往二樓。

二樓住房的格局兩房一廳，空間頗為寬敞舒適。

才一安頓好，眾妖便開始騷動不安。在人界浪蕩多年的蛇郎，曾聽聞大稻埕古屋女鬼的故事，向大家解釋那位魔女名為「月裡」，拋棄她的無情男子則名叫「周成」。

蛇郎心血來潮，點起蠟燭，緩緩彈唱起這則久遠以前的北城怪談。

可是，故事還沒說完，琥珀的哭聲差點就讓整座房間燒掉。

婆娑聆聽著眾妖對於魔女詛咒的探討，心生疑問。

他注意到聽眾席中，其實也有一些人雖驚慌失措，卻沒有試圖逃離，反而不知道發生什麼事情般眼神茫然，慌張看著那些逃離的人群。

似乎……他們並沒有聽見恐怖魔音，就如同周老闆一樣。

至於還沒有交往對象的杜鵑，竟然也能聽到魔音。這種情況，與傳聞中「魔音只攻擊情侶」的狀況很不符合。

除此之外，歌謠社的眾妖絲毫沒有聽聞任何魔音，看來只有人族會受到魔音襲擊。難道，魔女的詛咒對於妖怪不會起作用？

婆娑隱隱約約感覺某個地方有所怪異，思忖著另一種可能性……

蛇郎察覺婆娑兀自沉思，不禁問起：「你怎麼想？」

「我有注意到……逃走的聽眾雖然情侶很多，可是大部分都是年輕人。還留在座位上，看起來沒有被魔音攻擊的聽眾，似乎年齡都比較大。」

「嗯……原來如此。不過，為什麼魔女的詛咒只會針對年輕的人類？」蛇郎一邊思考，手肘撐著桌几，手掌抵著下巴，說道：「也許……詛咒是假，有人故弄玄虛。」

「這是最合理的解釋。」婆娑直說。

菟蘿依然不解：「如果要故弄玄虛，目的又是什麼？最重要的是，如何製造出只有年輕人才能聽到的聲音？若要達成這種效果，魔女應能使用咒歌，詠唱出只會攻擊年輕人的魔音。」

婆娑搖頭不贊同：「若是用靈力驅動，我們應該會察覺才對，也許嫌犯並非妖怪……」

「但是，我有察覺到妖怪出沒的痕跡喔！」琥珀得意的說：「你們跟周老闆談話的時候，我就在演奏廳四處查看，還跑到門口附近的走廊檢查，想說現場會不會有魔女留下的線索。」

「小琥珀，沒想到妳手腳還挺俐落嘛，真有效率。」蛇郎笑說。

「別小看我！我當然行動力超群！」琥珀一臉神氣模樣。

菟蘿便問：「所以，妳搜索到什麼？」

琥珀繼續講：「我在演奏廳調查的時候，沒找到任何東西，連垃圾也沒有，郁金屋的打掃工夫真讓我吃驚。看起來，人類應該很愛乾淨，如果我能發展掃除事業……咳咳，總之，我在演奏廳找不到什麼，只好往廳外去搜索。沒想到卻在廊道之間，嗅到一股奇異味道，很明顯屬於某種妖怪的氣息，我覺得很熟悉……」

琥珀這時露出為難的表情。

據她所言，她對這種味道好像很熟悉，可是卻一直想不起來，到底是在哪裡聞過。

「我在廊道上嗅來嗅去，始終沒找到味道的來源。我只覺得那陣氣息真的很熟悉，到底是在哪裡聞過呢……咦咦……咦！就是這個味道！這個味道……」

琥珀一聲驚呼，嚇了大家一跳。

「就是這個氣息！」

驀地，一抹黑影從窗臺一閃而過。

「是誰?!」菟蘿機警地步向窗前，但窗臺卻毫無蹤影。

「我……我看到了！」琥珀驚聲尖喊：「是那隻在街上胡搞瞎搞的臭妖怪！沒錯，在演奏廳外殘留的氣息，就是他的氣味！可惡，我這次……肯定要抓到他！」

話一說完，著急的琥珀竟然瞬間幻化為元靈的模樣，一隻橘毛花虎蹬腿一躍，往窗臺外迅速奔騰。

「等等，琥珀，這裡是二樓呀！」

杜鵑著急地靠近窗臺欄杆，往下俯望，眼見小花虎的尾巴消失在旅店一樓側邊的荒蕪花園中，才鬆了一口氣。

蛇郎眼露興致，說道：「為了避免跟丟，菟蘿，你先用追蹤術跟過去。」

菟蘿點點頭，登時施放出魔藤追蹤，縱身一躍，追逐而去。

正當蛇郎也要跟過去，他轉頭瞥望婆娑：「你還在等什麼？」

「咦？可是……」

「你平常讀的小說，都是人類偵探的故事吧？眼前發生懸疑事件，可是比文字更有趣喔。這一次，別再旁觀啦！」

隨即，蛇郎飄然躍出窗臺。

婆娑眼見眾妖都去追逐，搔著頭莫可奈何：「好吧……我也去瞧瞧。」

杜鵑一臉擔心：「你們要小心喔。」

「我們會快點趕回來。」

婆娑話一說完，也縱步躍下陽臺。

2. 古井

往哪兒走呢？

陽臺下方即是郁金屋旁側廢園，婆娑在園中的香絲樹林裡，觀察地上凌亂腳印，循著痕跡往廢園深處直直奔去。

霍香薊叢生的雜草堆之中，似乎有一條隱藏起來的小徑。

這條小徑荒煙蔓草，一團團的黑點蚊虻拂面而來，猶如吸血惡魔成群結隊，婆娑只能不斷揮手驅趕牠們。

婆娑循跡而去，不久之後，這條小徑陡然消失於一大叢鬼針草盤據的空地之上。琥珀、蛇郎、菟蘿，都踟躕在蕪穢荒涼的草徑之間。

「接下來往哪走？」婆娑訝然詢問。

蛇郎的紅瞳在月光照映下，閃爍奇異朱彩，銳利環顧四周：「菟蘿的魔藤跟丟了蹤跡。我們已經在這兒轉兜了好幾圈，卻感應不出對方的氣息。」

周遭的香絲樹一棵棵都枝幹粗壯，綠葉茂密，樹皮極為黧黑，樹齡應該頗為古老。除了雜草環繞的這片荒地之外，月光幾乎無法穿透四周的樹林葉隙，周遭顯得暗影幢幢。

婆娑驟然想起，還有一條線索。

在蛇郎的講述中，月裡的屍身被推入深井。也許，魔女就在那口井中。

「井……附近可能有座古井。」

婆娑向眾妖說明了他的推想，不久之後，化為花虎的琥珀便在不遠處歡呼：「在這兒！」

一棵大樹旁，叢生著高大茅草，眾妖循著琥珀聲音撥開草堆，赫然看見一座老井口。

「好深的井喔。」琥珀探頭俯望幽深古井，一顆碎石被她的虎掌碰落，墜下井中許久，依然沒有聽見回音。她似乎有些膽怯，再度縮頭回來。

「怕嗎？」蛇郎微笑著問。

「我才不怕！」琥珀脹紅著臉。

「那麼，走啊……」話還沒說完，蛇郎便抬起右腳，踏越井牆，往井中一躍而下。

「走就走！」花虎大喊一聲，周身散發黃色靈波，就往井口躍入。

隨即，婆娑與菟蘿也依序躍入深不見底的老井口。

婆娑小心翼翼張開蓬鬆羽衣，振翅滑翔，飛向似乎通往黝黑地府的井底。跳入古井的菟蘿，則低吟起奇妙咒語，翠綠色光芒包圍雙腳，彷彿在空中踏步，悠悠降落。

越往下，婆娑感覺到井口越變越寬大，甚至寬度足以讓他的羽衣完全開展，不會觸及井緣。

猝然，井底傳來激烈戰鬥聲，震盪的回音讓井壁滑落碎石。

「嗄，就是你！」

「不知好歹的臭花虎，快滾開！」

當婆娑順利降落井底，琥珀正與那隻小偷妖怪鬥得難分難解，雙方皆氣喘吁吁，渾身是傷。

一旁的蛇郎眼見琥珀鬥不過對方，笑盈盈喊道：「小傢伙，既然你這麼強，為什麼要聯合這口井的魔女來施展詛咒呢？」

「呸！月夫人才沒有施展什麼鬼詛咒！」

小妖怪聽聞蛇郎挑撥的話語，不禁勃然大怒，連連反駁。矮個黑膚的異妖往前彈跳，又是一連串目不暇給的翻身滾飛，現場迅即土砂飛揚，黑糊糊一陣迷茫。

等待塵埃落定，異妖身影早已消失。

蛇郎嘴角一揚：「果然魔女跟這名妖怪有關，一下子就被套出話。」

「可惡，往哪兒逃！」琥珀嘶吼一聲，便從花虎元靈化回人形，想要舉步追去。

「等等，琥珀，再過去就沒有井口照下來的月光了，一片黑壓壓，妳要怎麼追？魔女也許就在洞中，小心為妙。」蛇郎站前，擋住琥珀。

「難道放他走？」琥珀心有不甘。

「我們當然不會放過他。」蛇郎微微一笑，從腰袋取出一把浮雕蛇形異紋的巫煙管，右手一彈指，火花從煙口迸燃，他再從吸口慢慢抽起巫煙。悠悠靈霧從煙口緩緩浮升，散發淨白光芒，參雜其中的細微火光，飄至上空一閃一閃飛舞起來，逐漸照亮地底洞穴。

洞壁遍布潮濕陰鬱的青苔，岩壁曲折，水聲滴滴答答迴繞在地洞裡，餘音不歇。

眾妖跟隨蛇郎的步伐，在煙管火花輝映下，往幽深莫測的洞穴前進。

泥地軟黏濕滑，偶有細水涓涓流過。
狹長通道似乎是地理自然形成的坑洞，儘管分岔的路口極多，但憑藉那隻小妖怪留下的模糊足印，眾妖也能往正確的方向前進。
驀然，走在蛇郎後頭的菟蘿一聲慘叫，地上濕滑，他跌跤瞬間，竟然消失了身影。
「哎呀……」
隨著菟蘿的叫聲，眾妖趕緊奔前。
原來，菟蘿意外滑入了坑道側邊一座洞穴。
眾妖小心翼翼踏進去，走沒幾步路，都張大了眼睛。
「這是……」婆娑訝然說不出話。
這是星空。
一片湛藍色的星空，在上方綿延不絕。
藍色的星星在上方閃爍，時閃時滅，晶瑩剔透，就像無數顆海藍色的珠寶鑲嵌在黑暗之中。
婆娑再定睛一看，那片一簇一簇的藍色星星，是附著在頂端岩壁的奇異物體。
「哇～好漂亮！」琥珀驚喊，伸出手，想觸摸牆壁上的藍色星星。
「別打擾牠們。」蛇郎用煙管擋住了琥珀的手掌，「這些小傢伙，是螢火蟲呢！」
聽到蛇郎的話，婆娑仔細觀察，那些一簇簇的星星，其實是由一串一串像是凝固的水珠連接而成的小型簾幕，長約好幾尺，在岩壁上密密麻麻扎根。每一簇的星星中央，都有一球藍色螢光在閃閃發亮，反射在水珠簾幕上，熠熠閃光，就變成數也數不盡的星子。

這是……螢火蟲？

蛇郎吐了一口煙霧，慢慢說道：「這是一種名叫『土螢』的螢火蟲幼蟲喔。以前我在鯤島的時候，曾在某處地底洞穴見識過這種奇異的生物。沒想到，北城的地底下，也有這些小傢伙的蹤跡。」

菟蘿站起身，拍拍褲腳上的濕泥，一邊欣賞一邊說道：「這些水珠串子，真漂亮，我在鬼市從沒看過這種美景呀。」

蛇郎點點頭，繼續解釋：「那些水珠簾幕，其實是幼蟲吐出的口水絲網。牠們會散發螢光，誘惑生物前來。這些幼蟲製作起密密麻麻的水珠絲網，需要一天的時間。一旦被黏稠的水珠抓住，就成了幼蟲的食物。」

「好可怕！」琥珀不禁嚇了一跳，趕緊縮回手。

「放心啦，妳這麼大的一隻虎魔，螢火蟲想吃也吃不下。」蛇郎哈哈大笑。

「什麼？你嫌我……」

「欸，我沒說『胖』這個字喔。」

正當琥珀想對蛇郎拳打腳踢，腳邊卻碰觸到一個堅硬物體。

「咦？這是……」琥珀探頭一看，臉色大變，後退了好幾步，哇哇叫了起來，「有……有死人！」

婆娑順著琥珀手指的方向看去，發現那是一個長方體形狀的大木箱。

不，那不是大木箱。

看起來就像是……人界用來裝殮屍體的棺材。

婆娑屏住呼吸，湊向前。

棺木的蓋子已然腐壞，從上方俯望，棺中的物體一覽無遺。

有一具人類形狀的物體，躺臥在棺中。

那個物體……棕黑色的皮膚，四肢像是堅硬的樹枝，枯朽的面容，黑洞般的雙眼瞪視著上方。如同星空般的藍光，照映在這個物體身上，更顯詭譎。

真的是死人。

一具未腐化的蔭屍。

菟蘿也向前查看，不禁好奇：「看樣子，這個人類……死了很久。但為什麼屍骸會放在這裡呢？」

眾妖端視莫名出現的人類屍體，面面相覷。

在洞中搜尋一番，沒有找尋到其他的線索，眾妖只好踏出洞外，返回原本的通道，繼續邁進。

這一路上，真是怪事連連。詛咒不只跟魔女相關，連那隻小妖怪也牽扯其中，他口中的「月夫人」該不會就是蛇郎說過的「月裡」？至於洞穴中的奇怪木乃伊……

行進之際，婆娑思考著前因後果。

3. 鬼髮

不久，坑道走至盡頭。

說是盡頭也不太正確，因為接下來的通道，被藍光閃耀的一片水珠絲網擋住去路。由土螢幼蟲口涎交織而成的藍網，密不透風，將前方的道路層層疊疊封住。

不過，從光網縫隙看得出來，前方還有路。

方才聽聞那是唾沫絲網而感到噁心的琥珀，停下腳步，有些猶疑。反而是蛇郎大膽，冷哼一聲，以手撥開絲網，繼續前進。

在蛇郎攪動之下，水珠簾幕紛紛掉落，呈現出巨大缺口。在洞口內側的石壁之上，彷彿刻印著奇異紋路。

「牆上的圖畫還真詭異，像是咒文，又像是自然形成。」蛇郎環顧周遭，興致高昂，往前大步邁進。

通道連接一處洞穴，地上的青苔逐漸減少，取而代之的，反而是黑麻麻的岩塊遍布。

在煙管火光的照映下，地上的岩塊呈現油亮的黢黑色澤。

「地上真的很滑，大家要注意喔……」琥珀出聲提醒眾妖，沒想到一不留神，竟然自己失足滑了一跤，「……哎呀！」

「小琥珀，妳在模仿菟蘿嗎？」蛇郎一副事不關己的模樣，在前頭嘿嘿竊笑。

跌倒在黑岩之間的琥珀正要回嘴，霍然舉起雙手，手掌上竟然有著一絲一絲的長條黑線。

她忍不住失聲怪叫：「咦……這是什麼……這是……頭髮！哇哇！」

嚇呆的琥珀急速往後爬，沒想到泥地上黑簇簇的髮絲彷彿有了生命般，一團團敏捷靈活地糾纏住她的手腳。

「呀……救命！」

琥珀一喊，似乎激怒了遍地捲髮，周圍岩地上的墨黑色澤一齊扭動、纏繞起來，顯露出底下原本灰暗色的岩塊。

眨眼之間，祕洞之中，猶如一大群數以萬計的黑蛇在地上、岩壁之間扭曲旋轉。

漆黑細長的髮絲無處不在，綿綿不絕。

「你們，為何侵犯妾身居所？」陰涼的鬼聲從黑髮洞穴的深處幽幽傳來。

「妳就是……月夫人？」蛇郎毫無畏懼，走至前方，緩聲問道：「夫人，靈界與人界應該相安無事，為什麼妳要用魔音驚擾地上的人們？為什麼要詛咒郁金屋？」

「呵呵……好大的膽子。還沒回答妾身問題，竟然先發出質疑。」

蛇郎繼續說道：「我們來這裡，就是為了制止夫人繼續施展魔音。妳打斷我們歌謠社的演出，我就不多加追究了。不過，妳不只針對我們，連其他樂手演奏時都遭殃，我實在無法原諒……。妳輕蔑樂曲的演奏，實在太失禮了。」語畢，蛇郎收起一貫的笑臉，嚴肅冰冷。

這時，心急的琥珀也起身拍拍屁股，踏足向前：「月夫人，那隻黑膚妖怪是妳的手下吧？他偷了我的髮簪，請還來！」

斷斷續續的詭異嗓音，在洞中時隱時現：「嗯……莫非是滾地魔？看來這孩子又闖禍了……自從妾身收留了他，實在花費許多心力管教。」

「妳這魔女，喃喃自語什麼？」琥珀大喊。

「如果這孩子冒犯了你們，妾身在此向你們致歉。不過……魔音？詛咒？」魔女的聲音在空中飄盪，忽遠忽近，迴繞在四周。

婆娑開口說：「在郁金屋旅店，發生了恐怖的魔音詛咒，讓人雙耳流血，耳聞奇異的尖吼聲。聽眾都在謠傳，是妳施加詛咒。」

「原來如此……」魔女的聲音乍然停歇，在空中旋轉的黯黑色髮絲也一同靜止。

突如其來的寧靜，反而讓在場眾妖心神一凜。

「確實，這是妾身的詛咒。」

洞穴中的髮絲，開始劇烈旋轉，藏身在髮絲漩渦中的魔女，也緩步踏出。

愁眉不展的臉龐，青色容顏，鬼魅之身，魆銀色的長髮之間，寒漠的雙眼掃視眾妖，煞氣冷冷襲來。

「滾出去！」魔女瞬間變臉，張狂的鬼髮也四處舞動，往前攻擊菟蘿。

菟蘿見狀，即刻雙手揮舞，拔地而出的綠藤便擋住襲擊而來的鬼髮。在咒謠低吟中，魔藤往前竄去，企圖纏住魔女。

「月夫人，我來助妳！」名喚滾地魔的黑膚妖怪，也從後方的通道口跳進來，「喂喂！你們竟敢擅闖月夫人的住所，真是無禮！」

「又是你！」琥珀轉身，隨即亮出虎爪，向小妖怪狠狠撲抓。

滾地魔也不是省油的燈，翻跳一圈反攻琥珀。

「等等，你們……等等！」婆娑奮力大喊，卻無法勸退混戰中的滾地魔與琥珀。儘管婆娑已經心有解答，想要化消這場爭鬥，卻是徒勞無功。

另一方面，魔女掙脫了咒藤，鬼髮破風襲去，菟蘿節節敗退。蛇郎於是揮起煙管，口誦咒歌，迷茫煙氣幻化為一尾尖牙白蛇，朝魔女纏咬而去。

蛇郎的進攻，讓魔女登時受挫。靈蛇的攻勢雷霆萬鈞，凌空一躍，便咬住魔女手臂。

可惜魔女雙手皆有無數鬼髮纏繞，護衛嚴密，靈蛇尖牙無法輕易進犯。不過，在蛇郎纏鬥之下，魔女也一時掣肘，無法繼續進逼。

這時，洞口因為雙方的攻擊而產生回音，婆娑細聽聲音迴盪的方向，並且感受氣流的變化，總算得知此處已是坑道盡頭。除了方才進入的通道之外，此地再無其他通路……他再次確認猜想無誤。

婆娑回頭望向魔女，沒想到魔女受到蛇郎糾纏，面有慍色，旋身甩出銳利長髮，方向一轉，竟攻向後方的菟蘿。

正當菟蘿要被迴旋而來的鬼髮刺穿胸膛，此刻——

鮮血從蛇郎的左臂噴洩而出。

魔女的鬼髮銳利無匹，化成千刀萬刃，竟在蛇郎的手臂上砍出一道橫長血口子，連後背也被銳髮切割，鮮血直流。

蛇郎擋住了攻勢，卻也身受創傷。

「社長，你……」菟蘿倉皇失措，趕緊扶住蛇郎，躲開魔女接下來的鬼髮攻擊。

婆娑一陣心焦，眼見蛇郎負傷，此處又是對方的地盤，久戰實在不利。

一籌莫展之際，婆娑只好做出決定。

婆娑緩緩展開肩上彩羽，將靈力貫注於胸口，源源不絕的靈能飄盪而出，散發出七彩炫光。

——停。

僅僅只是簡單的一個字，從喉間輕吐而出，卻猶如巨聲壯響，瞬間在眾妖的耳中無盡迴旋。

這是禁忌的咒音。

任何聽聞者皆會心神蕩漾，魂魄震搖，甚至動彈不得。

婆娑從不輕易開口，只因他擁有的靈息十分特殊，能以奇異玄妙的語音，震懾任何擁有生命的心魂。此種異能，只有金羽族的特異血脈才能施展。

雖然這種異能的效力巨大，但施展起來，也要耗費極大靈能。因此，婆娑並不會經常使用。

受到這股咒音異能的影響，密洞竟然開始震盪，岩壁層層崩塌。地洞彷彿受到咒音感應，產生凶猛晃動。

數不清的巨石墜下，婆娑受到岩洞地震的干擾，咒音頓停，異能消弭。這時，眾妖才得以移步，趕緊閃避四處落下的巨石。

婆娑受到自身咒音的反彈，渾身疼痛不已。同時，他卻萬分訝異，為何岩洞也會受到咒音影響？

婆娑無法理解。

因為婆娑的咒音異能，並不會影響無機物，這是他的異能特性。可是……地洞的震盪，明顯是受到他的靈能影響所引起。

更奇怪的是，前方似乎憑空浮現一顆球形的物體，像是珠子。婆娑不及細思，只好伸手一抓。

婆娑因為施展咒音導致靈息紊亂，頭暈目眩，無法繼續思考。他只能努力深呼吸，調整體內靈力流轉。

一陣動盪之後，地震才稍加平息。

黑暗的地洞，再度回復原先的靜穆。

婆娑勉強支撐起身體，趕緊和菟蘿一同扶起受傷的蛇郎，往身後的洞口退去。一臉蒼白的蛇郎，摀著受傷流血的臂膀，勉強揚起笑臉。

琥珀雖然不甘心，但是眼見蛇郎負傷，只好隨後跟上。

可是，就算眾妖急急退離祕洞，魔女卻在後頭緊追不捨。

如波浪湧起的鬼髮，掠過岩壁，向眾妖的背後凶猛襲來，即將刺向琥珀的後背。

婆娑儘管氣虛力空，一咬牙，仍舊毅然轉身，朝後方大喊：「月夫人，妳說謊。」

婆娑驀然一語，似乎驚住了魔女，鬼髮瞬間停止了動作。

菟蘿一陣心急，喊道：「婆娑，我們快走吧！」

「我來拖延，你們先走！」婆娑支撐起精神，繼續回頭喊話：「月夫人，我相信妳，絕非郁金屋魔音詛咒的源頭。」

婆娑想回頭走去，蛇郎一手拉住婆娑衣袖：「你發什麼瘋？魔女威力這麼強悍，你絕不是對手！」

「你不是很生氣魔女胡作非為？但是……我能證明，魔音非她所為。別擔心，我有金羽異能足以護身。」

蛇郎瞧見婆娑眼神堅定，嘆了一口氣放開手，說道：「好吧……但是，你一定要平安。」

眼見婆娑堅持留下，菟蘿只好先扶著蛇郎，和琥珀先行逃離。

這時，幽幽鬼語從洞穴的深邃處傳出：「無禮的鳥妖，你為何斷定，妾身非是詛咒源頭？」

猶如尖銳刀刃的鬼髮，在婆娑面前旋轉舞動，彷彿即將刺穿他的身軀。

婆娑開口說道：「據人類所言，魔音的起因，是因為魔女對於愛情失望，嫉妒有情人，所以才會以魔音襲擊戀人。但是我想……」

「你如何想？」

「月夫人並未對愛情失望。」

「呵呵，是嗎？」

「井外不是有一大片香絲樹嗎？我聽說，周家前人在許久以前，將後院作為花園。不過，並非觀賞用途的香絲樹，應該不是當時留下。所以我……大膽推測，這是月夫人親手種植的樹林。這座樹林有老樹也有幼株，應該是月夫人在長年歲月中持續栽種。」

「就算是妾身親手植栽，那又如何？」

「香絲相思，相思無盡，我曾在人界的書中讀過，香絲樹……又名相思樹。儘管幾百年過去了，月夫人仍然以香絲樹寄存心意，真是可敬。所以，我認為這種心情，絕不會讓妳施展魔音，襲擊無辜的戀人。」

「單憑香絲樹就來推測妾身心境……你未免一廂情願。」

「月夫人，妳錯了，我並非『推測』。坦白說，我有一種特殊的靈力，只要一經我凝視，便可洞察其內心。因此，我才敢斷言，妳絕不會傷害他人。」

「哼，你怎麼可能看穿妾身內心？」

「那麼，再加上那具棺木？」

「你……竟知曉？」

「我們誤打誤撞闖進月夫人的密室，很抱歉。」婆娑緩了緩氣息，自顧自說下去：「那就是……周成的屍身吧！」

「唔……」飄忽的語音，在洞中沉浮。

魔女似乎心情受到影響，停止揮舞鬼髮，一連串的髮絲甚至開始慢慢後移。

「為了在濕潤的洞穴中維持不腐化的蔭屍狀態，屍身必須受到外力護持。想必月夫人為了保持屍體不朽，下了不少工夫。」

「哈哈哈……」猝然，笑聲響起，時高時低，迴盪在黑暗的通道裡格外詭異。

婆娑不理會詭笑，繼續開口：「妳袒護真正的犯人，應該有妳的用意。雖然我想撒手不管，但……我會揪出幕後黑手。」

「你說……什麼！」洞口的深處傳來不悅的語音。

婆娑心中忖測，從月夫人的反應看來，他果然猜對了。

眼見目的達成，婆娑趕緊轉身，張開身後彩羽，撲撲拍翅，飛離現場。

察覺婆娑飛走，鬼髮再度席捲而去，撲天蓋地氣勢猛然。但婆娑從囊中取出幾枚種子，沿途灑落，瞬間就發芽成數十條綠色藤蔓，擋住了鬼髮的攻勢。那是方才菟蘿臨走前，悄悄遞給婆娑的魔藤種子。

銳利鬼髮儘管能揮斬魔藤，但婆娑早已趁機逃離。

飛行不久之後，婆娑總算望見夥伴。

「呼～」負傷的蛇郎吐著氣，掙脫菟蘿的手，瞪著眼走到婆娑面前。婆娑以為蛇郎又要開罵，責備他行事衝動。沒想到蛇郎臉色一鬆，拍著婆娑肩膀，微笑著說：「沒事就好。」

「你真的沒事嗎？」琥珀著急詢問。

「我沒事，幸好菟蘿的魔藤幫我擋路，我們快走吧！」

眾妖會合之後，再度提步奔離，急促跫聲迴盪在幽深的甬道之間。

通道左右曲折，猶如迷宮，不過蛇郎曾在各個岔路口安置不容易飄散的光芒煙霧。只要循著濛濛白煙前進，就能找到正確的前進方向。

不久，總算抵達井口的正下方。

這時，儘管菟蘿渾身傷痕，仍然奮提靈力，呼喚青綠色的魔藤蔓拔地而起。魔藤枝葉包覆著眾妖，往上不斷旋升，將他們送往月色稀微的井口。

離開地底坑道越來越遠，婆娑紊亂的靈息總算逐漸恢復穩定。前往地面的途中，婆娑便將心中的計畫告知眾妖，打算等一下就揪出幕後犯人。

儘管婆娑已大約猜中詛咒真相，但他卻百思不得其解，方才施展的咒音異能，為何會引起地洞猛烈的地震？

婆娑心中，揚起不祥預感。

4. 推理

夤夜時分，周老闆與周小茶坐在郁金屋一樓大廳內，緊張等待大夥兒前來。

不久之後，杜鵑便跟婆娑、琥珀一同走至大廳。

「杜鵑，妳說抓住魔女……到底怎麼回事？」周老闆納悶發問。

「真抱歉，三更半夜，還打擾你們。」杜鵑行了個禮，「詳情如何，我跟大家一樣不清楚。得知真相的人，其實是今晚在演奏廳進行演出的這一名樂手，他名叫婆娑。」

婆娑點點頭：「其實，我已經抓住魔女了。不過……既然事發地點是在演奏廳，不如我們前去演奏廳，我也比較方便解釋。」

儘管周老闆父女一頭霧水，但在婆娑建議下，大夥兒還是移駕前往後方的演奏廳。

來到演奏廳之後，杜鵑倒了五杯水，放在大家面前：「大家請先坐下，喝杯水。」

「你說，你抓住魔女。」周老闆啜飲著杯水，困惑地問：「但是……魔女到底在哪裡？」

婆娑緩緩開口：「我確實抓住了魔女，不過……我也沒有抓住魔女。」

「這到底是什麼意思？」周小茶困惑地說。

婆娑說道：「魔女的存在，當然是假。畢竟，怎麼可能有魔女詛咒這種怪力亂神的事情？所以，詛咒是被人類創造出來的。」

「像這樣古怪的力量，怎麼可能有人能做到？」周老闆似乎面有難色，冷汗涔涔，拿出口袋內的手巾擦拭汗水。

「如果，詛咒真有其事，那麼……你們相信預言嗎？」婆娑舉起手來，指著大家手中的水杯，「水杯的杯面，將會有犯人的線索。」

婆娑一說，令大家驚愕失色，面面相覷。

周老闆一臉訝異，指著琥珀說：「妳……妳的杯子，怎麼會出現黑色的手印？」

琥珀慌慌張張舉起手來：「不是呀，杯子上的黑印子，是因為我剛才碰到木炭，是婆娑叫我去拿……」

「咦？木炭？」周老闆一臉不解，轉頭望著婆娑，又低下頭注視著牆角原本作為焙窟的展示區，「如果是木炭……該不會是這些展覽用的黑炭？」

「沒錯，我請琥珀拿出焙窟裡的黑炭。」

隨著婆娑的話語，在場之人也注視廳內邊牆的焙窟。一坑一坑的圓形焙窟，是往昔焙茶時使用的地面型爐火裝置。周老闆特意保留這個構造，甚至在窟中放置黑炭，作為展示之用。在最角落的一個窟穴中，卻沒有黑炭，徒留空蕩蕩的一座窟窿。

「那座焙窟中的黑炭，是我請琥珀拿出來，所以，我才找到詛咒的源頭。各位……這就是魔女的真相。」

婆娑隨即從身後拿出一件長方體的銀黑箱子，放在桌上，繼續解釋：「雖然當時在密閉的演奏廳內，琥珀沒找到可疑的物品。但其實，是被隱藏起來。」婆娑指著牆角邊的焙窟，「不會有人特意想觸碰黑炭讓手髒掉，所以就成了隱藏物品的絕佳地點。這個黑盒子，就藏在黑炭下方。」

周老闆打量桌上的黑色器械，問道：「這到底……是什麼？」

婆娑舉起黑盒子，說道：「我剛才試著研究一下，我發現這是一臺使用電曜驅動的高頻赫茲聲波儀。這臺高頻儀可以發出兩萬多赫茲以上的高頻聲音。高赫茲聲波，只會被耳膜還很靈敏的年輕人聽見。並且，聲波機器被強化威力之後，甚至超越原本『蚊子噪音』的功能，會造成人類耳膜損傷。」

「兩萬多赫茲？蚊子噪音？」

「赫茲是聲音學上的專用術語，用來計算聲音頻率的單位。」見到大家一臉茫然，婆娑不厭其煩地解說：「人類能聽到的聲音，大約是在二十赫茲到兩萬赫茲之間。因為青少年的耳膜還很有彈性，內耳也沒有退化，所以才可以聽到兩萬赫茲以上的高頻音響。我曾經在網路論壇上，讀過『蚊子噪音』的相關文章，與這臺高頻儀原理相同，據說是為了驅趕在公園鬧事的年輕人而被發明出來。既然怪力亂神之事不存在，合理解釋就是有人利用魔女名目在裝神弄鬼。前來演奏廳的年輕人，經常有情侶檔，因此會被魔音攻擊。事實上，魔音攻擊的對象，並非情侶，只要是年輕人都會聽見。但犯人刻意誤導傳聞，讓人們以為魔女忌妒情侶，才會施展詛咒。」

「原來是這樣！難道是同業或什麼人想抹黑我的旅店，才做出這種事？」周老闆捏緊手裡的茶杯，急切地等待婆娑繼續說明。

「外人犯案的可能性很低。因為，能夠將儀器藏在這種特殊位置，想必是熟知旅館情況的內部人士，或者是內鬼與外人合謀。但是，就算我知道犯人是旅館相關之人，還是無法鎖定目標，所以，為了揪出犯人，我稍微耍了點小把戲。小茶小姐……可以讓我們看看你手上的茶杯嗎？」

在婆娑說話的期間，周小茶始終臉色蒼白，雙唇緊閉，一手緊握茶杯。

隨著婆娑的問話，周老闆終於察覺女兒不對勁：「小茶，妳……妳怎麼了？」

周小茶緩緩將握住茶杯的手掌打開，茶杯的杯面，赫然出現黑色的印痕，她的手掌上也附著墨黑色的粉屑。

那是來自木炭的黑粉。

周老闆慌張地說：「不可能啊，不可能是小茶。畢竟……我女兒這麼用心經營旅店，怎麼可能做出這種自砸招牌的事情？就算她碰過黑炭，可能是為了要整理焙窟展示區……」

婆娑搖搖頭，站出來說：「周老闆，你仔細想一想，現在是半夜，為什麼小茶小姐會來整理焙窟，並且碰到炭粉呢？」

「這……」

「雖然，我已經先在焙窟裡尋獲這臺古怪機器，卻不知道犯人是誰。所以，為了設下圈套，我就請杜鵑告知你們，我們將在一樓大廳解開謎題。只要犯人得知可能陰謀敗露，一定會先跑到演奏廳，想回收機器。小茶小姐……當妳來到演奏廳時，其實我跟琥珀就躲在座椅的後方，一聲不響看著妳在焙窟裡尋找這臺機器，卻因為遍尋不著而非常慌張。」

婆娑語畢，現場一陣安靜。偌大的演奏廳內，空氣窒礙而沉重。

所有的目光，都注視著周小茶。

倏然，周小茶閉著眼睛，緩緩嘆了一口氣，不久之後才睜開眼，表情沉重：「沒錯，是我做的。」

周小茶的坦白，讓周老闆一臉驚詫，不敢置信：「小茶，為什麼妳要做出這種傻事？」

「爸，我只是為了讓你接受我的建議。」

「建議？該不會就是妳一直勸我的……改建計畫？」

「我三番兩次跟你提案，希望能夠再次改建郁金屋，讓這間旅館可以跟北城其他旅店匹敵。否則，郁金屋就快要撐不下去了。但是……你卻不答應我的提案。」

「妳利用魔女詛咒，逼我必須面對客人流失的重大危機，千方百計想說服我我更改旅館的經營方式。小茶……妳是認真的嗎？」周老闆難以置信，連連搖頭。

周小茶低著頭：「確實是這樣……為了逼你接受我的提案，我才出此下策。」

「妳……真是太傻了！妳一向很穩重，怎麼會想出這麼荒唐的計畫？」

「這個計畫，其實……不是我想出來的，而是有人建議我這麼做。因為我一直無法改善旅館經營困境，所以這幾個月始終心煩意亂……這時候，我收到一封奇怪的信。發信者似乎很清楚我的煩惱，還在信中寫了製造詛咒的方法。對方告訴我，只有這個方法，才有機會讓你回心轉意。我猶豫了很久，最後想說死馬當活馬醫，鋌而走險試試看……」

周老闆驚疑發問：「到底是什麼信？」

隨即，周小茶從口袋掏出一封雪白的信紙，遞給父親。

周老闆定睛一瞧，信上確實寫明製造魔音的方法，並簡略說明一旦計畫啟動，周小茶該如何散播魔女傳言。

只不過，文字是以機器列印，無法辨別筆跡。信紙末端除了署名「吹笛者」之外，再無其他線索。

「……我……我真的很想要守住郁金屋。可是，如果照你的方式走下去，這座旅館……肯定會……」

話講不到一半，周小茶眼眶滲淚，握緊周老闆雙手，不停低聲哭泣。

周老闆嘆氣連連：「妳不只傻，還是個笨孩子啊……就算妳順利勸我改建，但是旅館名聲也會一落千丈，這是得不償失啊！妳怎麼能相信這種來歷不明的信呢？」

此時，婆娑提步上前，想安撫心情激動的兩人。但是，他卻開始頭暈目眩，看不清前方視線。眼前的周老闆與周小茶，身影彷彿越來越遠，他們說話的聲音像是隔了一層墊子般，模糊不清。

婆娑搖搖頭，左右張望，想看清附近，卻是眼花撩亂。

頓時，他跌入黑暗無比的深淵。

5. 還簪

婆娑醒來之時，已是傍晚。

這裡是旅店內的二樓住房，夕陽從窗櫺灑落橘黃的光線，清風拂過白色的窗簾。側耳傾聽，一陣陣悠揚爽朗的聲音，不知從何處傳來。

躺著的婆娑伸出手來，夕陽便照射在手臂上。他注視手臂上橙黃色的光暈，因金羽族特有的肌膚性質，不時散現晶虹色的七彩反光。

婆娑瞇著眼睛回想，才記起自己在演奏廳內昏倒了。可能因為太久不曾施展異能，造成體內靈息衝激，才會瞬間昏倒。

究竟昏倒多久呢？

婆娑望著窗外天空，似乎已經是隔日傍晚。

婆娑從旁邊的鐵桌上拾起眼鏡，將眼鏡戴上。可是，他記得……鐵桌靠在窗邊，與床鋪距離頗遠。

床鋪……咦，這是床嗎？

婆娑發覺自己並非躺在床鋪上，驚詫之間，他轉頭望向另一邊。

一名女子坐在靠窗的鐵椅上，婆娑的全身，則被一層又一層黑簇簇的長髮所托載。

數也數不清的黑銀色髮絲在空中游移滑動，交織錯雜，在夕陽光的反射下爍閃熠熠。同時，無數晶亮黑髮潛入婆娑的背後，構築成一座猶如柔滑床榻的黑髮平臺，乘載婆娑全身重量。

「妳……妳是？」

「鳥妖，你忘記妾身是誰？」

婆娑大驚失色，趕緊起身，退至房門邊。

這名女子，即是居住在古井內的地底魔女。

「呵呵，你的反應真是可愛。」魔女微笑說道。

這時，門口傳來了急促的腳步聲。

「婆娑，你終於醒了！」琥珀端著水杯走進房內，看到婆娑醒來，不禁往前抱住婆娑：「昨晚你突然昏倒，嚇死我們了！」

「琥珀，妳的眼……」

「我、我才沒哭呢！我是要繼承首席女巫的琥珀大人，才不會哭！」

「好，好，妳沒有哭。小心別弄翻水杯。」

「沒問題！欸……怎麼這麼多黑髮……啊！月夫人！」

月夫人無視琥珀露出張牙舞爪的虎臉，微微一笑：「妳來得正好，妾身有東西要還給妳。」話一說完，她便伸出右手，側著頭優雅取下長髮上的一支木鯉魚髮簪，遞給琥珀。

「月夫人，這是？」琥珀的凶狠表情瞬轉驚愕。

「滾地這孩子，真是調皮。為了送禮物給妾身，竟然偷了這支髮簪。妾身已經私下好好教訓滾地，他絕不敢再犯。」

雖然月夫人語氣溫婉，但是提及「教訓」的語句之時，卻雙目冷冽起來，千萬鬼髮也劇烈扭動，充溢著令人不寒而慄的恐懼感。似乎可以想像，滾地魔經歷了一場恐怖的折磨。

「請你們原諒小犬一時糊塗，這支髮簪也還給你們。」稍微緩了一口氣，月夫人再度回復先前的和善微笑。

「既然月夫人都這麼說了，那麼……我就原諒他。」琥珀點點頭。

婆娑眼見對方沒有惡意，撤下防備姿態，邁步向前，問說：「月夫人，妳只是來歸還髮簪嗎？」

「當然不只如此。」月夫人雙眉靈動，再度淺淺一笑：「昨晚，演奏廳的經過，妾身都知曉。你的推論，還有犯人是小茶的事情，當時躲在門後的滾地都親耳聽見，並且一五一十向妾身稟報。」

「月夫人，我知道妳想要袒護周家，是因為……」

魔女揮揮手，制止了婆娑的話，隨即開口：「聰明如你，應該會明白吧？沒錯，郁金屋的周家，確實是妾身後人。不過，他們應該都不知道妾身的存在。既然小茶已經坦承不諱，妾身也沒有繼續袒護的理由。唉……小茶實在太傻了。總之，地洞中，對你們發動攻擊，是妾身之過。」

「月夫人，妳都親身前來道歉了，我們當然不會在意。」

「只不過，妾身有一個疑問。難道你真有通天本領，能讀懂妾身內心？」

婆娑笑著說：「其實……我欺騙了月夫人。當時，我之所以會這麼說，只是想拖延妳的腳步。當然，我肯定妳絕非幕後黑手，自然有我的道理。在妳的洞穴入口處，不是有土螢結織出的水珠光網？根據蛇郎的說法，土螢要織出那麼一大片水珠簾幕，需要花上一天時間。可是，演奏廳不久之前才剛發生魔音襲擊的事件，如果真的是妳來演奏廳搗亂，那麼入口處的水珠網就不可能那麼完整。密閉狀態的地洞，說明了妳在事件發生的時候，並不在演奏廳現場，當然也無法施展詛咒。」

「原來如此，真是聰明的鳥兒。」月夫人嘴角揚起笑容，「那麼……妾身也該告辭。」

「請等等，月夫人，我還有兩個疑問……」

「嗯？請直說吧，妾身盡力回答。」

「我想請問，古井內的地洞，除了月夫人與滾地魔之外，還有其他妖族居住嗎？」

「妾身沒什麼好隱瞞，地洞之中，確實只有妾身與滾地這孩子而已。在地洞生活兩百多年的日子以來，只有你們踏足此處。第二個問題呢？」

「月夫人，妳在這些歲月裡默默守護周家，這是……值得的事情嗎？就算沒有任何人知道妳，連妳心心念念守護的對象，也不知道妳的存在？」

魔女聽聞婆娑的問話，不禁哈哈大笑：「如果早就遺忘得一乾二淨，怎麼會有人以魔女的詛咒來裝神弄鬼呢？」

魔女嫣然一笑，微微一鞠躬，足踩蓮步，往窗外飄然而去。

琥珀凝望窗外漸遠的身影，說道：「月夫人真是神祕莫測呀。不過，這個髮簪畢竟是杜鵑姐的錢買下，我等下就拿給她，她肯定會喜歡。」

婆娑有些驚訝，反問：「妳那麼拚命追滾地魔，我還以為妳很想要這支髮簪。」

「我當時看中這支髮簪，只是覺得雕工很有趣，想好好觀摩一番而已啦。嘿嘿，等我的技藝越來越厲害，我的木雕商品肯定會大賣！」

這時，婆娑想起更重要的事情，連忙詢問：「對了，我們要趕緊上臺演奏吧？今天就是最後一場演出。」

「你不用擔心喔，我們方才已經順利演奏結束了。我就是等演奏完，才趕緊來房間看看你的情況。」

「咦？你們已經演奏完了？那麼，蛇郎受傷狀況還好嗎？」

「哈，他可厲害了！就算左手受了傷，他也能毫無阻礙彈奏月琴，連我都不禁佩服起來。」

「原來如此。咦……那麼現在這陣聲音是……？」

「樓下傳來的聲音，就是周老闆昨天說的人族樂團演奏的聲音。看看時間，好像也快演奏結束了。」

「這是哪個樂團？」

琥珀搖搖頭：「這我就不太清楚了。」

婆娑豎起耳朵，專心聆聽。

原來……方才醒來之後，不斷迴繞在他耳畔的那陣奇異悠揚的樂音，就是人族樂團的現場演奏。

這樣的聲音……

靜下心來仔細聆聽，婆娑不禁讚賞起來。

樂聲猶如江海濤聲，一波波衝擊而來。婆娑從未在鬼市之中，聽過像這樣的樂聲。不知道究竟是什麼樂器，能彈奏出這樣的音符？

琥珀側頭詢問：「婆娑，你還好吧？」

「沒事，只是想去跟大家會合，免得讓他們擔心。」

「好呀，我們就下樓去吧！」

6. 妖幻

當婆娑與琥珀抵達一樓的演奏廳，人族樂團的演出早已結束。不只人類樂手先行離開，聽眾們也心滿意足一一離場。

這時，在演奏廳的門口旁，周老闆與杜鵑、菟蘿正在說話。

「嗨喲，你終於醒啦！昨晚你的推理秀，真是精采。不過……」杜鵑向婆娑問候：「身體還好嗎？」

「謝謝關心。休息過後，已無大礙。」

一旁的周老闆滿臉歉意，向婆娑感謝：「真沒有想到，魔女的詛咒竟然是小女的傑作，真是慚愧，我會好好跟小茶溝通。不過，有件事要跟你們建議……」周老闆話鋒一轉，面向大家，說起他的顧慮：「可能因為你們是年輕人，才對這種事不在乎，但還是要注意一下……方才聽你們的演奏曲，名叫〈將軍令〉，這是一種古調吧？雖然現在的時代已經沒那麼嚴格了，可是你們還是要多多注意禁謠令。畢竟，要是觸犯了禁令，後果可能很糟糕。」

「禁謠令……」婆娑想起杜鵑先前提過，興國為了杜絕鬼神信仰，所以大力禁制謠曲流傳，甚至逮捕了很多吟歌唱謠的巫士法師。

正當婆娑想要繼續開口詢問，這時候蛇郎從大廳那邊緩步走來。他左手雖然纏繞繃帶，但右手卻持著煙管抽煙，一臉悠哉懶散。

菟蘿開口詢問：「社長，你去哪了？」

「你這問題……問得真好！我跑去跟別人下戰帖囉。」

「戰帖？什麼意思？」婆娑一臉不解。

「我作為歌謠社的社長，也就是今天剛剛成立的妖幻樂團的團長，方才已經跟震天霆樂團言明……要在幾天後的鳳山城音樂祭，兩團進行比賽，看看誰的人氣最火紅。怎麼樣？下戰帖的感覺，有沒有很帥氣？」

大夥兒滿臉驚訝。

「震天霆？」琥珀一臉慘白。

「沒錯！聽說是目前鯤島最火紅的搖滾樂團，也就是方才在這裡演奏的樂團。」

婆娑問說：「可是……妖幻樂團？這是什麼？」

「這就是我們歌謠社的新名稱喔！我們將以這個名號，和震天霆樂團比賽音樂演奏。哎，同樣的話，不要讓我重複兩次啦。」

什麼？我們……要與人界目前最火熱的樂團比賽較勁？

婆娑還來不及回應蛇郎的宣告，這位不按牌理出牌的蛇妖隨即舉起手上煙管，華麗地往後一揮。順著煙管指示的方向，眾妖瞧見那座荒涼花園中被遺棄的四輪廢車。

「既然要成立樂團，怎麼可以少掉巡迴座車呢？根據我打聽與國的風俗，好像這裡的知名樂團都會擁有專屬的巡迴車。所以我斗膽向周老闆詢問，能不能將這臺廢車送給我們。沒想到周老闆真大方呀，毫不猶豫就點頭答應。」蛇郎舉起煙管，吹著煙氣，一陣吞雲吐霧。

這時，誰也沒有注意到一旁的琥珀臉色蒼白。

間奏曲：一弦安魂

前往九鳳閣的路上，在街巷的轉角處坐落一間髒汙的鋪子，門上掛著「安神堂」的木製招牌搖搖欲墜。因鬼市的蜃氣陰濕，老舊招牌遍布霉斑，看起來極為寒酸，還隱隱散發古怪的腐臭味。

我每次途經轉角，總捏著鼻子。

尤其這一次，竟然有個蓬頭垢面、穿著破爛的妖怪，被安神堂的掌櫃推出門外，還用掃帚朝他揮掃過去。看起來，安神堂不願受理他的神職申請，才將他攆出門。

「啊啊，是玄荊的女當家！小的向您致歉，不小心讓灰塵沾上您的貴軀。」持著掃帚的骷髏掌櫃，嘴巴喀拉喀拉一開一合，向我鞠躬道歉。

「沒事。」

我轉頭看了那名被掃地出門的髒臉妖怪，不只臉龐抹著污黑泥巴，還渾身濕淋淋，髒兮兮的海草掛在襤褸衣衫之上，像是剛剛在海邊礁岸打滾一番的模樣。我冷哼一聲，就轉身再度踏往九鳳閣。

會推開安神堂門扉的妖族，大多是在鬼市已經走投無路，再怎麼縮衣節食都混不下去的低等小妖。這些小妖身上散發出的窮酸靈息，總讓我將近窒息。我只能提起步伐，快快通過。

安神堂是一間負責進行神職選拔的機構，讓鬼市的妖怪可以前往人界成為土地神或者其他神明的職位，作為連結妖怪與人族之間的溝通橋梁。不過，說是「神職」也只是好聽一點的稱呼，像是城隍或者海神這種大神官的職位，哪輪得到鬼市的普通妖族擔任？所以一直以來，安神堂就只是提供一些小神的職位，讓鬼市裡靈德圓滿之妖能夠晉升神族，前往人界作為庇佑一方土地的守護神。

那名被拒絕門外的妖怪，也許因為素行不良，達不到安神堂要求的最基本靈德資格，才被安神堂駁回神職申請。

其實，只要在鬼市安分守己，從沒犯什麼錯誤，就能獲得由各個魔族世家共同成立的中立組織「奏靈殿」所頒布的靈德證明。看來，那一名披著破爛風衣的妖怪，真是窮途末路。畢竟，連最低下的安神堂都不願收留他。

聽說，在更早以前，安神堂還算是絡繹不絕之所，但自從數十年前，人界的神靈信仰衰落，一間間廟宇都被剷除殆盡，所以，作為連結人靈兩界橋梁的安神堂，經營狀況也一年不如一年。至今，已成為下階之妖的最後去處。

荊蘭姨母始終對我耳提面命，身為玄荊世家下一任繼任者，必須要有所自覺，絕不能跟那些窮途末路的妖怪接觸。

開創玄荊世家的先妖，曾以冠絕群倫的弦音震撼鬼市，以高超弦藝打下家族基業，才能在奏靈殿獨占一席之地。因此世家名稱，便以象徵絲弦之義的「玄」字立名。

世家代代皆以女為尊，當家母親可以說是玄荊世家寄予厚望的掌門。可是，當家母親誕下我之後，不久就溘然長逝。從此之後，族內再無能者，玄荊勢力一落千丈。因此，荊蘭姨母作為玄荊世家的代管長老，更對獨生的我嚴加管束，鞭策督導絲毫不留餘地。

——荊苗之長，如絲如弦，雖細卻韌，萬妖萬靈皆無法凹折。猶如荊苗堅韌，作為女當家，必須負起玄荊責任。

荊蘭姨母不斷教導我關於玄荊的真義。我則低頭向姨母承諾，絕不會辜負母親還有世家期望，為了玄荊的榮耀貢獻己身。

九鳳閣，雖然是每年迎神祭的靈謠鬪主會場，不過平常時候則會提供鬼市貴族子弟作為練習樂藝的場所。自幼以來，九鳳閣就是我天天要前往的練音所。在九鳳閣的後院，也有一間專屬玄荊世家使用的休憩別館。

日日夜夜，我在九鳳閣刻苦勤勞，只為了能在靈謠鬪上擊敗眾妖，成為新一任的靈謠幡主。光耀玄荊，是我唯一目標。

群妖奏鳴的迎神祭，是鬼市一年一度熱鬧非凡的祭典。在鬼市的大妖小妖，無不歡騰慶讚，熱情參與這個年度盛會。

迎神祭第一天，在九鳳閣舉行的靈謠鬪，將選出當年的靈謠幡主。

靈謠鬪歡迎任何妖怪參與，比拚彼此咒謠能耐。鬼市以咒謠立基，崇敬擁有超凡樂藝的能者。凡是打敗眾參賽者，成為無妖能敵的冠軍，便能獲得靈謠幡主的稱號，成為接下來數十天迎神祭的主祭者，在祭靈臺上大顯威風。並且，幡主也將在奏靈殿上獲得極高地位。

眾妖咸信，凡是聆聽幡主演奏樂曲，將會提升自身靈氣，獲得無上福分。因此，九鳳閣的聽眾席總是一位難求，眾妖都想快一點得知當年度的幡主由誰獲得。總而言之，只要獲得幡主稱號，權勢與名氣將接踵而來。

荊蘭姨母與整個玄荊世家，都期盼我在靈謠鬪上拔得幡旗。

我不相信我做不到。

我的魔箏曲藝已臻巔峰，在許多次的聯合競賽中，總是我引領風騷，鬼市群妖莫不瞻仰。

指尖彈奏十三弦，宮商角徵羽，五聲音階壁壘分明。只要掌握音域，妥善定弦，任何曲調皆能手到擒來。就算是千變萬化的曲式，魔箏上的十三弦永遠會回應我的請求。

音樂的格律是顛撲不破的真理。

每一弦都有每一弦的定律，我只要依靠真理，就能站上箏藝的巔峰。

九鳳閣上的靈謠鬪，我應唾手可得。

但……

我竟敗陣。

在最終的決賽場，只剩下我，以及一位名不見經傳的妖族。

我不服氣，隨即奏出最拿手的箏曲，讓在場眾妖無不讚賞，嘖嘖稱奇。

豈知……對方竟以一把破舊的月琴，彈出了一首難以言喻的樂曲。

奇特的音符百轉千折，樂聲磅礴洶湧，與聆聽者產生了震撼的共鳴。

如此清亮壯闊的音樂，琤琤琮琮，玄妙無比……

再堅硬的精魂，都會被琴弦上的樂聲給震碎。就算我現在努力回想，我都無法用任何詞彙語言，來描述當時聽到的聲音。

音樂不可回溯，更不可能用語言再現。我一直以為這樣的道理不過是胡說，畢竟我只要聽過曲子，就能一清二楚描述曲中不同的聲音特性，甚至能夠用各種樂器再現那樣的曲調。我就是憑藉過耳不忘的能力，成為玄荊家族寄予厚望的繼承者。但是如今……我只要思及當時的樂音，內心就一片空白，彷彿萬物皆能容納其中，彷彿一切的束縛都不存在。那陣樂音只能存在當下，過後即逝，我也不可能重新奏起相同的曲調。

聆聽完曲子，九鳳閣會場內外啞然無聲。許久過後，我的手抹著雙眼，才發覺自己淚如雨下。

場上眾妖歡聲雷動。

想當然爾，靈謠鬪最終的勝者即是他——名為蛇郎、默默無聞的一個小妖怪，成為了名副其實的靈謠幡主。

同時，我更目睹難以置信的情景。位於臺上的我，更能將對方的彈琴手勢看得一清二楚。對方手上的月琴，儘管有三弦，但自始自終，他都只有撥動其中一弦而已。

只需一弦，就足以動盪陰冥。

我只能服氣。

或許是我呆立臺上的模樣令姨母焦躁起來，她不顧身旁世家隨從的勸阻，鐵青著臉踏上靈謠鬪的比試高臺，抽出腰間的尖牙棘鞭，朝我身上狠狠甩下。

鮮血四濺。

姨母的棘鞭，向來毫不留情。她多年來努力栽培我，只是期盼我更上層樓，能為世家揚眉吐氣。但我也內心明瞭，姨母與我同樣，負擔著世家的重責大任，她身上也背負著沉重的苦衷……

當眾領罰雖然有失顏面，但此時我的心中，對自己的失望大過一切。我平靜地低下頭，任由棘鞭經過的傷口淌下鮮血。

姨母揚起鞭子，即將再度甩下。這時候，那名擊敗我的勝利者，猛然立身眼前，一把抓住了嘯風而來的尖牙棘鞭，鮮血從他的手指縫隙汩汩流下。

「大庭廣眾，用這種殘忍的鞭子，公然毒打一名弱不禁風的美麗女子，實在太囂張了。不行不行，我實在看不下去。」

我目瞪口呆看著那名妖怪。

「就算你是今年的幡主，也沒有權力過問玄荊之事！」荊蘭姨母聞言，怒不可遏。眼見姨母就要運起靈力，發動下一波的攻勢，蛇郎竟然一手甩開了棘鞭，轉身朝我一笑。他抱起我，以迅雷不及掩耳的速度，雙足一蹬，跳下了會場。

「喂喂！你……你幹嘛?!」

「妳不認得我啦？當初在安神堂門外，妳不是對我嗤之以鼻？」

「難道你是……」我抬眼望向對方。

沒想我的競爭對手，竟是那日被安神堂的掌櫃轟出門的窮酸妖怪。他經過梳洗，卸去了髒泥海草，竟然相貌堂堂，儀表端正。

「妳受傷很重啊。不要以為是妖族的魂體就無礙，要是傷口感染了，一條妖命也會弄丟。妖怪也會死的，難道妳不知道？」

「才沒……沒這麼誇張。」

「妳看看，連袖子都被鞭子割碎了……」蛇郎一邊奔跑，一邊看向我的袖口。沒想到他目睹我舊傷累累的手臂，竟然驚得瞪大眼。

「別看我！」我朝對方的臉龐，毫不猶豫甩了一個巴掌。

豈知對方不為所動，說道：「別動，我只想查看妳的傷勢。嘖嘖……妳手上這些舊傷，該不會都是方才那位大媽的傑作吧？」

「毋需你擔心。」

無禮的妖怪這時才將我放下，我抬眼一望，才發現他腳步匆忙之間，竟然跑進了九鳳閣後方玄荊家的別館簷廊。

他從破爛披風的口袋中，取出了膏藥，在我手臂上的血紅傷痕塗塗抹抹，並撕破他一角衣裳替我包紮。

「其他受傷的地方，我不方便碰，妳自己塗吧。」

「這……謝謝。你也受傷了，還好嗎？」

「這點小傷，沒事。那就這樣，先走啦。」

「你要回去？」

「當然呀！既然贏得了幡主，得要好好過癮一下。聽說幡主能夠主持迎神祭，這麼有趣的事，我絕不會缺席。」

「那……我能問你一個問題嗎？」

「當然可以，我絕不會忽視美女子的問題。」

「你……如何彈奏出那麼驚心動魄的樂曲？我在臺上瞧得一清二楚，你竟然只用一弦，就能夠懾服眾妖。你巧妙運使靈力，控制一根絲弦的緊綳與鬆弛，再以神速的指法彈撥。本來我以為，你只是想耍花招，但是……你的弦音，卻是無比清澈，足以穿透心魂，完全無法想像整首曲子，只是一弦之音。該不會……你還使用什麼特殊靈能，造成催眠的效果？」

「唉，小姐，妳這麼講，就太傷我心。我只是很認真地彈琴，想將我聽過的美妙曲子跟大家分享罷了，哪有什麼催眠的效果。」

「但是，你一開始的弦音分明走調，只用一弦彈奏，容易五音不全，十二律參差不齊。照理來說，曲子會沒有調性，基本旋律也會失準，應該雜亂無章。但是你的曲子卻毫不紊亂，反而整齊劃一，節奏緊實，甚至讓我……讓我很感動。到底為什麼？」

對方本來要提步離開，聽了我的問話，卻調皮一笑：「格律？格律是什麼東西？」

「格律……就是演奏謠曲時，最重要的音律規則。你難道連這點也不知道？」

「呵，我當然知道。只是，那又與我的樂曲有何關係？」

聽見對方竟然對基礎樂理毫不在乎，我目瞪口呆。

他繼續說道：「確實，彈奏謠曲，基本上都會先定弦，依照樂譜一五一十來撥音。可是，樂譜上絕對存在的『音律』，又是誰定下？那不過是以前的樂師為了方便傳遞想法，讓其他的演奏者可以依照他的曲譜來演奏。樂曲本無格調，更不會被枯燥的音律鎖死。那些陳舊的音律規則，照本宣科的曲譜，毫無變化，只是困住音樂的監牢，根本不值一提。」

一直以來，我所遵行的音律真理，在對方口中竟然毫無價值，我很不甘心。但是……我的心緒卻被對方漸漸影響，開始思考起來。

我反問對方：「難道，你反對音律的制定？也反對這些傳承下來的樂譜？」

對方見我一本正經連連發問，似乎突然被嚇到，呆愣了一下。他的左手托著下巴，側頭思考片刻，才開口回答：「我並非反對音律喔。音律本身並沒有錯，傳承下來的曲譜更是歷史的結晶，是經由一代又一代的樂師共同創造出來的精華。每當我彈起古老的樂曲，我彷彿能跟以前的演奏者對話，我很喜歡這種體驗。我反對的，是不知變通，只會死板遵循音律的演奏。謠曲，應該要更加靈活運用才行。我聽妳的箏曲，感覺……只是在複述樂譜上的音階而已。但這種『再現』，毫無魅力，只是老調重彈。音樂的魅力，必須與聆聽者互動。我想想……人界好像有句話，名為『安魂』，本意其實是悼念逝去的靈魂。不過啊，我覺得也不限定在逝者身上，還活著的人或妖，也同樣擁有魂魄呀。彈奏樂曲，就是為了跟不同的魂魄共鳴。」

「這……」

「總之，大概是這樣。時間快來不及了，以後再聊啦。」

他揮一揮手，便離開別館簷廊。

望著他離去的背影，披風飄盪，竟讓我一時恍惚。

他的一番言論，震撼了我。

靈活彈奏樂曲……樂曲本無格調……安魂……

這些肆無忌憚的言論，與我一直以來的所學簡直互相悖離。難道我一直以來都錯了嗎？

不，我沒有錯，那名妖怪的話也沒有錯。因為，曲藝之路並沒有對錯之分。儘管殊途，卻都是為了追求最終的極致——讓樂聲傳進聆聽者的心中。

我開始認真思考起那名蛇妖的言詞。我在意起他，並不是因為他拔得幡旗，而是因為他的演奏確確實實撼動了我的心魂。我想知道，他是如何彈出這樣優美的謠曲。

數日之後，蛇郎因為有了靈謠幡主的頭銜，讓鬼市眾妖都對他另眼相看，連曾經將他轟出門的骷髏掌櫃也將他視為貴賓，與他熱情來往。因此，在鬼市居無定所的蛇郎，便在掌櫃的熱情邀約下，暫宿於安神堂。

從此，我有事沒事就會前往安神堂，與骷髏掌櫃泡茶聊天，順便看望那名不可思議的蛇妖。一問才知，原來骷髏掌櫃以前曾認識蛇郎。

當時蛇郎初來鬼市，一臉骯髒不修邊幅，骷髏掌櫃才會認不得他的樣貌。等到蛇郎在靈謠鬪上出名了，掌櫃便急忙邀請他來到安神堂作客。

在掌櫃口中，我也得知，當初蛇郎無法被安神堂接納，是因為他在鬼市初來乍到，還不知規矩，所以並沒有到奏靈殿申請靈德證明。不過，掌櫃也說，就算蛇郎已經知道規矩了，可是卻好像不想要繼續提出神職申請，因為他似乎有了更新的計畫。

後來，安神堂不再見到蛇郎身影，我詢問掌櫃，才得知他進入了祆學館。

某日，我與荊蘭姨母在九鳳閣的別館相談要事。一照面，我就向荊蘭姨母作揖叩首。

「姨母，我決定了，我……要去祆學館就讀。」我提出了請願。

聽聞我的決定，荊蘭姨母倏然變色。

「為何要去那種地方呢？你……並不屬於那種地方。若要練習咒謠靈能，在九鳳閣也可以達成相同的目標，甚至九鳳閣的師資才最為齊全……」
「姨母，我心意已決。」
「你……到底怎麼了？自從靈謠鬪之後，你整天魂不守舍，甚至……甚至提出這麼不得體的要求。」
我抬起頭，望著姨母說：「因為，我遇見了一位不可思議的朋友。」
「為什麼？他難道值得你做出這種決定？」
「我只是想要理解他說過的話。我想要知道，我究竟想要追求什麼。」
「難道你為了追尋自己的目標，就要不顧玄荊？」
「姨母，並非如此。我的追求，正是為了玄荊的未來。若我……不再堅強，只是唯唯諾諾承襲姨母的教導，我不相信我能擔當起復興玄荊的重責大任。我唯有努力充實自己，努力完善自己的咒謠，才能有所成功。所以，我希望能夠前往祆學館，去見識我從未見識之物，去聆聽我從未聆聽之音，我才能更上一層樓。」
「你是玄荊世家唯一的繼承者，你真的不後悔？」
「我的名字是荊菀蘿，我願意承擔這個選擇，這就是我選擇的曲藝之路。」
荊蘭姨母凝視著我，嘆了一口氣，點點頭。
順利進入祆學館之後，我便填寫社團志願書，正式成為歌謠社一員。

*

在郁金屋的二樓房間內，我坐在靠窗的椅子上，凝視床鋪上熟睡的社長臉龐，想起了多年以前的往事。

這麼多年過去了，社長還是同樣一張桀驁臉龐。就算睡著，似乎也能展露高深莫測的表情。就如同當時他在玄荊別館對我說話的那時刻，讓我難以捉摸。

「欸……是你。」

蛇郎眨眨雙眼，經過了一夜的休息，總算醒來，我也可以稍微放心。

「你別動，小心傷口又裂開……呵呵。」說著說著，我不知不覺笑起來。

「你在笑什麼？」

「我只是想到我們第一次見面時的情景，挺懷念。當時是你幫我包紮傷口，沒想到現在立場調換。」

「那時候，我以為你是女的，所以才想來個英雄救美，沒想到竟然是我誤會了。」

「造成你誤會，我也不好意思啦，畢竟當時我穿著女裝。玄荊世家向來以女為尊，所以儘管我作為獨生子，還是必須以女服面世，也要冠上女當家繼承者的名號。不過，鬼市向來男女界線不明，眾妖也明白我是男身，更不會對我身為女當家的稱謂有所質疑。我還以為你早就知道這件事。」

「我當時才剛到鬼市啊，誰知道這些囉嗦規矩？你換回男服，在歌謠社現身時，差點嚇死我。」

「畢竟，女服只是在玄荊世家才必須要穿著的服飾。既然進了祆學館，如何穿著打扮，就由我做主囉。這不是你教我的嗎？格調、規矩都是死板，要靈活運用才是正確。」

「我始終覺得，真是奇怪，那個時候你明明冷漠又高傲，怎麼現在性格全都變了？以前那個動不動就打對方巴掌的火爆蒐蘿，跟現在的你，差太多了吧？」

「改變我的，就是社長呀。你當時對我說的話，我永遠銘記在心，持續修行。」

「早就跟你說了，那是我為了搭訕才胡謅出來的道理，別當真！還有，我只對妹子有興趣。」蛇郎搔搔腦袋，一臉無可奈何。

「那你昨夜替我掩護、擋下魔女的攻擊又怎麼說？」

「哎，那不一樣。你是歌謠社成員，要是你受傷了，誰來彈二胡？少了你的合奏，我會很困擾。」

「說到底，你就是需要我。」

「喂喂喂，我是在說演奏。」

「好吧，我就勉為其難接受。不過，我還是要跟你說一句，以後別再逞英雄！」

「我知道了。所以昨夜……婆娑已經順利解決魔音事件了嗎？」

蛇郎看向另一個床鋪上的身影，婆娑正沉沉入睡。

昨夜，蛇郎因為負傷沉重，我就先帶他上二樓休養。雖然我沒有參與婆娑的推理，但也從稍後杜鵑的回報，得知事情經過。

我向蛇郎轉述推理過程：「就像婆娑跟我們所說，周小茶就是犯人。」

「沒有親眼見識他的推理現場，真可惜。不過，婆娑被那些推理小說洗腦太徹底了吧？還特地營造出偵探要解說案情的場合，實在太費工夫。當時看到周小茶想回收機器，就應該當場逮住她才對。真是好笑，呵呵。」

「社長，為什麼你這麼在意婆娑？」

「這個嘛……我曾聽他唱過一首曲子，那首曲子……」蛇郎一邊摸著下巴，一邊注視婆娑的模樣，讓我有點不是滋味。

得想想辦法才行。

我將口袋中的紙條抽出來，遞到蛇郎前方。

「啊？這是什麼？先說好，我不收情書。」

「看了就知道。」

蛇郎抬眼瞧著我手中紙條。

「咦？這是……」

「我記得，你說過我的樂曲，只是在複述樂譜吧。但是，你又說樂譜無罪，不想跟樂曲交流才是錯誤的態度。你的說法，一直以來讓我很訝異，又很困惑。」

「就說了，那是我胡謅啦。」

「那麼，你在彈唱魔女的故事時，也是胡謅嗎？」

「嗯？」

「社長說過，很久之前，魔女的故事曾經流傳於人界，你為了讓我們能知道魔女的故事，所以就改編成易懂的劇情，彈唱給我們聽。聽完之後，我才恍然大悟。故事就是一種交流的形式，而謠曲彈唱……就是要在樂音之間，加入自己的理解。所以，我就寫了這首歌。」

我將譜紙放在蛇郎手上，蛇郎收斂起玩笑眼神，認真凝視紙上的曲譜。

不久之後，蛇郎哈哈大笑。

「呵呵呵，我真服了你。」蛇郎笑得異常誇張，片刻後，像是想到了什麼，又再開口：「其實，我對你也很訝異。」

「訝異什麼？」

「你還在玄荊世家的時候，我以為你很討厭安神堂。我記得我被骷髏掌櫃轟出門的時候，你還朝我冷哼一聲。沒想到你進了袄學館不久，竟然自己跑去安神堂，申請擔任神職見習，真是出乎我意料。」

「靈數運轉，誰也料不到下一刻有什麼變化嘛。就像你說的，一弦安魂，靈音流轉，就是為了撫慰聽者的魂魄。我也想知道，我的靈能，是否能夠撫慰徬徨無依的心魂。」

「那麼，你究竟選了什麼神職？」

「兔兒神。」

「啊，兔子？這是掌管什麼領域的神靈？」

「兔兒神，乃是掌管愛戀之神，是為了祝福孤單的心魂因而誕生的神祇。」

「原來是這樣呀。」蛇郎會心一笑，凝望著我。

第三章

水鬼的寶物

船頂食飯伊都船底睏，
水鬼拖去伊都無神魂。
——〈桃花過渡〉

竟敢拒絕本小姐的要求？

我只是提出參與樂團演出的小小請求，竟被拒絕？討價還價之後，竟然說要讓你「心服口服」，才願意讓我一同登臺。

好哇！這麼囂張？

嘖嘖，你們這些小夥子，我……可愛的學生們。

看來，本小姐需要好好再教育你們一番。

1. 委託

被喚為「惡鬼」的袄教師終於離開社團教室，婆娑鬆了一口氣，推了推鼻梁上的黑框眼鏡，向蛇郎發問：「你真要成立樂團？」

「當然囉！我已經下挑戰書，要在音樂祭好好比拚。」蛇郎斜坐躺椅，手撐著下巴望向婆娑，一副氣定神閒的姿態。

「我聽你解釋過鳳山城音樂祭的規則，由聽眾投票決定名次。但，我們的樂曲跟人界比起來，不只旋律古老，整首都有歌詞的演唱也不符鯤島流行的純音樂，怎可能讓人類聽眾願意投我們票？況且，五天後就是音樂祭，我們都還沒決定演出曲目。」

「你太小看歌謠社了，我們的奏曲肯定能震撼那些人類。」蛇郎一臉悠哉，拾起一旁的月琴，叮叮咚咚彈奏起來，漫不經心說著：「你若能再唱起那首曲子……」

「嗯……？」婆娑狐疑望著蛇郎。

蛇郎一副露餡模樣，咳了數聲，便停下彈奏，挑眉談道：「嗯嗯，我審慎思考過，我們的演奏，可以加入一些人類目前流行的樂器。樂曲只要操使不同樂器，就算曲調相同，也能彈奏出截然相異的曲風。放心吧！我正努力規畫我們的演出方向。」

蛇郎講起樂曲規畫，竟有種說不出的可靠感，眼神犀利不同以往。但是，婆娑卻更在意，方才蛇郎欲言又止的「那首曲子」究竟是什麼？

婆娑向來不喜展現自身靈能，除了在咒謠課上會與眾妖一同頌唱樂曲之外，他鮮少在其他場合展現歌藝。

該不會，是在冥漠灘上……

那片廢灘是婆娑從小以來經常走動之地。他曾在那兒練習魔蝠長老留給他的古歌本，試圖理解歌譜中的音符意義。但是，以古祆語記錄的歌詞，雖能知其字、音，但詞語排列起來卻隱晦難解，不知所云。

婆娑想開口問話，沒想到蛇郎卻先一步說道：「好吧！我們快把這一團亂的社團教室回復原狀。」

前一刻，擁有「惡鬼」之名的社團顧問教師，因為不滿蛇郎說詞，怒然發威起來。恐怖的鬼魅之力，引起現場一陣妖風煞氣，弄翻了社團教室內的物件。

婆娑走進一片狼藉、翻箱倒櫃的社團教室，急忙上前調停，好不容易才將這名祆教師勸走。收拾之際，婆娑失去了追問的念頭，他望了望蛇郎：「話說回來，為什麼你的外衣這麼髒？」

「你說這個呀？哈哈，只是不小心沾到顏料罷了。」

蛇郎似乎想隱瞞什麼，婆娑也沒興趣追究：「好吧，你不說就算了。不過……你明明知道大姐頭不好惹，何必跟她理論？」

「我只是實話實說啊。大姐頭唱歌明明那麼難聽，還想當樂團主唱？乾脆讓我撞牆吧！之前，她跟我們一起合音演奏的情景，你該不會忘了？」

「說的也是……，那時候，她狂吼的音波幾乎掀飛整個館舍。」

「所以，我才不想答應她的瘋狂請求。」

「惡鬼的稱呼，可不是隨隨便便就出現。搞不好，她會想出更可怕的點子。」

蛇郎一臉毫不在意，婆娑只好由他。片刻之後，兩妖總算將社團教室收拾乾淨。這時，婆娑卻蹲下身，往牆角左右摸索起來。

「你在找什麼？」蛇郎好奇一問。

「我的珠子掉了。」

「那是什麼？」

「我在月夫人的洞穴中，意外拾獲的小珠子。」

蛇郎摸摸下巴，似乎想到了什麼：「對了，講到魔女洞穴，那時候發生的大地震，真是夠嗆的。沒想到，你竟然能操控地震。」

「要引發強烈地震，所需要的靈力超乎想像，我哪有那麼大的能耐？那只是湊巧發生地震罷了。」

「會這麼湊巧嗎……」蛇郎沉吟半晌，才又說道：「那麼，你為什麼要撿那珠子？搞不好，那是魔女的物品。」

「珠子不是我特意撿起來，而是莫名其妙就浮現在我眼前，我也不知道怎麼回事。不過我認為，那應該不屬於月夫人。因為，珠子散發出來的特殊靈能……與我的靈力一模一樣，那是金羽族特有的靈能氣息。我百思不得其解。畢竟整座鬼市之中，唯有我一位金羽妖族，我也不曾聽聞靈界裡還有其他的族親。」

「難道那座地洞，住著另一位金羽族？」

「我問過月夫人。她住在地洞中已兩百多年，除了滾地魔之外，從來沒有其他妖族進入過。」

「真是奇怪……咦？」蛇郎察覺一絲異樣，抬起左腳，沒想到一顆珠子竟卡在他的鞋底，蛇郎兩指捏起，笑著說：「就是這個小玩意兒？」

蛇郎一邊將霜白圓潤的珠子遞給婆娑，一邊饒有興致瞥望著他。

這時，桌上電腦發出了「叮咚」的來信響鈴，才讓婆娑趁機遠離蛇郎熱切的視線。

電腦螢幕上，顯示婆娑經營的討論區「不思議論壇」收件匣有了來信通知。婆娑點擊收件，就跳出一封感謝信函。

寄件者：XXXX@XXX.com
收件者：XXXX@XXX.com
主旨：Re：Re：Re：Re：【我被水鬼纏上，求救！】

翠鳥版主：
感謝您願意接受委託，前來鹿港城。
真不愧是「不思議論壇」的版主大大！
我的安全就拜託你了，請你抓住可怕的水鬼！

王芸

等等……，這是怎麼回事？
婆婆在論壇上，的確是以「翠鳥」作為代稱。署名「王芸」的寄件人，也常在論壇發表一些有趣的奇聞軼事。
雖然興國早已明文禁止神鬼之說，不過這只是檯面上的狀況。暗地裡，人類仍對怪誕故事不減興致，尤其網路世界層層疊疊，防不勝防，興國警隊無法全面掌控網路流言。因此，婆婆架構的「不思議論壇」才能隱藏於網路一角。

但，這封信究竟怎麼回事？

對方所說的「接受委託」、「前往鹿港城」，婆娑一頭霧水，毫不知情。

婆娑趕緊搜尋收件匣最前面的幾封信。

確實，王芸在數天前曾寄來一封信。

寄件者：XXXX@XXX.com

收件者：XXXX@XXX.com

主旨：【我被水鬼纏上，求救！】

翠鳥版主：

版主大大，我被水鬼纏上了！

您在論壇上寫的各種除魔方法，我都試過卻無效。

所以，我想直接請您，幫我驅除水鬼作祟！

若您願意接受委託，前來鹿港城，

我身為王氏集團一員，願付委託金一百萬，

事後答謝金再付一百萬也不是問題喔～

王芸

婆娑記得，他確實讀過這封來信。不過，他一如既往，並未放在心上，也不打算回覆。諸如此類，網友希望見面的大膽請求，婆娑都會忽視。

更何況，對方竟然在網路信件上，隨便就講出「一百萬」這種對於人類來說十分龐大的金額。這封來信若非詐欺，很可能會是某種新形式的垃圾郵件，暗藏電腦病毒。

當時為了防範感染，婆娑還特意執行電腦的掃毒程式。畢竟，這臺人界電腦萬一當機，在鬼市可是無法修理。

不過……婆娑繼續瀏覽信件匣，赫然發現，昨夜竟出現一封回覆王芸的信函。

寄件者：XXXX@XXX.com

收件者：XXXX@XXX.com

主旨：Re：【我被水鬼纏上，求救！】

哈囉，親愛的王芸：

說到水鬼，真是懷念吶～

聽聞妳的困擾，我實在很遺憾。

請放心，我翠鳥大人絕對會幫妳解決煩惱！

請告訴我更詳細的情況。

翠鳥

這這這……這到底？

婆娑大吃一驚。

他繼續查看信件匣，還發現署名王芸的人，繼續與這名「翠鳥大人」來來回回通信數次。信件中，還提及「開幕典禮」、「交易成立」等等字句。

婆娑無需推敲，即刻知曉怎麼回事。

「蛇……蛇郎！你做了什麼好事？」

「怎麼了，發生什麼事情？」蛇郎似乎被婆娑的尖叫嚇到。

婆娑詰問：「你……為什麼會認識水鬼？」

蛇郎眼睛往上飄，一臉無辜：「我不認識水鬼啦，我只是很久以前彈唱過水鬼的歌謠，所以我才覺得特別懷念。而且，那首歌挺有趣……」

「果然……是你！」

「你說什麼？」蛇郎一臉平靜，吹著口哨緩步到窗邊，「等等……你聽，是不是有喇叭聲？」

「什麼喇叭聲？你不要轉移話題。你為什麼要偷用我的電腦，假冒我的名義？」

婆娑氣憤之際，窗外竟然真的傳來「叭叭叭」的喇叭聲響。

蛇郎高興地拍掌：「真的是喇叭聲呢！哈哈，你看看，總算來了！」

「什麼東西來了？」婆娑不明所以，湊近窗口。

窗外有一輛四輪傳動車駛近，駕駛座上的菟蘿手握方向盤，向他們喊道：「嗨嗨～我們來了！」同時，琥珀也坐在後座，一臉興奮揮手。

那臺車，就是原先棄置於郁金屋後院的破舊廢車。當初眾妖為了搬運這輛舊車，合力耗費許多靈力，總算將它拖至岸邊。並且，還施法讓它漂浮海上，一路悠悠蕩蕩航回鬼市。

猶記得當時，琥珀一路嘟囔不休，抱怨蛇郎幹嘛特地將這輛破車搬回祅學館。沒想到如今，琥珀卻坐在車後座，開心地朝他們招手。

這輛人界汽車經過一番改造，不僅可以發動，甚至車身外殼也重新彩刷。車殼塗繪著鮮豔明亮的金黃色調，還在車子側邊寫上「魂樂」兩個大字。

「怎樣？這輛車的命名不錯吧！車身彩繪全由我一手包辦喔。魍豆樹的七色葉片熬製成的彩色油漆，效果真不錯。」蛇郎沾沾自喜。

原來蛇郎之所以一身髒汙，衣袖滿是顏料潑灑痕跡，是因為他從一大早就開始這項塗漆工程。

婆娑驚訝問說：「蛇郎，你什麼時候學會修理車輛？」

「這種專業的技術我哪會？我特別找隔壁班的木龍幫忙整修這輛車。沒想到木龍除了會修理船帆，連這種機器活也是一瞧就懂。他甚至前往鬼市海岸蒐羅人族的漂流物，將一些還能使用的機器零件組裝在車上，將它改裝成水路兩棲的特種車輛。」

婆娑目睹這輛被稱為「魂樂」的新車，確實脫胎換骨，與之前那輛廢車比較起來，簡直有著雲泥之別。來自造船宗族的木龍，果真有一番妙手本領。

這時，婆娑才想起方才話題，趕緊回過頭：「差點被你呼嚨過去。我問你，為何會出現這些莫名其妙的信件？」

「好好好，我解釋給你聽。」蛇郎悠悠哉哉倚靠窗邊，繼續說道：「確實如你所說，我沒得到你的允許，便偷看你的信件，甚至以你的名義回信給對方。我向你道歉。」

蛇郎深深一鞠躬。

婆娑目瞪口呆：「你……」

「別急，我還沒解釋完。關於王芸的委託，我認為若以你始終如一的態度，肯定不會回覆對方，是吧？但其實，這是個大好機會。」

「什麼大好機會？」

「探查敵情的大好機會。」

「咦？」

「署名王芸的寄信人說，她是王氏集團的人。我們在鯤島旅行，你有沒有發現很多建築設施、餐廳招牌，都會鑲上『王』字的圓形徽章？那就是王氏集團的專屬印記。」

「這件事，跟探查敵情有何關係？」

「嘿嘿，震天霆樂團的海報同樣印著『王』字徽章。因為震天霆的團長，王天宗，就是王芸的大哥。所以……若能藉此機會，探查對方底細也不錯。並且，再過五天就是鳳山城音樂祭，聽杜鵑講，音樂祭那天將有日蝕，遊客來聆聽演奏，也會順便觀賞難得一見的日蝕，肯定盛況空前。所以，為了防止交通堵塞，我們先去鯤島逛逛也不錯。更何況，他們王氏集團正要舉辦古物博物館的開幕典禮，如果我們的樂團可以……」蛇郎瞇眼賊笑。

「你又有什麼鬼主意？」

「才不是鬼主意，而是大好良機！得知這項訊息之後，我就向王芸提出一個附加請求，只要讓我們的妖幻樂團能在開幕式參與表演，我們就接受她的委託。沒想到，對方竟爽快答應。」

「這……」婆娑不敢置信。

「我可是經過深思熟慮喔。我們妖幻跟震天霆的差別，差在臨場經驗。所以，增加現場演奏的經驗，才能提升我們的戰鬥力。」

蛇郎的說法，婆娑不得不承認有其道理。只是……實在太胡來了。彷彿任何荒唐事，蛇郎都能毫不猶豫往前衝。這種衝勁，到底怎麼回事？

「哎呀，你看我的表情很複雜耶。那麼，你猜得到我接下來要做什麼？」

「我已經不敢想。」婆娑閉上眼，嘆了一口氣。

「別這麼沮喪嘛！畢竟，我們現在就要去鯤島。」

婆娑聞言，連忙問道：「你說什麼？現在……要做什麼？」

「現在，我們就要去鯤島。因為博物館開幕式，就是今日。」話一說完，蛇郎就脫去骯髒衣服，隨手披上另一件藏青色外衫。

「等等……，太突然了吧！」

「人界有句俗話，打鐵要趁熱。抓緊時機是一門學問，你得學學。」

「太著急了吧？你等等……」

「還等什麼？我已經跟杜鵑約好了喔，她已經在鹿港城的碼頭等我們。」不等婆娑反應過來，蛇郎就躍上窗框，順手還抓住婆娑，一同跳出窗外。

「等等……」

「走囉！」

2. 新曲

魂樂之車，海上遂遊。

經過改造的車輛，除了可以在陸地奔馳，抵達冥漠灘之後，也能轉換成浮水模式，漂蕩於海浪之上。這時，四輪會收入車內，改由車底的螺旋槳運轉，推動車身在海面前進。

魂樂車駛出鬼市的蜃氣範圍之後，經常狂風掀濤的黑水洋正巧風平浪靜，天候舒和，實是適合出發之日。

雖然四輪車是人界數十年前的舊機型，但是八人座的款式足以容納眾妖。車內空間不只是寬大，經過改裝之後，甚至能在後座放置樂器。每個座位不只有隱藏收納盒的設計，還配備耳機裝置，可以連上人界網站收聽各種音樂。為了樂團乘客量身打造的便利功能，一應俱全。

婆娑詢問坐在旁邊的琥珀：「難道，妳也贊成要去？」

畢竟，一向與蛇郎意見不合的琥珀，最有可能反駁這項提議。

沒想到琥珀卻說：「要我附應蛇郎計畫，我確實很不想。但你想想……有兩百萬的酬勞喔！如果這筆錢可以順利拿到……」

沒辦法，只要提到賺錢，琥珀就一股腦兒聽不進其他的話。

想當然爾，菟蘿肯定會……

「社長，這車子性能真好。連我沒開過車的生手，一下子就熟練起來。你請木龍改裝車子，果然聰明。」菟蘿一邊開車，一邊讚不絕口。

「嗯嗯，看你開車的架勢還挺行，以後麻煩你囉！」前座的蛇郎悠哉說話。

「遵命！」菟蘿一臉微笑。

大勢已定，婆娑只好妥協：「開幕典禮的演奏，我就上場吧。既然如此，蛇郎，你說要讓樂曲加入人族的現代樂器，該怎麼做？」

「來～請選一個上手的樂器。」

話一說完，蛇郎請婆娑拿起放在後座的各種樂器。

「我都探聽過了，這些都是目前人界正流行的演奏樂器，試試看有沒有順手，挑一個。」

這些樂器或大或小，皆與鬼市流行的演奏器具大不相同。婆娑拿起一把造型奇特的樂器，有點類似月琴、大廣弦的琴身。不過，這把樂器的琴身卻很厚重，琴頸修長，四根金屬弦也特別粗厚。

婆娑用手指輕輕一彈，十分驚訝。

這把樂器格外低沉的音色，就如同昨日在郁金屋房內聽到人界樂團悠悠傳來的樂音，一模一樣。

當時，婆娑被這種殊異樂音所震懾。他好奇起來，究竟是何種樂器，可以彈奏出那般低鳴的樂聲，音色厚重紮實，不容忽視。

蛇郎解釋：「你拿到的樂器，名叫電貝斯，是一種低音樂器，負責低音和弦的部分，作為樂曲的鋪底，也能配合打擊樂器營造節奏效果。這一把電貝斯，不賴吧？」

「品質確實不錯。」婆娑點點頭，同時拿起另一把琴具。

「這一把則是電吉他。你瞧，電吉他有六根琴弦，音域分布也比較廣，演奏起來變化性十足，既可以作為主旋律，也能作為伴奏使用。」

「原來如此……」隨著蛇郎講解，婆娑試著彈奏不同樂器，也逐漸理解它們之間的差別。

這時，蛇郎便詢問婆娑：「既然你對電貝斯這麼感興趣，就拿這一把。我的話……就用電吉他。至於菟蘿，你還是繼續彈奏慣用的二胡。」

正在專心開車的菟蘿，不禁疑問：「為什麼？」

蛇郎解釋：「添加不同的樂器演出，確實能變化我們的演奏風格。不過，我也考慮到，若全用這些人界目前流行的樂器，將會凸顯不出我們鬼市謠曲的本身特色。所以，奏曲也需要保留我們慣用的樂器。我在編曲時，會適度調配不同樂器之間的合奏。」

「這麼說也沒錯。二胡音色圓潤柔和，應該能跟這些人界樂器搭配出有趣的曲風。」菟蘿頗為認同。

婆娑問道：「提到編曲，難不成已決定要演奏什麼曲目？」

「當然囉！」蛇郎胸有成竹，拿出了一張譜紙遞給婆娑。

譜紙上面，題寫著歌名〈月相思〉。蛇郎解釋，這是菟蘿有感於北城魔女的事蹟，心有靈犀寫下的曲調。

「這份樂譜，是我根據菟蘿的原版重新調整過，歌詞則是菟蘿創作，以古祆語寫下。老實說，寫得挺有味道。既然歌詞是菟蘿所寫，就由菟蘿來演唱吧。」

「你終於認可我的能力，我真感動～」駕駛座上的菟蘿笑得燦爛，語氣中卻擺明了不吃這套誇讚，出聲反問：「但是……社長大人明知道唱歌不是我的強項，難道想要等我出糗嗎？」

逗弄不成反被揭穿的蛇郎乾咳兩聲：「好……重回正題。其實我很在意，鯤島因為音輔法的關係，全面禁絕謠曲傳唱，讓很多傳承下來的古樂都消失了。因此，我們樂團乾脆來演奏那些已經少人聞問的樂曲吧。或者，就像菟蘿重新編寫魔女的樂曲一樣，老故事新演奏，反而更有意思。至於主唱，倒是個難題。我來擔任也行，可是畢竟非我所長……」

蛇郎思索之際，婆娑拿起譜紙，定睛細看這首關於北城女鬼的樂譜。譜紙正面以鬼市特有的記譜形式，婉轉編排一連串的音譜，音階流轉，間雜激昂慷慨的節奏。旋律時而委婉，時而衝擊，再加上蛇郎調配不同樂器的音律組合，確實新穎。

翻過譜紙反面，則是古祆語寫下的歌詞，其義為：

〈月相思〉

月濛濛比翼離天涯，鯤島隔浪花
歲幽幽淚冷醒孤舟，稻江影紛雜

錦繡衣、新妾歡，始知相憶假
鬼毒計、魍魎心，黯然香魂殺

屍骸淒淒古井颯颯，埋沒不知曉
煉獄火十殿十八罰，情妖鎖情牢
無情郎冷面鐵心腸，轉瞬化凶煞
貪歡一晌沉淪浮華，人言成鬼話

魔女影古井底，負心不負相思話
香絲百年情悠悠，魂牽夢縈相思留

字裡行間，不只是描述月夫人的遭遇，也細膩深入月夫人的心境。婆娑不禁讚賞菟蘿巧思。

「我也要看！」琥珀好奇起來，伸出手想一睹譜紙內容。沒想到，她手一揮，意外撞到蛇郎後腦勺。

蛇郎瞪向琥珀，她毫不在乎：「你的頭太大，可不是我的錯。」

「妳說什麼？」

行駛中，菟蘿仍開口勸架。沒想到一分心，魂樂車竟差點撞上淺礁。

「小心！」婆娑趕緊伸手幫忙轉動方向盤避開礁石，這時他似乎聽到車外有著「哇哇哇」的喊叫聲，「咦？你們聽到什麼聲音嗎？」

婆娑的疑問似乎沒被眾妖聽見，琥珀跟蛇郎依舊繼續鬥嘴。

婆娑看向車外，海面風平浪靜，毫無異樣。方才的聲響，只是錯覺吧。

一路上，眾妖就在七嘴八舌的歡鬧氣氛中，順利航向鹿港城碼頭。

3. 惡鬼

海浪上，驀然浮現一輛造型怪異的車輛，引起堤防邊的釣客一陣騷動。沒想到這輛車還直接駛上沙灘，更讓釣客好奇張望。

菟蘿毫不理會車外騷動，好整以暇打開車窗，朝著堤防邊等待許久的杜鵑招手。

杜鵑熱情不減，依舊喊著高八度的聲音：「大夥兒好啊！沒想到你們改裝的車子也太酷了，難道這就是那輛報廢的舊車？」

蛇郎也打開車窗，傲然說道：「驚訝吧！車身彩繪可是我的傑作喔。」

杜鵑嘿嘿笑著：「能將原本的引擎修好，肯定不是你的功勞吧？至於車上的彩繪……算是不錯啦。」

「杜鵑小姐，你的表情好歹再驚喜一點。」蛇郎怏怏不滿，「不過……妳說會幫忙帶委託人過來，人呢？」

「你沒看到嗎？」杜鵑伸手往旁邊一指，蛇郎瞥向車窗外翩翩飛舞的海鳥。

「沒想到委託人竟是海鷗呀，真驚訝！」蛇郎哈哈一笑。

「咦咦？不是啦！」杜鵑趕緊將一旁的人影推向前。

「我才不是海鷗！」尖細的聲音發出抗議。

蛇郎往下方一瞧，才發現是個嬌小玲瓏的女孩子在說話。

「這是……委託人？」蛇郎饒有興致端詳對方，「該不會只是小學生吧？」

「你太沒禮貌了吧？我就是王芸，跟杜鵑同年，同樣是大學生。」頭戴一頂大草帽的短裙女子，發聲抗議。她的身形幾乎要被寬大的棕色草帽遮蓋住，難怪蛇郎在第一時間沒看到。

「哈，真抱歉！」蛇郎一臉笑意，打開車門，跟眾妖一同下車會見這位奇妙的委託人，「沒看到這位美女子，實在是我的過錯。」

「哼哼，你知錯就好。」名喚王芸的女子，瓜子臉蛋猶如白瓷娃娃，五官精緻端正。她個頭雖小，氣勢卻毫不輸給蛇郎。

「社長，你不要看到女生就湊上去，會嚇到對方。」菟蘿義正詞嚴，擋在蛇郎面前。

王芸似乎毫不怕生：「請問，翠鳥大人是哪位呢？」

「翠鳥大人，有人叫你喔！」蛇郎將婆娑推出去。

婆娑有些不好意思：「那個……翠鳥是我的網路暱稱，你可以叫我的本名婆娑就好。」

「我可以稱呼『婆娑大人』嗎？沒想到，我竟然有機會見到不思議論壇的版主！」王芸一臉感動，握著婆娑的雙手，「婆娑大人，你可以直接叫我阿芸就好了。沒想到你的交通工具這麼酷，竟是水陸兩用的車輛，好神氣啊。」

面對王芸熱情招呼，婆娑好不容易掙脫對方緊握的手，並且無視蛇郎在一旁看好戲的目光，才開口說道：「嗯嗯……好的，阿芸，很感謝妳的支持。我沒那麼厲害啦，妳把我當作一般網友就行。」

「可是，我真的很崇拜你，請幫我簽名！」王芸隨即拿出一臺薄如蟬翼的隨身型手機，請婆娑在手機背面簽上大名，「我平常都是用這臺手機上網，當然最常瀏覽不思議論壇。」

婆娑一邊簽名，一邊感受王芸滔滔不絕的話語，實在難以招架。

「你老老實實接受阿芸的熱情吧！」杜鵑在一旁不幫忙救火，反而煽風點火起來，笑著說：「阿芸的父親，就是王氏集團的王總裁。如果順利，攀龍附鳳有機會呦。」

婆娑面對王芸投射而來的閃閃目光，以及蛇郎在一旁不懷好意的燦笑，騎虎難下之際，琥珀在一旁開口插話。

「杜鵑姐……妳……妳剛才說，王芸是王氏集團的人？」

「是呀，她可是很有名的千金小姐。」杜鵑點點頭，開始講解起來：「我向你們介紹一下，王氏集團是島上數一數二的龐大企業。王氏集團旗下囊括很多領域，像是建築業、餐飲業、飯店業，連礦業也是他們子公司負責的項目。鯤島的科技仰賴電曜晶能產生電力，而埋藏地底的電曜晶礦就是提供強大晶能的必需品。所以，王氏集團也經營電曜晶廠，在晶廠中激發出來的電能都會輸送到全島，提供電力需求。除了瑯嶠城那座最大的電曜晶廠屬於皇族直營之外，島上九成以上的晶廠都屬於他們的公司……咦？琥珀，妳臉色怎麼這麼差？」

隨著杜鵑的解釋，琥珀臉色低沉起來，彷彿瞬間吃了什麼苦藥。儘管杜鵑擔憂詢問，琥珀卻悶不吭聲。

王芸似乎沒察覺琥珀異狀，獲得婆娑親筆簽名之後，喜不自勝，自顧自說起話來：「哎，我不是什麼千金小姐啦，請別這樣看待我。婆娑大人，感謝你親自跑一趟鹿港城，願意幫我……」

王芸話講到一半，現場卻冒出一陣妖氛鬼氣。

一片又一片的黃色紙張從天而降，微風捲起黃紙，冷颼颼的陰氣襲來。

婆娑隨手撿起一張黃紙，紙上黏貼銀箔，看起來古怪萬分。

「這是什麼？」王芸疑問。

「這是……紙錢。」婆娑將黃紙展現給大家看。

經常在網路論壇發表神怪故事的王芸，似乎沒見過這種已絕跡鯤島的民俗物件，搖頭不解：「紙錢，這是什麼東西？」

婆娑解釋：「所謂紙錢，是很久以前流通的一種民俗物品，現在鯤島幾乎沒人會使用了。銀箔紙錢的意義，是為了祭拜死者，或是孤魂野鬼。」

「孤魂野鬼？難道……這裡有鬼？」一向在網路論壇大談鬼怪軼聞的王芸，沒想到竟然露出驚慌失措的表情。

不只王芸，在場眾妖也面面相覷，不知所措。眾妖倒不是害怕鬼怪現身，而是心中有了預感。

現場拂來一陣陣冷峭寒氣，原本豔陽高照的天空，不知何時，突地覆滿一片灰黑烏雲。

——嗚嗚嗚……

「你……你們有沒有聽到什麼聲音？」王芸惶恐發問。

「這……」婆娑心想，果真如此。

——我好恨……

「你們聽！真的……有聲音！」王芸害怕到聲音都顫抖起來。

「你別怕，其實是……」婆娑還沒講完話，現場便颳起一陣大風，再度吹起一片一片的黃色紙錢。陰風慘慘，在魂樂車的上方，一抹鮮紅身影乍然飄浮空中。黃色紙錢旋飛之間，青紫色的鬼臉猛然躍出。

「啊！」目睹怪異景象，王芸驚喊一聲，倏爾暈厥，一旁的婆娑趕緊扶住她。

婆娑搖搖頭：「果然是老師……」

「怎麼樣，你對我有意見？我都還沒抱怨，你們偷跑來鯤島，竟不通知我一聲。」奇異女子插著腰，神氣十足。

蛇郎扶著額頭，滿臉無奈：「親愛的林投大姐，沒想到……妳竟然追了過來，真服了妳。」

「現在向我求饒，太晚了喔！身為學生，真不受教。」名為林投的女子，蠻橫說道。

「用教師的名義壓制我們，這是無理霸權。」蛇郎發起牢騷，把肩上的黃色紙錢拍掉，「而且，登場幹嘛搞這種花招？」

「準備這些，我費了一番工夫耶。本來想說應該從林投樹上飄出來，才符合我的身分。沒想到，這海岸滿滿都是高樓大廈，不只林投樹不見蹤影，連一棵像樣的大樹也沒找著。我勉為其難，只好用這些繽紛紙錢來點亮我的排場……」

蛇郎打斷林投的嘮叨，開口插話：「等等……親愛的林投老師，尊敬的大姐頭，妳來這兒到底要做什麼？而且這些紙錢，妳從哪裡弄來？」蛇郎抬眼環視空中飄飛的紙錢，才發現車頂上有個奇異身影：「車頂上，那是……金魅同學?!」

「請不要罵我……我只是……按照老師的指令，幫忙灑銀紙而已。我沒有故意製造髒亂……嗚嗚……」金魅聽到蛇郎大喊，心生膽怯，似乎泫然欲淚，滿臉楚楚可憐。

菟蘿見狀，連忙扶著金魅從車頂下來，安慰說：「小金魅，別哭別哭。」

「看樣子，妳們坐在車頂上，跟著我們一起過來吧？」蛇郎搖搖頭，向林投質問。

婆婆眼見蛇郎又要惹怒林投大姐，連忙將王芸安置車內，走到林投、蛇郎中央，推開一觸即發的雙方。

「請別吵架！」婆婆好不容易分開雙方，便向林投發問：「所以……大姐頭，妳為什麼來這裡？」

林投雙手扠腰，嘴角淺笑：「既然你誠心誠意發問，我就菩薩心腸告訴你。我來這兒，是想跟你們做交易。」

「交易？」眾妖齊聲疑問。

林投解釋：「蛇郎說過，無法讓我成為妖幻樂團的主唱吧？甚至，不答應讓我參加你們的樂團演奏。既然如此，我就一定要逼你們不得不讓我參加。」

蛇郎挑釁地說：「妳有什麼妙法，讓我們心悅誠服？」

林投信心滿滿，繼續說明：「樂團演出，與獨自演奏截然不同，不只本質相異，所需要的元素也不同。獨自演奏，需要個別的才華。但是，樂團卻是眾多個體互相組合，截長補短、彼此照應，才可能成功演出。這麼簡單的道理，你們應該懂吧？」

「難道妳是想……」蛇郎非常驚訝，轉身望著蹲在一旁的金魅。

林投舉起手來，依序指向眾妖，「蛇郎，你的曲藝最為頂尖，就算你上課總打瞌睡，還是掩藏不了你的能耐，靈謠幡主可不是隨隨便便就能獲得的稱號。不過……你精通領域，只在琴弦之上吧？菀蘿，你雖來自以弦立基的玄荊世家，不過弦樂非你所長，你反而在詞曲編排上，有著非凡之才。婆娑，你任何樂器都得心應手，對於樂曲的理解既快速又正確，是協調各種音色的絕佳樂手。不管曲子多麼鬆散，只要加入你的樂聲，就能支撐起主旋律，確實很適合發揮電貝斯的音質。至於琥珀，妳個性大膽，衝勁十足，擔任嗩吶手，更能刺激出樂曲的爆發力。」

林投大姐一番話，中肯有理，就算眾妖受不了她的胡作非為，也不得不承認她的觀察一語中的。

蛇郎一反先前態度，臉色緩和，點頭說道：「原來如此，難怪妳會帶金魅來。」

「你們應該知道我的用意了吧？」林投大姐一臉已然勝利的表情。

眾妖心知肚明，妖幻樂團不論是編曲、演奏……各項條件皆佳，獨缺一名主唱。能讓樂曲提升更多魅力的歌唱者，是鬼市妖怪們演奏謠曲時最重要的環節。

祆學館內最知名的歌者，莫過於學生會的專屬書記金魅。

金魅嗓音清亮，猶如晶瑩剔透的寶石，能穿透聆聽者的心魂。每一年的魔競塔測驗中，她總是榮獲唱謠類第一等榮譽，是公認的唱謠高手。

「只要讓我加入你們的樂團，讓我能在舞臺演出，我就大方送給你們這位戰力強大的夥伴——金魅。並且，小金魅這麼萌的妹子，肯定能吸引一大群粉絲，樂團肯定能大紅特紅。蛇郎團長，你心服口服嗎？」林投拍著金魅肩膀，一臉得意。

金魅向來是乖巧溫馴的好學生，只會跟在學生會長一角獸身後，協助處理學生會大小事務，不常主動與其他祆學士有太多來往。學生會之外的事物，金魅一概不感興趣。眾妖不禁疑問，林投到底如何勸服金魅，讓她願意參加樂團？

不過，林投這次為了讓蛇郎甘心點頭，提出來的「交易」雖然瘋狂，卻是極為正當，完全戳中妖幻樂團目前的缺陷。

蛇郎只好說：「就算我想答應，但是大姐頭妳該不會硬逼金魅吧？連剛才也逼她幫忙撒紙錢，製造垃圾……」

金魅站起身，挺起胸膛：「報告，我已經清掃乾淨了。」

眾妖一望，才發現地上一堆堆凌亂的黃色符紙，不知何時，竟已被金魅一掃而空。

「請放心！身為祆學館學生會長的貼身祕書，我一定會努力執行這一次的任務！」

「放輕鬆，這不是任務啦。既然……金魅都這麼說了，我只好接受大姐頭的交易。」

「哈哈，我就說吧！只要是我想做的事，誰也攔不住我。燈光閃閃的舞臺，本小姐要來啦！」

林投笑聲，似乎吵醒了方才被嚇暈的王芸。她在車上悠悠醒轉，一臉驚惶。

為了不暴露林投身分，杜鵑趕忙解釋，她因為被水鬼的冤氣影響，所以才會出現幻覺。

「那麼，她們是……」王芸看向林投與金魅，還有點恐懼。

「她們都是樂團的成員，才會來這裡跟我們會合。」

杜鵑的解釋，似乎獲得王芸認同，她鬆了一口氣：「原來是婆娑大人的夥伴，我真是失禮了。因為被水鬼纏上的關係，讓我整天疑神疑鬼。」

「看時間……也快傍晚了，我們先上車吧。」杜鵑拍拍王芸肩膀：「路上妳再將水鬼作祟的事，跟大家說一說。」

王芸點點頭，等大夥兒上車，一路上便娓娓道出作祟始末。

「左旋白螺，是我們度假村博物館中，最為珍貴的寶物。但其實，這枚白螺是我在海邊意外撿到的貝殼。貝殼上，竟鑲嵌金銀鐵飾，樣式太過奇特，我拿去給專家鑑定，才知道是有好幾百年歷史的古物。所以，這顆貝殼就成了博物館的鎮館之寶。但是沒有想到……撿到白螺，卻是噩夢開始。」

婆娑問道：「就是你所說……水鬼作祟？」

「是的。自從我撿到白螺之後，身邊竟然發生一大堆倒楣事。我丟了錢包，走路的時候不小心跌進水溝……」

蛇郎呵呵一笑：「可是……這些衰事，不一定是水鬼作祟吧？」

「是真的！請你們相信我……我真的被水鬼纏上。」

婆娑問說：「有什麼證據呢？」

「因為我跌進水溝的時候，看見水溝裡，浮現一張鬼臉。」

蛇郎收起笑容，好奇起來：「喔～鬼臉？」

「從此之後，我就常在各處見到這張鬼臉，像是路旁的水窪、游泳池的水面。這時，我才突然想起，我曾經見過那張臉……」王芸吞了吞口水，雙手撫摸自己的手臂，繼續道：「記得，那日我在海灘上撿到奇異白螺時，那張鬼臉就在海面上若隱若現。那是一名男子的淒慘鬼臉。我本來不以為意，以為是錯覺，沒想到是真的。我猜想，我撿到的那顆左旋白螺，該不會是水鬼的東西？所以，他才一直跟著我……」

婆娑往前看向蛇郎：「你答應的事，你自己解決。」

「我哪有答應什麼事？」蛇郎一臉調皮，瞧見婆娑臭臉，才正經說：「好吧，我會負責。阿芸，你放心，我們一定幫妳抓住水鬼！是吧，婆娑大人？」

婆娑只好點點頭：「呃……沒錯。」

聽聞婆娑的保證，王芸總算笑逐顏開，又開始纏著婆娑聊起網路論壇的文章。

菟蘿駕駛車輛，一路沿著海岸公路駛往城郊海灘上的度假村。

不同於北城的商業風貌，鹿港城是一座工業之城。岸邊的工廠煙囪林立，漆灰色的廠房沿途綿延，一輛又一輛巨大的磁浮貨車來來去去。往海岸望去，灘頭則是一望無際的白色沙灘。

王芸沿途介紹：「聽說，鹿港城以前挺荒涼。後來磁浮道路鋪設到這裡，製造業為主的企業紛紛來此地設置工廠。另外，皇族們為了要提倡鹿港城的觀光旅遊，就邀請許多民間公司來開發，所以我爸爸才來這裡投資海景度假村。」

婆娑以前聽杜鵑講過，這幾年來，鯤島交通設施越來越發達，連偏遠的海岸或是深山，皆有磁浮公路或者磁浮鐵路的軌道鋪設。因交通便利，鯤島諸多城市才能蓬勃發展。

王芸繼續解釋，鹿港城郊這片海岸，名為白貝灣。但其實，以往是一大片泥質潮間帶，還有許多廢棄魚塭。王芸父親因嫌棄度假村岸邊海景醜陋，更不喜濕地景觀，於是就決定自造海灘。王氏集團從深山挖來品質上等的土石，將海岸濕地一舉填覆。接著，再從國外進口好幾千公噸的貝殼，磨碎之後沿著海灘鋪上，營造出白貝灣的美景。

不只是度假村範圍內的灘岸是白沙海灣，綿亙數十公里的海岸線，如今也是茫茫一片白色沙灘。填海造灘的誇張行為，凸顯出王氏集團財力雄厚。

從方才就坐在角落默默無語的琥珀，竟氣憤地說：「哼，你們這些人，只為了裝飾美景，什麼事都做得出來，真囂張！」

「我說錯什麼了嗎？」王芸有些吃驚，不知道說了什麼話惹得琥珀生氣。

婆婆也驚訝詢問：「琥珀，妳怎麼了？」

琥珀看似想繼續說，不過仍是一聲不吭，撇過頭去。

正當車內一片尷尬，魂樂車也順利抵達王氏集團經營的海景度假村。以斗大書法字體寫著「古城度假村」的電子招牌，聳立於朱紅色圍牆之上。

王芸打開車窗，朝門口的警衛室打聲招呼，度假村厚重的銀紋鍛造大門便緩緩開啟，讓魂樂車得以駛入。

進入大門之內，猶如闖進時光隧道。這座海景度假村，與方才沿途所見的灰色工廠景觀截然不同。一棟又一棟紅磚銀瓦的房舍延展於前，皆是古色古香的閩式建築。一排排大紅燈籠沿著騎樓懸掛，瀏覽其間，是茶館、糕餅店、金雕錫器的傳統工藝鋪……等等富有古典氣息的商店。青石砌成的巷道上，復古的人力三輪車正載著衣著華麗的客人往前奔走。

度假村的圍牆之內，赫然就是古樸老街風景。

曲巷磚牆之間有一間古寺，牌樓巍峨，朱色大門繪上鮮豔威嚴的門神圖像。儘管興國政府早已明令禁止神鬼信仰，不過卻允許廟宇、宗教建物以「觀光景點」為名義而不拆除。只不過，度假村這間古廟，看起來只是為了符合老街風景，特意仿古建造出來的空殼廟宇。殿內沒擺放任何神像，反而羅列一排排攤商。充滿商業氣息的廟殿之內，遊客絡繹不絕，談笑閒逛。

不同於北城老街是用電子投影技術模擬而成，這間主打復古風的海景度假村，重新營造出古城風景，一磚一瓦都是古式建築。

這時，在王芸指示下，菀蘿開著車往老街盡頭駛去，抵達瀕臨白貝灣的海岸觀景平臺。平臺之上，矗立一棟白色塔樓建築，即是王氏集團設立的古物博物館，專門展示各種不可思議的奇特文物。今晚的開幕典禮，將在此隆重舉行。

4. 開幕

夜幕低垂，古物博物館燈火通明，男男女女盛裝打扮。有些是王氏集團邀請而來的仕紳名媛，有些則是古城度假村內的遊客前往共襄盛舉。

博物館格局寬敞，一樓大廳中央圍著一圈圈的玻璃櫥櫃，櫃中展示各項奇珍異寶。其中，最中心的大型櫥櫃，則以白絲絹覆蓋，等待開幕式掀開。櫃中的珍寶，即是——左旋白螺。

這座櫥櫃前的窗口，只要感應人影駐足，就會開始播放電子語音介紹這件古物由來。據說這件古物與另一枚「右旋白螺」合稱為「夜明雙螺」，能在黑暗中螢螢發光，是幾百年前某個月國宗族代代流傳的珍貴寶物。但是，歷經一連串戰火，雙螺不見蹤影。後來，興化族人在鯤島建立政權之後，雖然找到貴重的右旋白螺，並將之安放於北城的歷史博物院，但是另一只左旋白螺卻再也沒人見過。沒想到，因緣際會，王氏集團意外獲得此螺。

因此，王氏集團便決定將這枚白螺選為古物博物館的鎮館之寶，在開幕式作為焦點展品。開幕典禮前，眾妖已經先在二樓會客室內排練〈月相思〉。他們不只要熟悉人類樂器的使用，金魅也需要練唱此曲。終於能擔任鼓手的林投，也歡欣雀躍持拿鼓棒敲擊著花鼓。眾妖的演奏實力本來就不同凡響，儘管是新曲，片刻就能掌握表演的最佳形式。

本來婆娑有些擔憂，這首樂曲不只不符合法令規定，甚至也不搭配開幕式的愉悅氣氛。沒想到王芸一聽之下，大為喜愛，還跟婆娑保證：「講鬼故事的樂曲，我最愛了！博物館中很多古物，都是在月國時代傳進鯤島，這首歌講的也是那個年代，很有懷舊的氣氛呀，請放心演奏。」

雖然登臺沒有問題，但在合奏過程中，吹奏嗩吶的琥珀卻連連失常，無法順利合拍。

琥珀的異常，讓婆娑隱隱不安。結束排演之後，他便想在茶會裡向琥珀一問究竟。

一樓大廳走廊上的茶會，桌上美酒佳餚應有盡有。一向嗜吃美食的琥珀，竟然不在桌畔。婆娑問了正在大啖起司蛋糕的杜鵑，才得知琥珀在展示櫃附近徘徊。

最外側的玻璃展櫃中，放置了一顆拳頭大小的碩大晶礦，靛藍色的晶石看起來華麗非凡，極為炫目。此時，琥珀正在櫃前皺眉凝視。

「琥珀，妳在看什麼？」婆娑疑問。

琥珀回望了婆娑，有氣無力地說：「沒什麼，我只是想念家鄉。」

婆娑不解其意，瞧著展櫃上的標示牌，銀金色鐵牌上標明「電曜晶礦」。鐵牌也說明，這種晶礦擁有高度的可燃性，是電廠發電的必要物件。

「原來這就是人類賴以維生的電力礦石。」婆娑瀏覽鐵牌上的說明文字，問道：「但是……這石頭跟琥珀的家鄉有關嗎？」

琥珀點點頭：「我來自虎石峰，我們虎魔一族世世代代居住在這座山。這種礦石……以前經常出現在虎石峰的溪邊，我們虎魔會磨碎這種石頭，作為照亮夜晚的油燈燃料。」

「為什麼妳說『以前』？難道虎石峰已經沒有這種礦石？」

「因為……都被人類搶走了。」

婆娑有些驚訝，稍微思考之後，似乎察覺琥珀異狀的緣由：「該不會……奪走礦石的人，就是王氏集團？」

琥珀再度點頭。

婆娑推想，琥珀的怪異舉止，應該跟王氏集團有很大關聯。在北城街道，震天霆海報有印上「王」字徽章的贊助印記，琥珀應該察覺到這是王氏集團的記號，才會憤怒撕裂那張無辜的電子海報。當她在岸邊聽聞杜鵑介紹王芸來自王氏集團，也因此臉色大變。

「嘎～可惡！要是早一點知道這次來鯤島，要在王氏集團的度假村演奏，我才不願來。就算給我兩千萬，我也不稀罕！」琥珀瞬間大吼，嚇得周遭人們頻頻側目。

婆娑趕緊向旁人表示無事，拉著琥珀走到櫥櫃角落。琥珀掙開婆娑的手，繼續說道：「我無法原諒人類，他們為了奪走這些晶礦，一步步進逼虎魔一族世代傳承的領地。虎骨婆婆……也是我們族內的首席巫女，不願與人類起衝突，就帶領虎魔一族往深山退去。但是，越往深山，虎魔狩獵獲得的食物越來越短缺。這幾年下來，我們總是挨餓受凍。虎骨婆婆總告訴我們，要忍下去。但是，我實在……受不了！我要以我的方法，將那些土地搶回來。」

「難道，妳想賺錢，是這個原因？」婆娑猜想起前因後果。

「沒錯！既然虎骨婆婆不願我們跟人類衝突，那麼我就用人類的規則，把屬於我們的土地搶回來……」說著說著，簌簌淚滴滑下琥珀臉龐，「只是，真的很難……賺錢真的好難……我不知道哪時候才能完成這個願望……」

望著潸然淚下的琥珀，婆娑正想安慰，沒想到突如其來一陣天搖地動，整座塔樓建物都在左右晃動，杯盤摔落地上，會場內驚呼連連。

劇烈搖晃維持一分多鐘之後，恐怖地鳴逐漸平息，大廳上方水晶吊燈的擺動也緩緩停歇。

「會場廣播，會場廣播……請各位安心。」廣播聲從大廳舞臺的播音器傳來，「本度假村各棟建物，都是採取防震建築工法，所以安全無虞，無須擔心。並且，各位來賓期待已久的古物博物館開幕式，即將在幾分鐘後開始。為了感謝諸位蒞臨現場，我們也準備了一場表演，由妖幻樂團演出，讓各位一饗耳福！」

這時，王芸便向角落的婆娑、琥珀揮手，示意即將上臺表演。儘管婆娑還想跟琥珀討論剛才的話題，也只好暫停，走向後臺與眾妖會合。

「婆娑大人，你沒有嚇到吧？這幾天總是一連串地震，真奇怪。」不同於白天戴著大草帽的造型，此時王芸換上另一頂亞麻材質的駝色寬沿帽，看起來極為時髦。

這時，蛇郎正跟杜鵑說完話，露出一臉失望神情，轉頭問著王芸：「我聽杜鵑說，震天霆無法趕來這裡一起參加開幕式演出，真的嗎？」

王芸一臉歉意：「大哥的樂團，本來會在下午抵達鹿港城。但是昨日地震太頻繁了，竟然震垮北部好幾處磁浮道路，影響了交通。所以大哥他們還留在北城，來不及趕過來參加開幕式。」

「哎哎，那也沒辦法。」原先想再藉機聆聽競爭對手演出的蛇郎，只好攤手無奈。

這時，王芸望向婆娑，有些扭捏地說：「婆娑大人，關於水鬼的事情……」

只顧著演奏，竟然忘了這件重要之事，婆娑一時之間支支吾吾，不知道該如何回答。

「阿芸，妳放心！等我們演奏完，再跟妳討論我們的計畫吧。」蛇郎一臉自信，隨即喊道：「接下來，就由我們進行開幕式演奏。夥伴們，走囉！」

眾妖隨著蛇郎吶喊，一齊上臺準備就位。林投大姐一馬當先，率先捧著花鼓在舞臺前繞了一圈，手持鼓棒誇張搖擺，架勢十足，惹得觀眾呵呵大笑，紛紛拍掌鼓舞。

林投繞完舞臺之後，往左右頻頻鞠躬道謝，看似終於過足了登臺的癮，神情心滿意足。霎時間，一陣悠揚歌音驀然揚起。

「——月濛濛……」

金魅從簾幕後方盈盈走來，款步舞臺中央。一陣引吭高唱，歌喉嘹亮清靈，唱至轉折處又帶著幽怨感嘆的音調，舞臺下的眾人聽得心神蕩漾。方才因為林投登場造成的喧鬧聲逐一安靜，本來正在聊天的人們也不知不覺降下音量，轉頭望向舞臺。

蛇郎眼見金魅歌聲瞬間擄獲眾人耳朵，嘴角一笑，便與眾妖一齊加入演奏。

樂聲珠圓玉潤，千迴百折，一連串節奏逐漸高亢，繁弦急管不斷堆砌成悲壯鏗鏘的音調，間奏時音符流洩，猶如瀧瀧徹響的水花。

接著，金魅再以婉轉嗓音描述井底魔女的哀怨與不捨，卻又暗藏著甜膩氛圍。最後，抵達終曲，餘音裊裊不散。

一曲停罷，現場寂靜無聲。一會兒過後，才有聽眾竊竊私語起來。

「哇，真好聽！」

「真奇妙，這是什麼語言？好像聽得懂，又好像聽不懂。」

「整首都唱歌，太奇怪了吧？」

儘管議論不停，現場聽眾卻不吝惜掌聲，熱烈拍掌。

正當眾妖沉醉於掌聲中，大廳後方竟然響起一陣陣吵鬧。

「哈哈，該不會要求我們再奏一曲？」蛇郎一臉興奮抬眼望去，卻發現聽眾席上慌亂喧嘩，明顯不是因為樂曲而歡呼。

「水……水淹進來了！」

在人們驚喊聲中，眾妖往大廳門口一瞧，才發現洪水不斷湧入。

猛烈的大水不只從門口湧入，大廳四周敞開的窗戶也湧進滾滾洪流，水聲嘩啦。

兇猛水勢，在大廳內急速暴漲起來。

指顧之間，洪水一下子就淹到了腰間，清澈的水流也逐漸轉黑，猶如黑油一般，水面閃射著詭譎色彩。

參與出席的來賓們狼狽萬分，紛紛爬上高處的舞臺。

眼見情勢不妙，蛇郎趕緊對杜鵑說：「妳跟阿芸帶觀眾上樓躲避，這水太兇猛了，我們來擋。」

「沒問題，你們小心！」本來待在後臺的杜鵑，即刻跳進黑水之中，與王芸兩人開始疏散觀眾，前往二樓避難。

蛇郎眼見觀眾皆已經上樓，便抽出隨身的巫煙管，施展靈力抵禦洪水侵襲，一邊喊道：「菟蘿，你去堵住門口大水！」

「沒問題！」在蛇郎指揮下，菟蘿便以靈力喚出魔藤，企圖堵住從大門湧入的洪流。

婆娑見狀，也張開羽翼飛至窗口，一邊關上窗戶，一邊口誦密咒，奮力加強玻璃窗的防護。

「竟然敢破壞本小姐的演奏會？誰這麼大膽！」

婆娑往旁一瞥，林投大姐顯現元靈，幻化成一身淒厲鬼魅形象。

有著惡鬼稱號的袄教師從身後抽出一把朱紅鬼傘，傘面劇烈旋轉，煞氣猛爆，隨即捲出一陣狂風，形成一道道防護牆，硬生生擋住莫名而來的氾濫黑洪。

「小金魅，換妳囉！」

「交給我吧，大姐頭！」

林投一聲令下，金魅即刻拿出隨身的金蠶錦囊，將袋口打開，眨眼之間，錦囊口袋乍現一股強大吸力，將大廳中的黑色洪水逐漸吸納進金蠶錦囊之中。並且，錦囊吸力不只如此，竟也能將眾妖衣裳上的染黑墨漬一併吸走，大家嘖嘖稱奇。

儘管大廳內滿是滔滔黑水，但也敵不過金魅的奇妙錦囊。不一會兒，黑水全數被吸納進錦囊之中，金魅趕緊將囊袋束緊。

金魅從袖口取出手帕擦汗：「呼～真是好險。」

「哇哇，小金魅真有效率。」蛇郎不禁咂嘴讚歎。

金魅雙手摀著臉：「還好啦。」

婆娑將博物館各處門窗順利關上，也好奇一問：「金魅同學，妳這錦囊怎麼這麼神奇？」

金魅一臉害羞：「金蠶錦囊的內袋，是一座龐大的異空間，不管任何東西都可以被吸進去，也不會滿溢出來。只不過能夠吸收物體的範圍，只在我靈力能控制的區域而已。所以，我平常掃除都用來當垃圾袋，沒想到現在可以派上用場。」

「怎麼會突然出現這麼大的水流？」菟蘿納悶不解：「這棟塔樓位在岸邊，難道是因為剛才地震，引起海嘯？還是說，這是水鬼在作怪？」

婆娑出聲否認。因為他方才望向玻璃窗外，卻發現屋外的海岸平靜如常，白貝灣的浪潮在月光反射下，晶瑩閃爍。他也說出自己的疑問：「若真是水鬼所為，但他這一次似乎不是針對阿芸而來，他的目標到底是什麼？」

「真奇怪，難道剛才的洪水是夢？」蛇郎搔著頭，蹲下身觸摸地板，「不過，地上確實一片濕潤，並非錯覺。」

正當眾妖疑惑時，琥珀一聲驚呼：「有、有蛇！」

婆娑抬眼一望，才發現有一條巨大的紅黑雙頭蛇，正盤蜷住白絹覆蓋的展示櫃，嗤嗤吐信。詭異的血紅蛇尾，正將白布掀開，似乎想撬開玻璃櫃的蓋子。

從蛇身中央分岔出來的兩顆蛇首無比碩大，距離最近的金魅跌倒在地，嚇得無法動彈。

「金魅，別怕！」琥珀一聲怒吼，就解放出花虎元靈本體，朝雙頭怪蛇撲上去。

巨大怪蛇無懼撲來的虎魔，遊刃有餘滑躲一旁。這時，眾妖也隨即趕來，與琥珀一同對抗怪蛇。

雙頭怪蛇朝婆娑邪眼瞪視，似乎不懷好意。

怪蛇的雙頭之上各有一隻巨大獨眼，光芒閃閃，彷彿笑了一笑，當即盤身捲繞，蛇尾一縱，就衝飛出窗外。

怪蛇的現身，令眾妖瞠目結舌，眼睜睜望著怪蛇逃匿無蹤。

此時此刻，杜鵑也步下樓梯察看大廳狀況。儘管現場一片狼藉，卻已無黑水淹沒，總算讓她寬心許多。

「我讓來賓待在二樓避難，阿芸也正在安撫大家。不過……到底怎麼回事？」杜鵑開口詢問：「該不會是……水鬼要來找阿芸，討回她偷走的左旋白螺？」

婆娑搖搖頭：「我覺得不是。聽阿芸說，那個水鬼有著男子般的鬼臉。可是，方才明明是一隻雙頭怪蛇來鬧場。」

「雙頭怪蛇？怎麼回事？」

婆娑便將方才怪蛇出現的情景，轉告杜鵑。

「很有可能，黑水就是那隻怪蛇的傑作。」婆娑推論。

杜鵑疑問：「既然是蛇妖，臭蛇郎，該不會是你請親戚來製造話題？」

「杜鵑，你太過分了喔！」蛇郎大聲抗議，要杜鵑別亂栽贓。

這時，金魅側著頭推測：「還是說，水鬼能變身成雙頭蛇？」

「不對喔，水鬼通常是人類溺死水中之後，才會變化而成的鬼魅。並且，也沒有變身成雙頭蛇的能力。」蛇郎瞇眼沉思：「那隻雙頭蛇，該不會是那傢伙……」

菟蘿問道：「社長，你認識那隻大怪蛇？」

「往年，我在鯤島時，曾遇過一名叫做『魔尾蛇』的妖怪。他曾經大鬧人界，甚至偽裝成人類模樣，統領黑海上的海賊艦隊。這隻妖怪能利用靈力製造出奇異幻境，甚至能擾亂對手的記憶，是個挺棘手的傢伙。只不過，當時那隻雙頭蛇妖的體型沒那麼龐大，也沒有操控黑水的異能力，若方才鬧事的傢伙真是魔尾蛇，恐怕這隻妖怪又變得更加難纏。」蛇郎雙手環胸，面色凝重。

「但是，為什麼魔尾蛇想偷左旋白螺？難道他跟水鬼有關？」婆娑提出疑問。

「我看未必……」蛇郎說道：「魔尾蛇天性就是自私自利的傢伙，沒有利益的事情他不會幹。看來，這件事另有蹊蹺。」

正當眾妖議論紛紛，杜鵑霍地發出驚呼：「對了，我們都忘了委託！等一下，你們要怎麼跟阿芸說？」

一旁的林投喜孜孜問：「什麼委託？難道還有一場表演？」

「大姐頭，沒這回事，其實是……」菟蘿搖搖頭，隨即向林投大姐與金魅解釋要幫忙抓水鬼之事。

「蛇郎，我們又不知道水鬼在哪裡？演奏之前，你說要討論的計畫是什麼？」婆娑轉頭向蛇郎問道：「該不會……你根本沒想法？」

「人類不是有句話說，船到橋頭自然直？我認為這句話之所以存在，一定有它的道理。」

蛇郎一副胸有成竹的模樣，原來根本毫無規畫。

「看你們這麼煩惱，本小姐就大發慈悲，提供一個方法，讓你們可以順利抓住鬧事的水鬼。」林投大姐一臉鬼主意的模樣，笑著說：「這方法就是……」

林投大姐的計策，乍聽之下，頗為不錯。

但，婆娑有著非常不好的預感，只好開口問：「大姐頭，妳說的方式，需要一項最重要的條件。」

「確實沒錯呢……」林投興高采烈地說：「那麼，就用博杯決定吧。」

蛇郎呵呵笑道：「雖然我很想吐槽妳的計畫，不過……確實有趣，就照妳的方法來吧！不過，博杯的器具呢？」

「這沒問題。小金魅，拿出來。」

林投大姐拍拍手掌示意，於是金魅再度取出腰間的金蠶錦囊，稍微開啟一個小口子，低聲說：「出來吧！」隨即兩片新月形狀的木製杯筊就跑出了袋口。

儘管情緒不佳，感覺新奇的琥珀也說：「妳的錦囊，還真方便。」

「也還好啦，嘿嘿。這錦囊除了能吸納萬物，也可以任意取出之前放在裡面的東西。」金魅一臉不好意思。

蛇郎拿起杯筊，一副等不及的模樣：「快點快點，我們來比賽博杯，看看誰得到聖杯。等會兒阿芸帶其他賓客下樓之後，我們還要跟阿芸解釋我們的計畫。」

在蛇郎的吆喝下，眾妖展開了擲筊廝殺。

婆娑預感成真。

5. 誘餌

隔日，眾妖來到海景平臺外的白貝灣。

「這兒，就是阿芸所說，撿到左旋白螺的地點。沒想到人類竟可以將一座海岸用砂土填平，再覆蓋幾千公頃的貝殼細沙，只是為了獲得這一片白貝灣美景。這種費心費力的事情，真是難以想像……」蛇郎舉起煙管，吐了一口煙氣，一副閒情逸致，轉身問道：「阿芸，妳也覺得很荒謬吧？」

「我怎麼知道？別問我。」頭戴棕黃色大草帽的女子神情不悅，寬大帽簷遮掩陰鬱的臉龐。

「不對啦，女孩子哪會是這種奇怪表情？開心一點，要有笑容，才能完美詮釋。」林投大姐品頭論足起來，認真給予諸多意見。

「我完全笑不出來。大姐頭，妳設想這種方法，就是想捉弄我吧？」女子將草帽拉起，帽簷底下即是婆娑苦惱臉龐。

「我才沒有針對你。你博杯得了聖杯，連神靈都希望你當魚餌。」林投哈哈大笑。

昨夜，林投提議要以假餌釣魚，也就是假扮王芸。因為根據王芸說法，水鬼一直以來的目標都是她，也許只要類似王芸的身影出現在海邊，就可以順利誘引水鬼現身。

如此一來，眾妖即可甕中抓鱉，不愁逮不到水鬼。

「為什麼偏偏只有我擲到聖杯？同是女性的琥珀或杜鵑，也可以擔任這個角色……」婆娑脫下平常會戴的黑色眼鏡，改換王芸常穿的衣衫，彷彿連沉著冷靜的個性也被換下，喋喋不休抱怨起來。

蛇郎一邊竊笑，一邊解釋：「杜鵑身為脆弱的人類，怎麼可以進行這種危險工作？琥珀的話……

她本來性格就很激動，萬一露出馬腳怎麼辦？何況，她從昨天開始就一直悶悶不樂，也不知道生什麼悶氣。她那種消沉模樣，不方便打擾她吧？」

婆娑側眼凝望沙灘另一端，琥珀正百無聊賴掬起地上的細白沙粒，兩手緩緩翻轉，任由細沙滑落，一邊嘆了口長長的氣。

昨日琥珀向婆娑講過的話，言猶在耳。婆娑也認為，確實應該給她一點空間。婆娑暗自考量，之後再來向眾妖說明琥珀的心情，看看大夥兒能否助她一臂之力。

但這就意味，婆娑逃不過魚餌命運。

蛇郎繼續講：「婆娑，你就安分扮演王芸吧。難不成，你要讓大姐頭擔綱演出？」

「我早就說過，我只負責規畫方針喔。」林投大姐一副事不關己的模樣。

「而且……你的裝扮未免太適合了。」蛇郎不懷好意，從懷中一手拿出向杜鵑借來的手機，笑著說道：「要不要以後都改穿女裝呢？」

婆娑滿臉驚恐，揮舞著雙手，想要阻擋蛇郎照相。

「婆娑，你別害羞。你不戴眼鏡的模樣，真不錯呢。」菟蘿彷彿在鑑賞什麼藝術品似的，朝婆娑全身上下仔細打量。

「別糗我了。」

「別這麼沉悶嘛！你看大家多開心，只有你愁眉苦臉，快點笑一個。」蛇郎一邊說，一邊用手機往婆娑的臉龐取景拍照。

驟然，一陣海風吹襲而來，婆娑頭頂上的草帽就被吹走。

婆娑舉步走向灘頭，一陣突如其來的大浪捲起，婆娑剎那間就消失於浪濤之中。

「好啦，我不拍照總可以了吧？」蛇郎不只收起手機，也收起笑意，鄭重地朝水面說話。他以為婆娑是在賭氣，假意跌進水裡。

只是，過了許久，婆娑還未從海面浮起。

眾妖不見婆娑蹤影，便驚慌起來。原本在岸上獨自玩耍的琥珀，也湊近灘頭，著急地說：「該不會，被水鬼抓住了？」不諳水性的琥珀，只能乾著急。

「別怕，我來。」金魅自告奮勇。

「金魅同學，你確定？」菟蘿提醒。

「我……我水性還算可以。」金魅雖然有些害怕，但還是深吸一口氣，就游入海中。

片刻之後，浪頭上總算浮出金魅抱著婆娑沉沉浮浮的身影。

眾妖好不容易將金魅與婆娑拖上岸邊，一身濕淋淋的婆娑躺在海灘上，嗆著水，口齒不清地說：「有……有水鬼……」

蛇郎看見夥伴平安歸來，放心之餘，銳利眼神隨即掃視海面：「竟然敢動本郎君的朋友？」話一說完，蛇郎往巫煙管吐了一口靈氣，盤旋煙霧化作血眼白蛇，直衝入海。

一瞥間，巫煙白蛇再度游上海面，伴隨著一長串慘叫：「別咬別咬……噢噢，好痛！好痛！」披著一頭黝綠長髮的怪異之鬼，被尖牙靈蛇咬出水面，渾身傷痕累累。

「好了，好了，別再咬了！我不動，我也不逃走……」怪里怪氣的綠髮鬼，被盤蜷的白蛇困在岸上，癱坐在地。

「真是一臉衰樣，果然像阿芸描述的鬼臉。」蛇郎端詳這名鬼怪，問道：「喂喂，你就是水鬼嗎？」

綠髮鬼受到不小的驚嚇，一邊提防身旁的白蛇虎視眈眈，一邊點點頭：「沒錯，我是住在這片海域的水鬼……」

蛇郎面露不善，繼續問道：「你為什麼要把阿芸抓下水？」

「不是我，真的不是我……」披頭散髮的水鬼嚇得連聲求饒。

「還說不是你？」蛇郎用巫煙管敲擊水鬼的腦袋，「旁邊這位王芸小姐，都已經說你在水下搞鬼，你還敢狡辯？」

「我才不是什麼小姐。」婆婆似乎緩了一口氣，總算能順利開口說話。

水鬼一瞧婆婆面目，驚覺對方並非王芸，吃驚一問：「你……你不是王芸小姐？你怎麼會穿她的衣服？」

「你還敢說話啊？」蛇郎再度敲了敲水鬼的頭，讓他痛得哇哇大叫。

「不是他，真的不是他。」婆婆儘管疲累，還是勉強坐起來，「方才在水中，水鬼……想要救我。」

婆婆的話，讓在場眾妖一陣愕然。

「剛剛為了撿草帽，我不小心被大浪捲入海裡，幸好是他……抓住我的手，往岸邊游來，金魅才能順利找到我。」

眾妖望著坐在一旁休息的婆婆，再望向驚慌失措的水鬼，感覺難以想像。

菟蘿打破沉默，向水鬼詢問：「既然你個性不壞，為什麼你要一直糾纏阿芸？」

蛇郎也同聲附和：「你說說看，為什麼你要糾纏阿芸？就算那枚左旋白螺是你珍貴的寶物，你也不能一直糾纏阿芸。在人界的說法上，你這種行為……就叫做跟蹤狂、變態，你知道嗎？」

眼見蛇郎語氣越來越激昂，菟蘿出面緩頰：「如果水鬼是針對白螺，也不太合理。若水鬼想取回白螺，他有很多機會可以把阿芸拖下水，趁機要脅她交還白螺。但……水鬼並沒有這樣做。」

林投看向水鬼，疑惑發問：「既然如此，為什麼你要盯著阿芸？還躲進水溝裡，死命糾纏阿芸？地面的水溝……」林投視線望向地面，又瞧了瞧跪在一旁的水鬼，冷不防恍然大悟：「哈哈……該不會，你想偷看阿芸的裙底風光?!」

「我、我才不是……想要……想要偷看……內……我是……是因為……」水鬼結結巴巴，一臉臊紅，明顯作賊心虛。

「沒想到你還真是變態啊！」蛇郎踹了踹水鬼的背部，「你怎麼解釋？」

「請……請別揍我。我說……我什麼都說……」水鬼一臉頹喪，總算開口解釋：「那枚左旋白螺，確實是我的東西。不過，那也只是我在海底意外撿到的物品，因為覺得外觀漂亮，就留在身邊。但就算丟了，我也無所謂。」

蛇郎反問：「既是如此，為什麼你要緊追王芸？」

「那是因為……」水鬼沉默不語。

「快說！」

「好啦……我說。」水鬼嚥了嚥口水，吞吞吐吐說明：「那是因為……因為我喜歡……喜歡王芸小姐。如果說我真有什麼寶物，我唯一的寶物就是王芸小姐……我絕對……絕對不會做出任何傷害她的事情。」

眾妖聽聞水鬼的解釋，莫不張口結舌。

「什麼嘛！原來真的只是一名跟蹤狂。」蛇郎聞言，不禁哈哈大笑。

水鬼滿臉羞紅，看起來恨不得鑽進地洞裡。

查出水鬼作祟的真相，原來只是跟蹤狂騷擾案件，眾妖總算鬆了一口氣。

眾妖鬆懈之時，卻傳來一聲驚呼。

「誰在大叫？」林投大姐四處張望，訝然發覺：「婆娑……婆娑又不見了！」

方才坐在海灘上休息的婆娑，轉眼之間竟然不見蹤影。方才倏然出現的喊聲，似乎就是他的嗓音。

蛇郎勃然大怒，再度踢著水鬼，喊道：「喂喂，你這傢伙又做了什麼？」

「才不是我啊，冤枉～冤枉～」水鬼大喊：「我又對男生不感興趣，請別誤會我！」

蛇郎臉色大變。

6. 混戰

視線迷茫，日頭高照，熱辣的陽光照在身上，感覺疼痛。

婆娑緩緩醒來，感受到腥鹹的海風，海灘上的白色沙礫摩刺著手掌。

此處看起來並非古城度假村裡的白貝灣，似乎也不是先前魂樂車登陸時的海岸。婆娑頭昏眼花，不知道自己身在何處。

「好久不見。」

奇異的語音在前方響起，婆娑勉強睜開迷濛的雙眼，只見不遠處的海浪上，有一隻奇異的雙頭怪蛇載浮載沉。

難道，方才的話語是怪蛇發出？

隨著怪蛇的浮現，陽光也開始被陰翳的烏雲遮住，天際逐漸灰黯起來。婆娑努力起身，想看清前方。

怪蛇遍身紅黑花紋，蛇身碩大無朋，駭目驚心。

這尾雙頭蛇妖，就是昨夜在博物館引起軒然大波的怪物。

婆娑向蛇妖說：「就是你……昨夜用黑水淹沒博物館，還想藉機竊走左旋白螺。你……就是魔尾蛇吧？」

「擾亂你們的開幕式，真抱歉。」怪蛇的其中一顆巨大蛇首，開口說話竟彬彬有禮。

「果然是你。」

無視婆娑怒目，魔尾蛇聲音冷冽兀自說道：「可惜昨夜功虧一簣，什麼都沒得逞。一擊必中，才是我願意下注的賭盤。」

這時，換另一顆蛇首張嘴說話，語氣竟尖銳起來：「不過沒關係，至少我現在有你啦！」

「可惡！」婆娑奮力調整靈息，想要施展靈術反擊，卻全身無力，無法動彈。

望見婆娑反抗，說話尖銳的蛇首扭動著身軀，一臉享受，暗紅色的蛇信舔了舔嘴唇：「你已經中了我的幻術，越想掙脫，越難受喔～呀哈哈哈。」

「你……為什麼要抓我？」

「婆娑，你不記得我啦？」

「為什麼你會知道我的名字？」

「呵呵，沒想到你真的忘了我，真傷心吶！不過，這也是情有可原。畢竟，當初就是我封印住你的記憶。沒想到，你現在的服裝品味……嗯嗯，真令我驚訝啊。」

婆娑一陣羞赧，畢竟假扮王芸的女裝還未卸下。他閉上眼，冷靜忖思一番，才開口問道：「你對我的記憶做了什麼事？」

「你想知道，我可以慢慢告訴你喔，呵呵。」

「別糊弄我！」

「不要這麼兇嘛！想當初，你一把鼻涕一把眼淚哭著來到我面前，求我幫你。雖然我沒那麼好心，不過既然碰巧遇見，也算緣分。所以，我就幫你封印記憶囉。」

「這……不可能。為什麼我要請你封印記憶？」婆娑搖搖頭，不可置信。

「那時候，『大惡災』剛過，全靈界鬧得天翻地覆，任何事情都有可能發生喔。金羽族的小孤兒，你真可憐吶！呵呵呵……」蛇首狡黠眨著巨大獨眼，眸光閃閃。

「你……你是不是知道什麼？告訴我！」

「你用這種期待的表情看我，我怕我會忍不住一口咬下去呀。」魔尾蛇邪佞一笑，雙頭蛇身也同時往岸上緩游，「好囉，敘舊到此為止，要講講正事才行。」

爬上海灘之時，巨大蛇形就逐漸幻化成人類模樣，金紋眼罩遮蓋著右眼，只有左眼炯炯瞪視著婆娑，口吻也轉為原先的冷然：「總而言之，有人委託我，要抓你。」

婆娑困惑不解：「誰想抓我？而且……為什麼要抓我？」

「你是掌握未來的關鍵。」

「未來的關鍵？你胡言亂語什麼？」

「因為你身上流著金羽族的血脈，所以就安心接受你的命運吧。我會將你送到你該去的地方。」

「你做夢！」

婆娑陡然大喊，猛暴而出的靈力流竄周身，即將衝破魔尾蛇施加的縛身咒。

「還不乖乖就範。」魔尾蛇微皺眉頭，隨即抽出腰間長刀，「雖然商品會有點損壞，但是運送過程難免有些碰撞。」

正當魔尾蛇一刀即將刺向婆娑，霍然一隻白蛇躍空而來，緊咬住刀刃。

「婆娑！」蛇郎的吶喊從後方傳來。

婆娑抬眼一望，菟蘿、琥珀、林投、金魅正從四面八方包圍而來。

蛇郎邁步前來，半空中盤旋的白色靈鸚滑翔而下，停在蛇郎肩頭。

「你們終於來了。」婆娑鬆了一口氣。

「幸好你被抓走前，釋放出靈鸚，我們才可以依據牠的指示，順利找到你。」菟蘿隨即張開魔藤結界，以婆娑為中心圍起一圈堅固藤壁。

魔尾蛇眼見被包圍，毫無懼色，反而嘴角一揚，呵呵笑了起來：「一下子就圍上來，你們膽子可真大。」

「魔尾蛇，果真是你！」蛇郎怒聲大喊。

「嗯……原來是蛇郎。冤家路窄，就是這種情況吧？呵呵，就算你不滿意，又能怎樣？」魔尾蛇說話時，冷不防甩開刀上的白蛇，擲刀而去，長刃瞬間刺穿蛇郎肩上的靈鸚。靈鸚嘎嘎嗚啼，再度回復成透明的靈體，消散於空中。

「小玉！」蛇郎一聲驚喊。

面對魔尾蛇挑釁，蛇郎心生怒氣，隨即揮舞起巫煙管，吟誦著密咒靈歌，操縱白影靈蛇往魔尾蛇攻去。

沒想到蛇郎一擊不中，眼前的魔尾蛇只是黑水霧氣凝成的幻影。

蛇郎驚疑之間，身後竟傳來數聲呼喊，回眸一望，竟見金魅與琥珀都被化為原型的雙頭蛇一口咬住。

「你竟然敢傷害我的學生！」林投怒髮衝冠，抽出身後朱紅鬼傘就往魔尾蛇攻去。

儘管魔尾蛇的血盆大口立刻吐出二妖，但是倒落在海灘上的金魅與琥珀，卻動彈不得。

「呵呵，中了我的縛身咒，一時片刻起不來喔！」魔尾蛇邪眼尖笑，讓林投更是雷霆大發。渾身煞氣的厲鬼舉高朱傘，驅使靈力凝結。瞬間，慘綠咒光閃熠，青綠火焰挾帶龐大旋風，往魔尾蛇熾騰襲去。

林投鬼火來勢洶洶，魔尾蛇儘管吐出一陣黑水霧氣，卻無法化消青焰燎火，兩方一時僵持不下。

蛇郎抓緊時機，右手一揮，靈蛇旋飛而起，狠狠咬傷其中一顆蛇首的巨型獨眼。

「啊……」

蛇首發出怒吼，蛇身扭曲，緊閉起眼眸，往前胡亂衝擊，卻頻頻落空，反而被林投的綠焰鬼火給燒傷。蛇郎精準一擊，不只給予魔尾蛇嚴重傷害，更讓林投得以乘勝追擊。

正當蛇郎想舉步攻去，沒想到後方竟甩來一把尖牙棘鞭。蛇郎訝然避開，往後一瞧，竟是菟蘿向他襲擊。

「社長……快逃！我……控制不住自己！」菟蘿面目猙獰，大口喘氣，似乎正奮力抵抗體內某種力量。但是不久之後，菟蘿雙眼浮現一片墨黑，不再發聲提醒蛇郎，凶狠棘鞭再度抽擊而去。搭配魔藤的纏鬥，菟蘿制止了蛇郎的步伐，讓他無法抽身退開。

蛇郎左閃右躲，一臉惱火：「這是魔尾蛇的特殊能力，能以靈力編造幻境，控制他者行動。菟蘿，你不要陷進去！」

魔尾蛇眼見蛇郎與菟蘿纏鬥，隨即甩動蛇尾，將無法動彈的琥珀與金魅雙雙捲起，往海面丟去。

魔尾蛇一陣邪笑：「我不會留任何變數在戰場上。既然開戰，賭盤只有我能贏。」

林投見狀，怒斥不休，青綠鬼火不停擊發。雖然蛇郎與林投早已重傷其中一顆蛇首，但另一顆蛇首顯然更加刁鑽，躲在黑水迷霧築出的防護網中，不讓林投再有可趁之機。

一旁的婆娑手足無措，就算靈力即將衝破魔尾蛇施加的縛身咒，但是體內靈能也將消耗殆盡，無法施展任何靈術。

正當無計可施，婆娑乍然瞧見海面之下隱隱約約有著墨綠身影，連忙喊叫：「水鬼，是你吧？」

披頭散髮的鬼臉遽然浮出水面。

「你……能不能幫我救起金魅跟琥珀？」
「我為什麼要幫你？方才你們對我……」
「只要你幫忙我們，我能讓你跟阿芸見面聊天！」
「什麼！你說真的？」
「拜託你！」
水鬼頓時勇氣倍增，一聲「交給本大爺吧！」就直接往下潛去。
這時，婆婆終於突破縛身咒，奮力撥開菟蘿方才築起的藤壁，拾起魔尾蛇掉落灘上的長刀。
「快停手！否則，重要的商品即將要死！」
聽聞婆婆喊話，魔尾蛇往婆婆一瞧，竟發現他拿刀橫架頸上，鮮血已然汩汩流下。
「你做什麼？」魔尾蛇語帶不悅。
「若我死了，想必你的交易會失敗吧？」
「你想怎樣？」
「你先解除菟蘿的幻術，否則一切免談！快點！」
眼見婆婆將尖刀更進脖頸一分，鮮血不停淌流，魔尾蛇儘管不願，還是先行解除幻術。
菟蘿迷迷糊糊，眼見自己正持棘鞭攻擊蛇郎，不禁嚇傻。
「社長……對……對不起……」
「沒關係，你沒事就好。」蛇郎朝菟蘿微微一笑，旋即轉頭望向婆婆，大聲斥責：「傻子，快把刀放下！」

「這……好吧。」婆娑眼見菟蘿無恙，便聽從指示，放下長刀。

此刻，水鬼也將金魅與琥珀順利拖上海岸。差點溺斃的兩妖，不停咳出鹹水，林投趕忙前往照料。

蛇郎眼見眾妖傷痕累累，心情憤恨不平，朝雙頭蛇妖喊道：「這一次，你太過分了！信不信我再戳瞎你剩下的眼睛？」

「哎哎，我只是做小本生意，別為難我。」雙頭蛇搖搖頭，說道：「只要將婆娑交給我，一切好說。」

雙方互不相讓之時，悶雷在遠方的雲層激烈響起。

風聲鶴唳，浪捲狂花，海上波濤更加凶暴。

在強大氣壓的干擾之下，雲流紊亂不歇，一條條水柱從浪花中洶洶揚起，水龍捲爭繞海面。

一抹黑色身影，從天際雲霾之間緩緩下降，在空中浮游踏步。

來者一身墨黑披風，神情漠然如鐵。

魔尾蛇眼見黑衣人足踏灘岸，便挺身上前：「原來是神座大人呦~看來，你順利接到我的通知。依照約定，我帶來了這隻……小鳥兒。」魔尾蛇眼神示意一旁的婆娑。

驟然一陣咒歌響起，綠色魔藤左右旋繞，往魔尾蛇甩刺而去。魔尾蛇一時大意，原先受創的蛇首又添上數道血痕。

「竟敢操控我，你別得意！」菟蘿再度吟誦起咒歌，以魔藤結界護住似乎也是黑衣人目標的婆娑。

眾妖除了提防魔尾蛇再度攻來，也全神戒備這一位突然闖入的黑衣人。

黑衣人望向魔尾蛇，眉間蹙歛，向對方冷冷發問：「左旋白螺何在？」

雖然被菟蘿擊傷，但魔尾蛇還是先按捺住氣憤，側身向黑衣人回答：「這個嘛……我還需要一點時間。」

「既然如此，汝可以退下了。」

「那……我要的東西呢？只要把崩星儀給我，婆娑就屬於你。之後白螺一定奉上，放心吧。」

「白螺與婆娑，兩者缺一不可，這是當初約定。」

「先將我要的東西給我，因為我已經完成一半的約定。」

「退下。」

「你在說笑吧？哈哈！」

「汝有何不滿？若再多言，約定便作廢。」

「堂堂神座大人竟會反悔？」

「又如何？」

「對你再三禮讓，只是出於買賣禮儀，你真以為愚弄我……不用付出代價？」

一言不合，魔尾蛇迅即仰天嘶吼，吐出一陣陣濃烈毒霧。迥異於方才的黑水霧氣，毒霧一觸及海灘，灘上的白色細砂竟融化成液態。

「這陣毒霧，不只包含劇毒，更藏強大熱能，一旦觸及，就會引燃焰火。太歲，你就算號稱神座，又能如何？你就被我的毒霧腐蝕、燒毀到一根骨頭都不剩吧！」

煙霧瀰漫之間，原先得意洋洋的魔尾蛇，卻怒氣漸增，邪眼暴躁。

名喚太歲的黑衣男子絲毫未損，周身似有無形的透明氣罩，將龐大的毒霧妖氣排除於外。

男子舉起右手，墨色手套上有一顆散發皓白光線的黑球晶體。男子將黑球置於掌心之間，撫摸把玩。看起來，他似乎利用球體特殊能力，驅散魔蛇毒霧。被驅散的毒霧，都化成一灘灘黑液。

「能操控重力的崩星儀，沒想到連霧氣也能操控……真是難以應付。」魔尾蛇怒目切齒，不一會兒，卻再度恢復冷靜，瞪眼發話：「既然贏面不大，這次我不跟你鬥。但是，你等著……，魔尾蛇想要的物品，從未失手！」

發出最後的宣言，魔尾蛇即刻潛入海中，緩緩沉進水面之下，消失無蹤。

被稱為神座大人的奇異男子，轉身斜睨海灘上的眾妖。

「汝，就是婆娑吧。」太歲舉步向前：「汝，是解放毗舍邪的重要關鍵，隨吾來。」

林投大姐不禁怒喊：「走了一個混蛋，又來一個混蛋，怎麼這麼煩？」

登時，林投魔氣縱橫，妖異煞力化作團團鬼火，隨著朱傘的旋繞往太歲左右襲去。

太歲輕輕揮手，灘岸上的白色細砂瞬間被龐大壓力擠塞，轟然聚攏成一片片堅硬白牆，擋住林投鬼火攻勢。迅雷不及掩耳，白牆卒然冒出一根尖刃，往林投戳刺而去。

蛇郎一躍而上，硬生生握住戳刺過去的閃白尖刃，手勁一壓，便折斷尖刃，再往太歲迎面擲去。

「對女人出手，像話嗎？」蛇郎橫眉冷哼。

白牆再度拔地升起，擋住了飛向太歲的尖刃。太歲默然無言，手掌一揮，白牆又冒出一根一根的尖刃，朝蛇郎撲擊過去。

蛇郎雖然閃身而過，但利刃過多，依舊被割傷數處，鮮血淋漓。

見到蛇郎辛苦搏鬥，菟蘿也急忙踏步向前，向太歲迎戰。尖牙棘鞭破風甩去，孰料太歲側身一移，毫髮無傷。

太歲再度轉向婆娑，冷眼一瞥，不帶任何感情似的說道：「汝，隨吾來。」

見識到太歲威能，甚至比魔尾蛇更加難纏，婆娑絞盡腦汁，依舊無法想到應敵策略。金魅與琥珀雖有水鬼照料，但她們仍倒地不起，情況不佳。方才眾妖面對魔尾蛇，也已豁盡全力，靈力所剩不多……

處境窘迫，婆娑不知不覺再度舉起手中尖刀。

「婆娑！」蛇郎喊道：「說你傻，你還真傻。好好愛惜性命啊！」

隨著蛇郎的咆哮，一尾白蛇不知何時纏上了太歲右手，即將要咬走那顆異光黑球。

蛇郎不只聲東擊西，他也在方才假意示弱，讓尖刃割傷自己，想分散太歲注意力。一切都是為了讓靈蛇悄悄靠近對方，趁機奪走似乎是太歲能力來源的黑球。

眼見計畫將成，沒想到太歲快了一步，左手一揮，白蛇被手刀截斷，幻化為一陣灰白煙霧。

「汝等小妖，莫再掙扎。」太歲冷目皺眉，不發一語，掠視眾妖。

雙方僵持之際，長灘遠方倏忽傳來一陣呼喊。

「停喔～都給我停下來！」

奇異的喊聲及時打斷了現場劍拔弩張的緊張氣氛，眾妖一邊警戒太歲的動靜，一邊往聲音源頭覷看。

一名男子騎著磁浮滑板車，正往此處衝馳而來。

「是……一葉？」婆娑一臉訝異。

一身銀白制服的一葉，儘管面目清秀頗具英氣，卻氣喘吁吁，大汗淋漓。

俄頃之間，一葉便已抵達眾妖身旁。

「原來你就是一葉。」蛇郎一邊盯著太歲，一邊喊道：「這裡危險，你先退開。」

一葉緩了緩氣，調整了呼吸，才微笑說：「沒事，擾亂民心的妖魔，一向是皇警隊的專門業務，這裡就交給我們！」

一葉盯視前方的太歲，彷彿在盤算什麼，接著舉起右手，往前一揮：「上！」

倏忽，海灘四面八方湧現一排排軍車，墨綠色制服的兵警一一從軍車跳下，詭彩面具遮蓋臉龐，皓白鐵盔展現威武氣勢，瞬間包圍太歲。一葉喊說「停步」，軍靴跺地，揚起一片灘沙。

隨著眾多綠衫兵警現身，一葉後方也緩步走來一名白鬍老者，滿頭銀髮，眼神莊嚴，不怒自威。

老者開口詢問：「副隊長，測量器偵測到的異常現象，源頭就是這群妖怪吧？」

「是的。」一葉畢恭畢敬回答。

「既然如此，都抓起來。」

「義父，請等等……」

「正在執行勤務，你該叫我什麼？」

「是的，大隊長……這群妖怪並非騷擾源頭，他們都是我的朋友，我以個人擔保，他們不會有危害。據我判斷，真正的禍害，是那名黑衣男子。」

「為何你能肯定？」

「因為那名男子……就是我們通緝已久的嫌犯，太歲。」

老者面露驚訝：「原來是他……。好，這裡由你全權處理。至於這群妖怪，你都擔保了，我就閉眼不理。畢竟，現在對妖怪的捕捉並不急迫，危及皇族的太歲才是首要目標。」

一葉聞言，隨即下令兵警編排隊伍。

兵警們手持電曜雷彈槍，往太歲狂烈轟炸。

瞬間，現場一陣沙塵揚起。一葉號令撤開先鋒隊，第二隊人馬舉起電曜武器，根據不同設計，電子能量凝聚成盾牌、長棍、尖刀……等等不同兵器形狀。兵警依據一葉的指令，往太歲猛烈圍攻。

兩波攻勢暫歇，塵霧之中，卻傳來數聲慘烈哀號。

太歲信步向前，走過之處飄飛著血色霧氣，竟是數名兵警不敵太歲施放的氣壓，全身被輾碎成一塊塊血泥。

此刻，蛇郎望見海灘上，淌流著一灘灘黑水，靈機一動，朝一葉說道：「那些黑色液體，是魔尾蛇吐出的劇毒煙霧所化成。這種毒液很易燃，容易著火。」

「魔尾蛇？這裡還有其他妖怪？」

「別管魔尾蛇啦，我是說……」蛇郎心下一急，便走近一葉，說出計畫。

「原來如此，交給我！」

一葉心中有數，趕緊調整隊伍編排，命令雷彈手往側邊奔走。

婆娑望著雷彈手遠離戰圈，便知其意：「水鬼，我們快帶金魅和琥珀遠離這邊，跑得越遠越好！」婆娑連忙喊話，催促水鬼動作。

「怎麼了？」林投面露疑惑。

「總之，快點行動。大姐頭、菟蘿，我們也走！」在蛇郎指示下，眾妖就算不明事理，也趕緊提步動作。

眼見眾妖遠離灘頭，被喚為「大隊長」的銀髮老者似乎也看出端倪，隨即揮手示意，指揮部隊退後躲避。

一葉一聲令下，電曜砲彈紛紛擊發，戰場瞬間轟然爆響。魔尾蛇留下的毒霧，經由雷彈引炸，冒出熊熊火焰。

焰火狂漲，形成一道劇烈火牆，阻隔了太歲腳步。

趁此空隙，一葉率領剩餘兵警往後撤退。

「先搭車離開！」一葉揮著手，示意眾妖趕緊上車。

7. 太歲

古物博物館的一樓大廳內，頹喪的眾妖正各自休息。儘管遠離危險，蛇郎依舊神經緊繃，警戒查看窗外。

為了緩和氣氛，菟蘿打破沉默：「先前聽杜鵑講過，她大哥是警隊成員。沒想到，一葉你竟是皇警隊的副隊長。這應該是很高的職位吧？」

「還好啦，畢竟義父是皇警隊的大隊長，我只是順勢餬口飯罷了。」一葉笑著說，「對了，我妹妹還好嗎？」

「你要找杜鵑嗎？我們出發時，她正跑去逛度假村內的大商場，現在應該還在。」菟蘿答道。

「一葉，為什麼你會來？」婆娑問道。

「昨夜，古物博物館發生淹水事件，我們警隊有接到通知。雖然抵達時，不知為何，暴洪已經平息，但我們還是駐留渡假村，觀察是否還有異樣。剛才，我們警隊的測量器發現不遠處出現強烈的靈力反應，所以我就率領隊伍出發。沒想到，竟遇到你們。」

蛇郎離開窗畔，憂心忡忡：「一葉，我們躲到這裡，沒問題吧？」

一葉收起俏皮面目，沉思半晌才回答：「古城度假村離方才那座海灘，距離頗遠，他應該不會發現我們在這裡。對了，你們剛才提及魔尾蛇，怎麼回事？」

「那是因為……」婆娑慢慢解釋一連串經過。

這時，接獲消息的王芸，也急急忙忙趕來博物館，推開大門就問：「婆娑大人，你還好嗎？」

婆娑搔搔頭：「我狀況還好，謝謝妳的關心。」

「沒想到你們幫我驅除水鬼，竟然受了傷，真抱歉……」王芸一臉歉疚，忽然瞥見大廳中的異樣身影，面露驚恐：「這……這是……水鬼？」

綠髮水鬼望見王芸滿臉驚慌，感覺唐突了佳人，趕緊低著頭，一句話都不敢說。

婆娑連忙出面：「水鬼他沒有惡意，方才他還幫了我們一個大忙。若不是他，我們恐怕無法安然回來。詳情如何，我等一下再向妳解釋。」

聽到婆娑的說明，王芸似乎吃了顆定心丸。她吞了吞口水，深呼吸，提起勇氣慢慢步向水鬼，彎腰望著對方臉龐：「這張臉……確實是你，一直出現在我身邊。」

「王芸小姐，對不起！我不是有意……」水鬼終於忍不住開口說話，一臉哭喪。

沒想到看見水鬼大哭，鬼臉變得更加扭曲，王芸不知不覺噗哧笑了出來。

「你……你的臉真好笑。」

「王芸小姐……嗚嗚……」水鬼見到王芸笑臉，心情衝擊之下，反而嚎啕大哭起來。

蛇郎冷哼一聲，水鬼身軀一抖，趕緊摀住嘴，任何聲音都不敢發出來。

這時，王芸見到一葉在場，於是行禮說道：「副隊長您好，謝謝您來守護我們度假村，還跑去解救婆娑大人。」

「這是我們應做的任務。保護國民，是皇警隊職責。」一葉一邊正經說話，一邊推了推婆娑，悄悄賊笑：「原來你是婆娑大人啊，呵呵。還有，你身上的女裝怎麼回事？」

婆娑滿臉無奈。

王芸笑盈盈說：「對了，不知道皇警隊還要駐留在度假村嗎？不論想留多久，我們都很歡迎。」

一葉搖頭回絕：「感謝王小姐的好意。不過，我們還要追查一個危險的通緝犯，不克久留。」

婆娑問道：「你們要走了嗎？」

「太歲實在太過危險，我們皇警隊得要重新部署追捕計畫。」

眼見一葉提步要走，蛇郎趕緊喊聲留步：「一葉，我想問你，那個名叫太歲的怪物，到底是何方神聖？為什麼他想抓住婆娑？」

「事關機密……」一葉望著眾妖疑惑不解的神情，只好說：「好吧，我可以跟你們說明。畢竟，你們也被捲進麻煩了。王小姐，不知道有沒有隱密空間……」

王芸便說：「二樓有會客室，可以讓你們使用。」

「那麼，恭敬不如從命。」

接著，一葉便與眾妖走上樓梯，只留下昏迷不醒的金魅、琥珀給王芸和水鬼照護。

二樓的會客室內，婆娑直言發問：「請問，太歲究竟是誰？」

一葉面目凝重：「太歲，是皇警隊多年列管通緝的頭號罪犯。我們計畫了許多次追捕行動，卻讓他一再逃脫。」

面對一葉答覆，婆娑仍不滿意：「你還沒說，太歲到底是誰？為什麼他想抓我？」

「關於太歲是誰，為何他想抓走你，這些問題我並不知道確切原因。」一葉嘆了口氣，在房間內踱步起來，「我們只知道，太歲似乎正密謀推翻興國政權。目前已經有多名皇族、高官慘遭太歲毒手，所以我們才展開行動。我們甚至懷疑，他正在策畫某件事，而他的計畫將會引發莫大危機。」

婆娑似乎想到了什麼：「他的計畫，該不會是指『毗舍邪』？太歲說過，我是解放毗舍邪的關鍵。」

「毗舍邪……這是什麼？」一葉聽到婆娑的問話，頗為驚愕。他停下腳步，取出隨身的筆記本記錄下來。

婆娑解釋：「毗舍邪，是鬼市流傳許久的魔神傳說。魔蝠長老曾說過，武神祆羅曾在三百年前制伏了毗舍邪。不過，這已經是很久以前的傳說。但是……我並不清楚，為什麼我會跟毗舍邪有關。」

林投按捺不住，也插嘴說話，談起方才爭鬥情境：「跟太歲合作的魔尾蛇也很囂張，竟敢欺負我可愛的學生！」

「原來如此……毗舍邪……魔尾蛇……」聽聞眾妖解釋情況，一葉表情慎重記下各項情報。

婆娑開口詢問：「難道，皇警隊也無法對抗太歲？」

「唉……太歲的能力，如你們所見，不只是靈能豐沛，更能操控萬物重力，是極為可怕的敵手。這幾年與他敵對的過程，皇警隊也折損了一百多名隊員。若再加上今日死傷人數，恐怕更為驚人。」一葉似乎想到了什麼，連忙補充：「關於太歲的計畫，皇警隊也有一條線索：龍穴。」

婆娑問：「什麼是龍穴？」

一葉緩緩解釋：「這座島之所以被稱為鯤島，是因為這島嶼乃是上古巨鯤死後的殘骸，化為汪洋上的大島。島嶼的地底，則存在龍穴，流通萬千靈氣。我們曾捕獲太歲的黨羽，根據供稱，太歲對鯤島的龍穴有著高度關注。」

「好的，我知道了。」婆娑點點頭。

「除此之外，還有一件事情，要向你們提醒。其實……你們之前在北城旅館的演奏，還有這次在博物館開幕式的演出，都被密報違反禁令。」

聽到一葉提及禁令，蛇郎皺眉說：「你們人類制定這些法律，是不是吃飽沒事做？難不成……你想刁難？」

一葉連忙揮手表示不是這個意思，陪笑說：「你誤會了！雖然興國政府如此規定，不過……有我在，沒事！這些密報，我已經壓下去了，別擔心。甚至你們之後的演出，只要不要太明目張膽，我都能幫忙。畢竟，婆娑可是我的好朋友，有他在的樂團，我當然要好好支持囉。」

「這還差不多。」蛇郎哼了一口氣，不再嘀咕。

這時，一葉站直挺胸，向眾妖鞠躬道謝：「謝謝你們協助皇警隊，我要先去探望我的寶貝妹妹……啊，不是……我要先去執行勤務了。不過，離開之前，這封邀請函先給你們。」一葉掏出口袋中的信封，遞給蛇郎。

封袋印著王氏集團徽章，蛇郎拆開一瞧，信中邀請參觀雙湖山大飯店舉辦的競歌賽。

一葉繼續解釋：「聽杜鵑說，你們想參加音樂祭吧？雙湖山大飯店屬於王氏集團旗下，他們每年舉辦的競歌賽，一向被視為音樂祭的熱身賽。我每年都會受邀去參觀。這場比賽，後天就會在飯店中舉行。只不過……最近我太多瑣事要處理，不克前往。既然你們要去音樂祭，不如先去參加這場比賽，應該能獲得寶貴經驗。至於參賽資格，只要當場報名就好了。我認為，你們也能藉這個機會躲避太歲。因為依照你們轉述，恐怕婆娑就是他現在的首要目標。」

「雙湖山中的飯店嗎……」蛇郎沉吟片刻，便轉身徵詢眾妖意見。眼見大家不反對，蛇郎就向一葉答謝：「既然你誠心邀請，我們就去吧。」

最後，一葉再次鞠躬，便向眾妖告辭離開。

因為隔日就要啟程前往雙湖山大飯店，所以眾妖決定在度假村多留一夜。

夤夜時分，婆娑無法入眠，悄悄離開了寢室，走到博物館外的白貝灣乘涼吹風。

海風輕輕拂來，襲來一身涼意。黑夜中的海面映照清冷月光，婆娑陷入了沉思。

「婆娑，你還好吧？」

婆娑回望一眼，發現是菟蘿。

菟蘿解釋：「我睡不著，在走廊徘徊，正好看到你從寢室離開……總覺得有些擔心，就擅自跟來了。」他躍過堤防，坐到了婆婆身旁，「啊，你換回原本裝扮了。」

婆婆一陣苦笑：「不知道當初誰跟大夥兒硬要我換上女裝。」

「我只是覺得，你戴眼鏡太可惜啦。」菟蘿一臉笑意，隨即便問：「你還在煩惱太歲跟魔尾蛇的事情嗎？」

「嗯……，魔尾蛇說，他以前見過我，甚至封印了我的記憶。」

婆婆緩緩將當時的對談向菟蘿講明。

菟蘿，點點頭：「原來如此，難怪你這麼魂不守舍。就算我跟你認識這麼久，也不曾聽你提過自己的來歷。原來，你都不記得了。」

夜風徐徐，海浪拍擊白貝灣，發出了沙沙聲響。

菟蘿繼續說：「抱歉……我不知道為何魔尾蛇會這麼說，也不知道你以前遭遇過什麼事情。」

「呵，別說抱歉，畢竟我也是一頭霧水。」婆婆表情淡然。

「但是，為了幫你分散鬱悶的心情，我可以跟你說個故事。」

「什麼故事？」

「這是……社長的故事。」

「蛇郎怎麼了嗎？」

菟蘿轉頭望向婆婆，眼神溫柔：「你似乎一直以為社長很不盡責吧？總是任性妄為，放蕩不羈。但是，在我眼中卻非如此。例如，琥珀……。社長一直很擔心琥珀千里迢迢來到陌生的鬼市，無法順利結交朋友。因此，他就拜託我牽線，讓琥珀可以跟隔壁社團的金珊瑚好好相處，順利融入祆學館的生活。除此之外，社長對於歌謠也懷抱固執的心意。我深深感覺……社長真心喜歡我們，也喜愛歌謠，一直努力維持這個社團。」

婆娑雖然訝異，卻似乎可以想像蛇郎的用心。他想了一會兒才說：「但是，為什麼蛇郎這麼喜歡歌謠呢？」

菀蘿點點頭，直言不諱：「據我調查，社長喜愛歌謠，是因為他的妻子……曾是在鯤島走唱的歌謠藝人。」

「原來是這樣。我聽過傳言，蛇郎以前曾在鯤島結親，還聽說他的夫人死後復活。傳聞中，她變化成青鳥、青竹……各種不同形象，想與蛇郎重逢。」

「不，夫人並沒有死後重生。她……早已逝世。」

婆娑並不意外：「果然，這種傳聞不可信。」

菀蘿繼續說道：「沒錯，傳說故事真真假假，哪能代表什麼？實情是，夫人確實過世了。之所以會流傳你聽到的故事版本，其實是社長編唱過的曲詞，在鯤島從月國時代輾轉流傳下來。歌曲內容，經過不同年代的口耳相傳，加油添醋，已非原貌。」

「蛇郎編唱的歌？」

「這首歌的原貌，其實是……」

為了回答婆娑的疑問，菀蘿低聲唸起歌詞。

＊

子夜之時，遙遠的彼端，太歲坐在暗室中，端詳手中的右旋白螺。

昏暗的石室裡，角落走近一個鬼鬼祟祟的身影，向太歲鞠躬詢問：「神座大人，我從歷史博物院盜來的右旋白螺，還管用吧？」

「左旋白螺與右旋白螺合一，才是當年制伏毗舍邪的法器。可惜，尚缺一只。總之，還是多謝汝，燈猴。」

燈猴忿然說道：「當初毗舍邪被制伏，太可惡了！目光淺短的袄羅，無法理解神座大人的用意。」

就在這時，一隻赤羽怪鳥拍著翅膀，從石室門外呱呱飛來。

太歲抬眼問道：「墓坑鳥，任務已成？」

怪鳥血眼靈動，呵呵笑道：「神座大人，請放心，麒麟颶已經答應。」

話語方落，密室門外，一陣炎風猛烈襲來。

麒麟颶全身繚繞赤焰，威風凜凜，踏著火蹄進入。

太歲睥睨一望：「汝終於決定相助？」

「為了回報神座大人當年恩情，老夫萬死不辭。同時，老夫也要為數以萬計受虐慘死的妖族同胞，報仇雪恨。獵鬼隊、皇族、可恨的人類……該血債血還。」麒麟颶的雙眼，散發仇怨怒火。

間奏曲：青鳥銜夢

天色昏黯，夜氛閒適，暈紅燈光閃閃爍爍，廟口的人潮逐漸聚集。廟邊的大榕樹，以麻繩懸掛著一排排朱紅燈籠。燈籠題寫著「風調雨順」、「神威普濟」等等字樣，墨黑夜幕之下顯得格外搶眼。

我在大樹下翹首等待，但期待的人影卻遲遲未現。

經過這幾日的演出，庄頭的人們都很期待我們今晚最後一場的歌謠奏唱。廟前廣場人頭攢動，喧嚷紛紛。

最後一場演出，得要好好收尾才行。但是……青兒，妳跑去哪了？

已屆演出時間，聽眾鼓譟了許久，沸沸揚揚，還有等得不耐煩的男子大罵耍人，甚至訕笑起這場唸歌秀是江湖藝人想來騙吃騙喝。

我差點就要顯露出真身，將那名無禮男子一口吞下。

——你敢吃人，我就揍你！

霎時記憶浮現，昔日青兒囂張的口氣鑽入心中，我只好閉起嘴巴。

既然如此，只好先由我開頭。我吐了一口大氣，調節好呼吸節奏，便張口唱起。

——唸歌一曲～～來喔～～街頭巷尾，兄弟朋友，來聽喔～～

我左手懷抱月琴，右手撥子一劃，錚錚琴音陡然流盪。嘈嘈切切，激昂澎湃，清騰樂音不知不覺吸引起聽眾的注意力。

指尖上的撥子感受著琴弦的張力，我沉浸在弦聲波動之間。等聽眾們不再竊竊私語，廟埕前只剩琴音環繞，我再度開口唱起謠歌。

——人來出世無半項，返去雙手只虛空。待這世間如眠夢，死了江山讓他人……

我唱誦起〈勸世歌〉，越唱越起勁，喉音一急，指尖的力道過猛，竟然彈斷了其中一弦。

「咚」的一聲，樂曲嘎然而止。

我頓時愣住。

正當我舉起手，想繼續撥彈弦音時，另一道悠揚樂音驀然闖入。

樂音百囀千聲，纏綿悱惻。我抬眼一望，瞥見聽眾席外一名短髮青衣的女琴師，正在拉奏大廣弦。

大廣弦音色低沉深厚，儘管很容易被拉奏成粗糙刺耳的琴聲，但是彈弦者以敏捷靈動的指法調節樂器的音質。抑揚起落之間，滑奏出婉轉柔和的氣氛。

正當曲音正濃，女琴師卻纖指一揚，另奏起截然不同的曲調。調子靈活滑稽，節奏熱鬧，散發喜氣洋洋的氛圍。

我當下心領神會，於是應和彈起相同的曲子。

我們不只合奏樂曲，還互相搭配歌聲，引吭高唱起歡趣鼓舞的歌詞。

——正月人迎尪囉，單身娘子守空房，嘴呵食檳榔面呵抹粉，手捧香爐伊都看尪仔～～

——二月立春分囉，無好狗拖提渡船，船頂食飯伊都船底睏，水鬼拖去伊都無神魂～～

彈奏大廣弦的女子，回眸朝我一笑。

晶亮如玉的眼瞳，反映著廟埕燈籠的紅光，光采輝映，燦爛絢麗，我霎時看呆。

從聽眾席款款而來的女琴師，微瞪了我一眼，我才回過神來，繼續專心唱謠。

這一首描述船夫與桃花姐你來我往的鬥嘴互褒歌，曲詞輕快詼諧，引起聽眾哄然大笑。

女琴師顯然樂在其中，面對聽眾的熱烈捧場，更加卯勁演出。

瞬息之間，我瞥見廟埕角落一抹熟悉身影，正側眼窺看已然走到我身邊的女琴師。我心生不快，提起步伐擋住他的視線，朝他狠狠一瞥。

片刻之後，對方自討沒趣，訕訕一笑，才轉頭離去。

見到對方背影消失在廟街的黝暗小巷。我總算鬆了一口氣，全神貫注投入對唱。

歌曲一停，底下的聽眾掌聲不歇，我們便繼續彈唱起許多首歌謠。

終場時，女琴師心滿意足向人們鞠躬道謝，也將地上的錢箱捧起，唱起吉祥話：「歌仔唸起有人聽，大家添丁又發財！聽歌若有種田人，返去年年好收冬！」

我也跟著一起拜謝，向聽眾們說明我們是行走江湖的賣藝琴師，感謝各位熱情捧場。

錢箱塞滿半箱銅錢之後，人潮逐漸散去。我們各自揹起樂器，並肩走往廟殿後方的林間小徑。

這時，我劈頭就問：「青兒，妳為什麼遲到？」

青兒打著哈欠，滿臉不在乎地說：「欸，你很煩耶。」

「我關心妳，妳竟然嫌我煩？小心我……我把妳吃了！」

我臉色一變，登時身形化煙，幻變成血眼暴戾的蛇妖元靈，形態巍峨嚇人，俯身睨望矮小的人類。

「你威脅我？」青兒毫不客氣，往我的蛇尾狠狠踩了一腳。

「啊啊，輕點！」

一眨眼，青兒雙手一握，就緊緊勒住我的脖子。

我毫無招架之力，一下子就被制伏。

青兒氣勢猛烈：「當初是誰，從老鷹爪子底下救了這隻虛弱的小蛇精？」

「那是……」

「當初是誰，收留了剛被踢出家門的小蛇精？」

「是妳……但是，我早就解釋過，出門歷練，是蛇妖一族的傳統……」

「究竟是誰，哭著說愛上我，苦苦哀求想跟我成親？」

「妳記錯了吧？我哪有哭……」

「究竟是誰，說如果不成親，沒有我的話，乾脆一頭撞死在牆上？」

「呃……是我。」

「很好！看來你還有自知之明。」

人類有句俗諺，愛到較慘死，我始終在心裡體悟這句話蘊含的真諦。

儘管是跟青兒胡鬧，但我對她說的每一句話，都是真心。為了她，我可以捨棄一切。與她同遊的日子，是我最開懷的時光。縱然，妖族與人類的生命歷程相異，人族壽命短暫，我們可能無法相偕白首。

我在很久以前，就已經做好了心理準備。

沒有青兒的我，不如回歸塵埃。

「好啦，別生氣。」一陣煙霧瀰漫，我變回人形，向青兒傻笑著說：「妳遲遲沒現身，我擔心妳。」

「這樣才差不多。」青兒的眼神不再兇巴巴，緩聲說道：「巷口遇到一群孩子，纏著我想聽故事。我興致一來，就拉著琴，唱了幾首曲子給他們聽。」

果然跟我猜想的一樣，我無奈地說：「這樣沒錢賺吧？妳也常常把演出賺來的錢拿去救濟窮人、孩子，根本沒法攢下多少錢。要不是妳制止我，我早就變為大蛇，偷偷爬進那些富貴人家，向他們借些錢財……」

「你敢？」

青兒掄起拳頭的模樣，雖潑辣，眼神卻別有一番甜味，霎時讓我心融化。

我笑著臉，特意表現出求饒模樣：「別當真，我只是說笑啦。我可以理解那群孩子想聽歌的感覺，想當初，我喜歡上妳也是因為妳唱了那首小曲。」

青兒噗哧一笑，總算眉開眼笑：「只要你表現好，我隨時都能拉奏一曲。」

「一言為定喔。」我認真望著青兒。

「好啦，只要你在我身邊，我都答應你。」青兒一邊說，還一邊扯著我的手，想打勾勾。

眼看青兒恢復平常的活潑，我也不禁笑了起來，一邊走一邊閒聊：「不過，妳還真愛唱曲。就算沒錢賺，也要開口唱。」

青兒哈哈笑著：「當然囉！你不覺得很厲害嗎？人會死，萬物都會死，可是在歌謠中的這些故事，經過百年、千年都還在流傳，彷彿擁有強大的生命一樣。」

「聽妳這樣講，好像很羨慕歌謠裡的故事。」

「對耶！如果能成為歌謠裡的故事，不是很厲害嗎？」

望著青兒調皮臉龐，不禁讓我回憶起當初結識情景。

那時，我剛脫離童妖狀態，好幾天都靈息虛弱。不巧在山間遭逢與蛇妖一族有世仇的精怪，中了埋伏，受了重傷，只能躺在山澗旁奄奄一息。

宛轉音調，從澗水上方悠悠傳來。

盈盈樂聲喚醒了昏迷的我，我呼聲大喊許久，才讓山岩上的青兒聽聞我的求救，抱著琴弦前來尋我。

當時青兒俯望著重傷的我，竟然不怕我猙獰的妖怪面目，反而是一臉看好戲的模樣。

之後，在青兒的救助下，我才慢慢恢復體力。

後來我問起當日青兒拉奏的樂曲，她向我解釋那首歌是島上代代流傳的樂曲。原先似乎有詞，只可惜現在只有傳下曲調。

我總認為，那首曲子是我們結緣的紅線。

「現在回想起來，當初妳在山澗下發現我是蛇妖，卻毫不畏懼，真大膽。」

青兒一臉輕鬆：「這又沒有什麼。不管是人或妖，不都是天地間孕育的生命？活著根本不需要什麼界線，就像誰都可以欣賞歌曲一樣。不管是人或妖，只要懂得欣賞好曲子，就是我青兒的好朋友。」

「喂喂，我們不只朋友關係吧？」

「要是你不乖，真的會變朋友喔。」

「這玩笑真難笑……」

說著說著，樹林間不遠處，出現一座簡陋的茅草屋，是我前幾天為了在這庄頭歇腳而搭建的臨時住屋。

倏然，我想起一件重要事：「方才，那人又出現了。」

眼見我表情凝重，青兒也慢慢收斂起笑容。

她皺眉思索半晌，才嘆了一口氣：「大哥……又來了。他應該是賭輸了，想來向我討錢。」

「我們只在這幾個庄頭輪流賣藝，只要妳大哥一聽說妳在哪裡走唱，他就馬上跟過來。」我雙手抱胸，說道：「妳還記得上次給錢時，他嫌錢少，對妳做了什麼事？」

「別說了。」

「他想打妳巴掌！幸好我及時抓住他。看在他是妳大哥的分上，我才沒有一口吞掉他……」

「別說得這麼誇張。我明白，你不會真的吃掉他。唉……他就是那種個性。」

我語帶擔憂：「如果，他又對妳不利……」

「放心，畢竟我們是兄妹，大哥不會對我怎樣。他是我在世上唯一的親人，我們當然要互相依靠。總之，謝謝你。」青兒望向茅屋一眼，微笑著說：「終於到了，我們今晚就好好睡一覺，明天還要趕著出發！」

望著青兒倔強顏面，我又嘆了口氣。

三不五時，青兒大哥就會出現在我們面前，向青兒討錢。儘管青兒知曉大哥嗜賭成性，但還是無法拒絕他，只能摸摸鼻子從袋囊中掏出一串串的銅幣。

父母早逝的他們，從小相依為命。之後倆人同進戲班學唱曲，大哥不耐戲班勞苦而逃走，青兒放不下他，時常跑出去與大哥見面往來。

幾年後，青兒也離開戲班，獨自在廟口街庄走唱賣藝。這時候，染上賭癮的大哥開始伸手向小妹要錢。一開始，只是一文、兩文銅錢罷了，但食髓知味，討拿錢財的數量越來越多，青兒好幾日的賣藝錢都被大哥一取而空。

與青兒做夥之後，我常提醒她，她卻總是搖搖頭：「下次，我會勸大哥。」

雖我身為妖族，這些人界錢財對我毫無用處，但我很擔憂青兒受苦。我暗自忖思，我所積蓄起來的賞錢，之後要找個藉口交給她，讓她過上好日子。

可是，一日不解決大哥問題，青兒就無法逃脫。這是惡性循環。

或許，我該與青兒遠走高飛，讓她大哥再也找不著？

或者，我可以去搗毀青兒大哥流連忘返的賭窟。一旦驅走那些賭徒夥伴，她大哥就會洗心革面？

但是，就算想得再多，這些方法只是治標不治本。

總之，今夜我們還是好好睡一覺。明日一大早，我跟青兒就要前往另一處庄頭，繼續走唱生涯。

連日疲累，我恍恍惚惚就入了夢鄉。

長夜漫漫，我被惡夢嚇醒。

輾轉反側之間，我瞇見到青兒沒躺在身旁茅草堆上。

我猛然睜大眼，心中一凜，冷汗涔涔。

夜晚風寒，青兒會跑去哪裡？

不祥的預感籠罩心頭，我似乎快要窒息。我趕緊起身，推開草門四處張望。

地上有新出現的兩人腳印，可以從凌亂的印子看出匆忙步伐。足印一步一步，朝著蒼黑樹林一路綿延。

我無法抑制住內心的激動。

沒事的。

沒事的。

我抬起腳，卻不小心往前跌倒，濕泥弄髒了衣褲。我發現自己腿軟無力。

勉強舉步前行，慢慢地，往前跑，我追逐著越來越倉促的腳印。

沒事的……

樹下的暗紅色身影打碎了我的幻想。

青兒胸前插了一把小刀，原先翡青色的衣衫染成一片猩紅。林間葉縫滲進來的月光，慘白照映青兒面龐，閉起的雙眼彷彿正在酣眠。青兒周遭的血灘，不停流動著。

我雙腳跪下，慌慌張張抱起青兒，不知所措。

「還……還有呼吸……我去……去找大夫……」

聽到我的聲音，青兒緩緩睜開了眼，笑了一笑：「你……來了……別哭……」

我勉強揚起嘴角，斷斷續續地說：「我來了……」

「我怎麼在這裡睡著……」

「妳別說話！我們馬上去找大夫。」

「留在這裡……別走……」青兒竭力發聲，說道：「別……別找我大哥。他不是有意……」

我一開始就猜到，會做出這種事，除了青兒大哥，別無他人。但我也心中明瞭，青兒會袒護他。

青兒就是這樣堅強的女孩。

我強忍悲傷，點點頭：「我不會離開妳。我永遠都不會離開妳。」

聽到我的答覆，青兒竟奮然起身，猛抓住我的手，將我的掌心都掐疼了。

「不要……我不要這樣。」青兒搖搖頭。

「妳說什麼？」

「你不要被我困住，你別困在我這裡……你答應我……」

我牽起青兒緊握的手，輕聲說：「妳說什麼，我都答應。」

「我怕……怕你做傻事……」

「不要說這種話。」我強忍眼淚。

「我怕你被我絆住。我只希望……你能好好活著，好好過活。你跟我約定，你要忘記我，然後……然後找到下一個好對象。」青兒勉強抬起頭，一邊咳著血，一邊說話。

「我、我不會答應。」我毅然決然搖頭，趕忙抱起青兒，「妳別想太多……我帶妳去找大夫。大夫一定會治好妳。區區刀傷，怎麼可能傷得了我的好青兒？」

「這個約定，我不是現在才想到……我本來打算，在我年老時，要硬逼你答應。」

我一邊苦笑，一邊眨眼睛想努力做鬼臉：「妳怎麼知道，我會陪妳到老？」

「我就是知道。」

青兒嫣然一笑，說完最後一句，就不再開口。

儘管我再說任何話、猛搖她的身軀，她都沒有任何回答。

幢幢樹影之間，冷風凍骨。

我望著青兒眼眸中的瞳光，漸次黯淡。

我的世界陷入無聲。

隔日，一名路過的庄人意外發現我與冰冷的青兒癱倒在樹林邊。但是，那名庄人張口喊話，我都聽不到對方在講什麼。

庄人似乎想觸碰我懷中的青兒，但我揮開了對方的手。

我迷迷糊糊站起，抱著青兒。

我抬起蹣跚腳步，甩開庄人的拉扯，向前方走去。

不知道走了多久，也不知道當下是白晝或黑夜，我只知道我來到了一處山澗。這是我們的山澗。

我頹然放下青兒。

我想起了我們的過往。那些歡笑、戲鬧、相依、爭吵的日常生活，在我心中不斷徘徊閃現。

我想起了每一回我們的演出。

我好懷念啊。

不知不覺，我開始唱起歌來。

一首接著一首。

漸漸……微弱的音波在耳畔迸發。

聽覺慢慢恢復的同時，我才發現我正在詠唱昔日跟青兒合唱過的歌曲。我們曾一起唱過的，許許多多的歌謠。

我淚如雨下。

青兒的一顰一笑浮現眼前，昔日一言一語迴盪耳畔。

潤濕的視線之間，一隻青色的鳥兒撲撲拍翅而來。

青鳥嚶嚶唧唧，乍然停在我的手臂上。

我抬起手掌，青鳥順著我的手勢，一蹬一跳到掌心之上。

青鳥啁啾，呼應著我的歌聲，一切恍如夢境。

我的心中頓然浮現一首樂曲的旋律，青兒曾向我嘆息有調無詞的那首曲子。我們的結緣之曲。

一點靈犀，我緩緩唱起這首歌。終於有了歌詞的樂曲。

由我所填上的歌詞。

此時此刻，我為了青兒，為了我們經歷過的一切，因而創作出來的歌詞。

我想完成她的願望。

＊

佳人弦歌
執子之手
愛別離
青鳥銜夢來

古物博物館旁的白貝灣，夜風舒徐吹送，菟蘿輕輕唸起這些詞句。

「這是什麼？」婆娑問道。

「這是我從安神堂的骷髏掌櫃那兒聽來的歌謠詞句。這首歌，是社長曾在鯤島的市集裡唱過的歌詞。自從社長來了鬼市之後，我一直很在意他，明查暗訪，不斷探聽他各種消息。其中，我也聽過你說的那個傳聞，人族傳言這是蛇郎君的故事。」菟蘿搖搖頭：「但這個傳聞，其實是經過很多人加油添醋後才形成的傳說。我後來得知，骷髏掌櫃曾在鯤島見過社長。我詢問掌櫃，才終於知道社長在鯤島的真實經歷。」

「骷髏掌櫃曾到過鯤島？」

菟蘿點頭：「一百多年前，骷髏掌櫃尚未接下安神堂業務的時候，曾為了體驗人界風光，於是隱藏起妖怪身分，喬裝成人族在鯤島某處庄頭生活。在那處庄頭，他曾聆聽過社長和夫人組成的走唱藝團。」

「難怪骷髏掌櫃三不五時會來歌謠社找蛇郎泡茶閒聊，原來他們是舊識。」

「其實也不算舊識，畢竟骷髏掌櫃當時在鯤島偽裝成莊稼漢，誰也不知道他是妖怪。就如同社長當時在鯤島各庄頭走唱，也隱藏自己妖族身分。後來，掌櫃在迎神祭瞧見榮獲靈謠幡主的社長，才豁然憶起，當時那名江湖琴師，就是眼前的蛇妖。之後，掌櫃才跟社長熱絡起來。當我知道骷髏掌櫃跟社長有這層關係之後，我就殷勤拜訪安神堂，向掌櫃打聽一些社長往事。這時候，我才知道原先社長的傳聞，並非實情。例如，傳聞說夫人有一位大姊，但事實上卻是大哥，而且是一名嗜賭成性的頑劣大哥。」

「難道就是這名大哥，將夫人……」

「沒錯。社長和夫人組成的走唱樂團，在各庄頭名聲很響。夫人有一位賭鬼大哥，經常向她伸手討錢的事情，也被一些庄人知曉。悲劇就發生在某夜，那名賭鬼大哥討錢不成，親手拿刀殺了夫人。」

「這……是真的嗎？」婆娑驚問。

「確實如此，因為骷髏掌櫃就是目睹悲劇的第一發現者。那一天，骷髏掌櫃早起要去田裡耕種，路過一處樹林時，目睹一名男子抱著渾身染血的女子痛哭。他再仔細一瞧，才發現那是昨夜在廟口彈唱的夫妻琴師。他正想向前詢問，卻見那名男琴師搖搖晃晃站起，抱著似乎斷氣的妻子要離開。雖然他想攔住對方，也想幫忙扶著渾身是血的女子，卻被對方一手揮開。之後，按照人族的習慣，他便通報了官衙。因此，夫人的大哥就被衙裡的官差逮捕。官差逮捕大哥之後，他也對殺妹之事坦承不諱。最後，這件事鬧得人人皆知。不過卻因為官衙始終找不到屍體，也找不著受害者的丈夫，因此事實真相眾說紛紜。」

「這真是悲劇。那麼，你方才唸出來的歌詞……？」

「當時，骷髏掌櫃很同情夫妻琴師的遭遇。不過隨著日子過去，他也逐漸淡忘。直到數年後，他聽聞有位不收賞錢的琴師正在各庄頭巡迴走唱，不收錢的舉動引起話題。他好奇之下，也去廟埕一觀究竟，才發現臺上衣衫襤褸的落魄男子，正是失蹤數年的那位男琴師。當夜，琴師唱誦了許多樂曲，其中一首歌餘音裊裊，非常哀戚，讓他難以忘懷。只可惜，掌櫃不太擅長音律，就算當時很震撼，也無法回憶起音樂的旋律，只依稀記得幾句歌詞。」

「該不會就是……你方才唸的詞句？」

「沒錯，這些歌詞，就是骷髏掌櫃依稀記得的句子。掌櫃還說，那名男琴師唱完曲之後，有聽眾向他詢問歌曲的意思，那名琴師只回答，這是一名傷心的蛇妖所作的歌曲。琴師提及妖怪，難免讓聽眾交頭接耳竊竊私語，不過琴師接下來說的話，卻讓鼓譟的群眾安靜下來。琴師說，他是為了完成妻子遺願，想將這首歌，以及他彈奏的各種曲調，奏唱給更多人聆聽，讓這些曲子能繼續流傳下去。聽聞琴師解說緣由，甚至不向聽眾收取賞錢，大家也就不再多嘴，安安靜靜聽著琴師拉奏下一首歌。」

婆娑恍然大悟，想到眾妖抵達北城之後，蛇郎發現島上物換星移，人們早已不唱歌謠，一定會很錯愕。因此，蛇郎才想要組織樂團來唱歌。同時，婆娑也慢慢理解傳聞的由來：「原來蛇郎君的傳說，就是當時蛇郎彈唱的故事流傳下來。」

「就是如此。儘管當時琴師之言，聽眾不知其意，但是知曉夫妻琴師過往的骷髏掌櫃，不只猜想琴師可能同為妖怪，也理解那首歌是琴師為了懷念伴侶所作的歌曲。因為男子已過世的妻子，名為青兒。歌詞裡提及弦歌、青鳥，都是男子緬懷已經逝世的妻子。」

婆娑點點頭：「因此……蛇妖的故事，就以歌謠形式，一代一代輾轉流傳下去。只不過，歌謠流傳，總會加入一些不同情節，我所聽聞的蛇郎八卦，就是在這一連串的傳唱中，慢慢被改變成不同的情節。」

婆娑摘下眼鏡，轉頭眺望海灘，波浪湧起、碎裂，緩緩退離之後，再進一步往前翻滾。來回的湧浪，像是反反覆覆的歌聲，不停詠唱著一首沒有止息的曲子。

如歌的濤聲，讓婆娑忽然間想起，有一次走進社團教室，碰巧遇到蛇郎獨自在房裡彈琴。琴聲泠泠，寂寞清寒，一點都不像蛇郎習慣彈奏的那些輕鬆小調。

彷佛意外觸及蛇郎隱藏起來的面目，婆娑心生驚詫。他只推了一半的門扇也緩緩闔上，小心翼翼不讓房內的蛇妖察覺動靜。

「知曉社長過去經歷，我受了很大衝擊。」菟蘿也隨著婆娑視線，凝望迢遠的海平面，「因此，我很支持社長。畢竟，社長對於歌謠是打從心底深深熱愛。我們這個社團，還有妖幻樂團，都是社長心念的具體表現。」

講著講著，菟蘿剎那之間面露羞赧，他搔著頭說：「啊啊，對不起……本來想要安慰你，別再這麼心情低沉。不過，我講的話好像沒達到什麼效果。」

「謝謝你特地來跟我說話，我心裡舒坦多了。」婆娑寬懷地說：「就算魔尾蛇認識我，甚至封印了我的記憶，那又如何？反正我就是我，也是歌謠社的一員，妖幻樂團的電貝斯手。」

眼見婆娑總算舒眉展眼，菟蘿不禁放心。

「我突然想到……」婆娑緩緩將黑框眼鏡戴回鼻梁，轉頭問道：「菟蘿，你還想不想再編曲？」

面對婆娑莫名而來的詢問，菟蘿不解其意：「我當然願意，畢竟我們得拿出更好的曲子，才能跟其他樂團匹敵。不過，你為什麼這樣問？」

婆娑莞然一笑。

第四章

禁忌的鬼湖

我們徹夜相聚，如你們心裡想，唉。
我們彼此相愛，彼此相愛相聚，唉。
我們彼此相愛，彼此相愛相聚，唉。
——魯凱族巫女招魂歌〈Kiabebebe〉

他們的演出，撼動了我。

我曾委託朋友，幫我蒐集在地下黑市流通的古代曲譜。當時目睹這些僥倖逃過焚毀命運的禁書，我非常訝異。

之後，當我看到他們的演出，不只震撼，更滿心困惑。因為，他們竟然直接按照古老時代的演奏模式，在樂曲裡編排無數歌詞。

本來，我們樂團要參加古物博物館的開幕演奏，也算是幫我家經營的度假村炒熱人氣。但是連日來的地震損壞磁浮道路，我們樂團的巡迴座車無法順利開上路，連飛往鹿港城的飛行船也額滿。

逼不得已，我只好先跟阿芸通電聯繫，說明我們震天霆樂團無法按時抵達鹿港城。

既然趕不上開幕式，我跟團員們商量之後，決定先搭還有空位的飛行船前往雙湖山的站點，預先準備競歌賽的演出。

雙湖山大飯店每年都會舉辦競歌賽，一向被視為鳳山城音樂祭前夕的暖身活動。雖然我們聲勢如日中天，依然不能大意。

在飛行船上的座位，我一邊考量著競歌賽的表演曲目，一邊隨意瀏覽手機上的網路資訊。這時，我瞧見阿芸正在網路上直播博物館的開幕演奏會。

手機畫面，竟投影出先前在郁金屋見過的那支樂團。

我不禁啞然一笑。

當時，雖然我們抵達演奏廳的時候，他們正好演奏結束。但是那個樂團的團長，竟然在我們演出結束之後，跑來跟我下戰帖，說要在音樂祭好好比拚一場，實在大言不慚。

懷著看笑話的心態，我繼續觀賞阿芸直播畫面。

逐漸……我瞠目結舌。

女歌者開口一唱，隨著旋律高歌，清亮嗓音，竟行雲流水唱了好幾十字的歌詞。我大驚失色，難不成整首歌都會有歌詞？

不僅如此，整首曲調編排和諧，兼容豪邁與細膩的節奏，扣人心弦，擁有不可思議的奇妙韻味。

越聽越好奇，越聽越疑惑……究竟，他們是什麼來歷？

正當心中揚起一連串疑問，飛行船已逐漸靠近雙湖山的停機坪。

1. 美夢

夜月春暖，倩影顧盼
青兒眸，琴韻風采

花辰美景，與子畫黛
執子手，脈脈情懷
嘆相愛

紅顏墜塵埃，愛別離苦淚滿懷
白首相偕不復在

郎君惘傷哀，陰陽相知不悔愛
青鸞有翼銜夢歸來，弦歌一舞佳人猶在

在菟蘿的二胡伴奏聲中，金魅吟詠長歌，悠遠的謠曲迴盪在森森林蔭之間，餘音不歇。旋律唯美而憂傷。

方才，魂樂車穿梭在浩瀚樹海之間，在崎嶇山路行駛幾個小時後，大夥兒驚覺不對勁，才決定停下。蛇郎拿出王芸贈送的地圖，重新確認路徑。杜鵑也掏出手機，利用網路定位系統，辨認目前所在位置。

趁此時，菟蘿提議來討論新樂曲，便與金魅一彈一唱，演奏起昨晚熬夜編出的曲調。

蛇郎一聽金魅唱起歌詞，滿臉驚詫。

蛇郎沉默不語，緩緩放下地圖，拿起腰袋裡的巫煙管，坐在大石上一邊靜靜抽煙，一邊側耳傾聽。白色煙霧迴繞四周，隨著樂曲旋律緩緩昇空。霧氣在鬱綠枝葉間瀰漫起來，茫茫飄散於林間微風之中。

曲罷，在場眾妖莫不讚賞，杜鵑更是熱烈鼓掌。

唯有蛇郎不語，看不出一絲情緒。

「這首曲子，是我重新譜寫的作品，也許可以作為我們的新歌。」菟蘿清了下嗓子。他徹夜未眠，奮力修改樂曲，就為了能更好地呈現歌詞意境。即使擅自改編令他有點心虛，他仍然硬氣地戳戳蛇郎：「你該不會生氣了吧？」

蛇郎回過神來，問道：「你為什麼會知道這些歌詞？」

菟蘿繼續解釋：「是骷髏掌櫃啦。呃……我稍微得知一些你的過去，可惜因為禁謠令，讓社長傳唱過的許多歌謠都被人界遺忘……所以我想藉這次機會，替你完成願望。」

眼見蛇郎不作聲，婆娑連忙揮揮手，指著自己說：「你別生氣。其實，這是我的主意。我從菟蘿口中得知你的故事，心念一起，才想說可以試著重新編寫你之前唱過的歌詞。」

此時，蛇郎臉色一緩，揚起嘴角，哈哈大笑起來：「為什麼我要生氣？」

婆娑解釋：「因為這首歌，也許……侵犯了你的隱私。」

「沒想到，掌櫃那傢伙出賣了我，真是不能大意。」蛇郎不但沒有惱怒，反而露出難得一見的柔和神情：「你們創作出這麼精采的歌曲，我開心都來不及了。儘管不是相同旋律，但這歌詞改得真有意思。菟蘿，這是你的作品嗎？」

菟蘿點頭承認，說明這首歌改編自骷髏掌櫃記憶裡的歌詞。

蛇郎呵然一笑，欣喜的表情中藏著寬慰。

「有人跟我說過，歌謠裡的故事永遠都不會死。聽到你們合奏這首歌，我彷彿又夢見了以前歡樂的歲月，真是美妙。感謝你們，讓我做了一場不錯的美夢。」蛇郎一派悠閒，舉起煙管徐徐吐氣，出神凝望飄浮而去的白煙，吞雲吐霧之間，臉龐愉悅滿足。

蛇郎目光悠悠，彷彿低聲跟誰在說話：「在這座山裡，聽到這首歌……真有緣。妳也這麼覺得吧？」蛇郎呢喃之際，也試著輕輕吟唱方才歌曲，一臉怡然自得。

此刻，卻傳來「嗚嗚嗚」的劇烈啜泣聲。

婆娑納悶瞥望，發現竟是林投一邊咬著三明治，一邊涕淚縱橫。露出嘴外的一角吐司，都被眼淚鼻水給浸濕。

「蛇郎！我的好學生啊，沒想到你這麼癡情呀……」

林投一把抱住蛇郎，幾乎讓他無法呼吸，現場一陣吵吵鬧鬧。

婆娑搖搖頭苦笑，望向在角落默默啃著三明治的琥珀。看起來，她還是心情不佳。

婆娑打算到了飯店，再找琥珀好好聊聊。

「總之，我很喜歡這首曲子。」蛇郎好不容易掙脫林投的懷抱，說道：「這首歌也列入我們樂團的演出曲目吧。不過，歌名是什麼？」

眼見蛇郎肯定了自己，菟蘿喜出望外：「我原先沒想到歌名，不過……方才社長說，像是做了一場夢吧？」

「沒錯，是一場好夢。」蛇郎點點頭。

菟蘿答道：「那麼，就取名〈郎君夢〉呢？」

「聽起來真不好意思。」蛇郎搔著頭，笑說：「由你決定吧，我沒意見。」

在蛇郎答應下，〈郎君夢〉便成為妖幻樂團的第二首歌曲。

確定行車路線與地圖方位相符合之後，大夥兒再度搭上車子，馳騁前往目的地——雙湖山大飯店。

魂樂車上，回復冷靜的林投大姐開口說道：「嗯嗯……剛才是我失態了，請大家忘記剛才的畫面。」

大家失笑應好。

林投接著說：「昨天一葉說的龍穴，還有太歲的威脅，事關重大。我需要趕緊聯絡祆學館的長老，不過，得依靠椅仔姑的通靈能力才行。所以……小金魅，這把鏡子給妳，幫我聯絡一下吧。」

「沒問題！」金魅接下林投遞來的長柄手鏡，一邊低聲吟唸咒語，一邊舉起手指，朝鏡子敲了三下。

這時，點點靈光從鏡面紛紛綻散，金魅再向鏡中細語數句。

「報告大姐頭，我已經大致說明整個事情。椅仔姑說會幫我們去問長老，之後有消息再通知。」金魅答道。

杜鵑興致勃勃，望著鏡子發問：「這是什麼呀？」

林投答道：「椅仔姑的分靈住在這把手鏡中，藉由這把手鏡，可以跟位於遠方的椅仔姑主靈聯繫。

簡單來說，就像是你們的手機一樣。」

杜鵑不禁納悶：「大姐頭為什麼不自己聯絡椅仔姑？」

「問得好！」林投伸手拍掌兩下，一旁的金魅趕緊從隨身錦囊裡取出銀箔碎花，灑向林投大姐。銀光閃閃之中，林投繼續解釋：「像我這種萬眾矚目的大美女，對椅仔姑這樣害羞的小姑娘來說，實在太～刺激了，她招架不住的，哈哈。」

蛇郎不禁笑起來，悄聲跟杜鵑解釋：「其實椅仔姑很討厭已婚婦女……」

「你說什麼？」林投瞬間眼冒火苗：「不要拆我的臺！」

蛇郎攤著手一臉無辜：「大姐頭，我沒說什麼話。」

這時，前方豁然開朗。

一條寬闊道路乍然顯露，離開森林範圍的魂樂車便行駛其上。

這條雙向通路各有五線車道，就如同城中鋪設的鋼鐵軌道一樣，都是提供磁浮車行進的磁浮道路。

不過，詭異的是，可以容納上百輛磁浮車來往的交通大道，上頭竟無任何車輛。

婆娑不禁發問：「路上都沒車，是正常的狀況嗎？」

杜鵑打開手機，查看網路資訊，不一會兒，總算恍然大悟：「原來是這陣子地震，震垮了一連串磁浮道路，造成交通中斷，所以，這條路上才沒有磁浮車。仔細想想，最近地震還滿頻繁。」

大夥兒討論之際，不知不覺，前方也緩緩出現一幢銀晃晃的碩大建築。

2. 失蹤

在海拔兩千公尺的高山上，「雙湖山大飯店」的鑲金招牌，聳立在巨大的石砌拱門之上。拱門後方，則是高約三十層樓的大飯店，外貌如同大型巨蛋。

遠遠望去，占據山頭的巍峨建築物，彷彿一隻龐大的銀鱗巨獸，正在俯瞰底下低矮樹林。

樹林之所以矮小，是因為以巨蛋為中心，外圍皆是一片片人工園林。看起來，是將周圍的原始森林植被伐除，再改種觀賞用林木，環繞著精心布置的石磚道路、亭閣水榭，創造出悠閒典雅的庭園風景。

在這一片人工林道的最外圈，再以一排鐵柵欄牆面圍住，圍牆外才是未被人類開發的森林原貌。

奇異的巨大飯店，令眾妖啞口無言。

大夥兒下車之後，前往飯店門口時，蛇郎率先發問：「杜鵑，這座飯店也太誇張了吧？周遭這一大片人工園林，幾乎要占滿半座山頭，實在太奇怪了。」

杜鵑臉露困惑：「這沒什麼吧？」

「這座山，跟以前模樣差太多……」

就在蛇郎碎嘴咕噥的時候，琥珀一臉氣憤，彷彿想開口說話。不過，她望了望杜鵑，最後還是將話語嚥下去，低下頭什麼都沒講。

穿過遍植花卉的前庭，眾妖抵達了大飯店門口。入口處是由七彩的琉璃磚牆與大理石柱所構成，極為富麗堂皇。

踏足而入，採光良好的挑高大廳寬敞明亮，一樓除了櫃臺之外，還設有小型商店、餐廳、展覽廳等等區域，樓上則是住房區域。

前衛新穎的建築設計，與郁金屋、度假村的格局截然不同。

不過，偌大的大廳空間，人數卻三三兩兩，甚為稀少。婆娑本來以為，即將舉辦競歌賽的大飯店，應該會像古物博物館開幕時賓客如雲。但是，左右張望，卻只有幾名年輕人在大廳附設的咖啡座休息聊天。

眾妖信步瀏覽，感受著這間山中大飯店的奇異氛圍。

琥珀不理眾妖，撇著頭，逕自往一旁走去。

婆娑心生憂慮，追著琥珀身影，走進標明「雙湖山歷史」的展覽廳。入口處的展覽櫃，赫然出現一塊閃閃發亮的電曜礦石。只不過，收藏在這個玻璃櫃中的靛藍晶礦，厚重碩大，遠遠比古物博物館的晶礦大上了三倍之多。

展示區的電子看板，正投影出立體動畫影片，解說雙湖山大飯店的歷史發展。琥珀不發一語站在看板前，婆娑也隨後觀看。

影片回顧雙湖山是在四十多年前開發，是挖掘電曜晶礦的重要礦場。當時，鯤島曾發生好幾場大地震，震毀許多電曜晶廠。興國政府為了防範電力不足的問題，才開始委託王氏集團在雙湖山採礦，提供更多的晶礦給電廠發電。但是，幾年前礦脈逐漸枯竭之後，王氏集團便著手進行產業轉型，往觀光發展。因此，才誕生了這座雙湖山大飯店。

大飯店就蓋在昔日礦區之上，以前挖礦用的地下隧道，都被改建成地下電影廳、溫水游泳池、百貨商場。地面上的樓層，則是作為住房使用。因為交通便捷，飯店設施完善，久而久之就成為名聞遐邇的度假勝地。王氏集團甚至繼續計畫，要在飯店後方的山谷興建大型主題樂園，擴展觀光事業。

立體投影也順便介紹了王氏集團經營的各個電曜晶廠，廠房內使用的晶礦，十之八九都是從這座雙湖山挖掘得來。琅嶠城郊的電曜晶廠雖是全島最龐大的廠房，但不由王氏集團經營，而是興國皇族直接管理。不過廠房內供應電能的晶礦，則是王氏集團在這座礦山裡掘出的最大晶石，體積大小足足有一輛磁浮公車那麼巨大。

「這就是人類……挖走了整座山。挖完了雙湖山，接下來就換虎石峰！」

琥珀含著淚，怒氣沖沖，委屈地大吼大叫，甚至亮出了尖銳虎爪往電子看板揮抓。婆婆急忙安撫琥珀，擋住一雙憤怒虎掌。

喧嘩聲引來蛇郎的注意，他走進展覽廳一瞧，才發現琥珀像是發瘋般，不受控制。

「琥珀，妳怎麼了？」蛇郎一臉訝然。

琥珀轉頭望向他，憤怒又難過地說：「人類這麼自私自利，這麼壞，為什麼我們還要組織樂團，唱歌給他們聽？」

蛇郎一臉莫名其妙：「妳到底怎麼了？來鯤島前，妳明明興高采烈。還是說，妳嫌我分發阿芸給的委託費，分得不公平？」

「這些臭錢……我不希罕！」

語畢，琥珀橫眉怒眼，從懷囊中掏出錢鈔，手一揮，數十萬的鈔票便飄散空中，紛飛落地。那些錢鈔，是眾妖解決水鬼事件之後，琥珀所分得的酬勞。

蛇郎不只驚愕，更怒火中燒：「喂喂，妳太過分了喔！」

琥珀不滿地說：「過分的是你！要是我知道委託人是王氏集團成員，我才不會上車跟你去渡假村。現在，我直接講明，我不想參加競歌賽和音樂祭，就算獎金多得嚇死，我也不稀罕！」

琥珀越講越大聲，聽到吵鬧聲因此趕來的菟蘿也嚇呆了。

眼見場面一發不可收拾，婆娑趕緊出面解釋，將前一晚與琥珀交談的內容，向蛇郎和菟蘿仔細說明。

蛇郎儘管氣憤，可是聽聞婆娑解釋，總算明瞭前因後果：「原來如此……妳一直努力攢錢，其實是想將虎魔一族被侵占的土地買回來啊。」

琥珀瞪著蛇郎，一句話也不說。

蛇郎搖搖頭，說道：「但是，演奏音樂這件事，跟人類挖山、侵占你們一族土地，是不同的事情。琥珀，妳別混為一談。何況，人族並非所有人都不好……」

「為什麼你一直幫人類講話？」

「我是在講道理。」

「你根本不懂！」

眼見情勢不妙，菟蘿趕緊跳出來緩頰：「別這樣，你們都冷靜一下……」

蛇郎語氣不滿：「菟蘿，你來評評理，明明是琥珀想找麻煩。」

「社長，這一次是你錯了。你快向琥珀道歉。」

聽到菟蘿疾言厲色反駁蛇郎，琥珀不禁一臉錯愕。畢竟，菟蘿一向態度溫和，沒想到現在卻語氣嚴厲，出聲反對蛇郎。

菟蘿望了望琥珀，再看向蛇郎：「琥珀為了虎魔一族而擔憂，你怎麼可以忽視她的心意呢？雖然琥珀是妖幻樂團的成員，但她同時也是虎魔一族的見習巫女，負擔重責大任。她就算力量微薄，卻一直想努力奮鬥，為虎魔開創未來。你不能用自己的立場來評斷她的想法，否則就太自私了。」

「呃……」總是口齒伶俐的蛇郎，一時結結巴巴。

菟蘿拍拍琥珀肩膀：「在渡假村的時候，就覺得妳不太對勁，原來妳在煩惱這些事。一直以來，辛苦妳了。不過，妳不要太勉強自己……如果遇到什麼事，可以跟我或是大家聊聊，別把什麼心事都藏著，會悶壞的。畢竟，我們是夥伴嘛。」

「菟蘿……」琥珀眼眶有些濕潤，她趕緊擦擦眼角，才向菟蘿道謝：「謝謝你……」

蛇郎搔搔頭，不好意思地說：「琥珀，抱歉啦……」

琥珀雖然還是瞪了蛇郎一眼，但是不像剛才一樣凶惡。

剛從餐廳走出來的林投、金魅與杜鵑，也聽到眾妖的騷動聲。她們好奇走入展覽廳，對於現場尷尬氣氛一頭霧水。

這時，琥珀隨身攜帶的那串虎牙手鍊，倏忽發出金黃亮光。

琥珀揚起微笑，一掃臉上陰霾：「啊，是婆婆想跟我說話。」

琥珀想跟婆婆好好聊天，也想趁機逃避尷尬場面，便向大家告退，轉身走出了展覽廳。

林投大姐搞不清楚狀況，一邊吃著剛買的冰淇淋，一邊向婆娑詢問發生何事。

婆娑嘆了一口氣：「大姐頭，妳們來得正好。金魅，可以請妳幫忙整理一下地上的鈔票嗎……」

正當婆娑想將方才之事轉告她們，這時候，展覽廳門口傳來咚咚數聲的撥弦音。

大夥兒轉頭一瞧，展覽廳門口乍然走進兩名奇裝怪服的男女。

為首的紅髮男子，一身龐克裝扮，正拿著一把電貝斯隨意彈撥，滿臉輕佻，一開口就說：「哇哇，地上這麼多錢，你們在這邊吵吵鬧鬧，原來在發錢？我有沒有份？」

「小詹，這點小錢，我們不缺吧？」揹著輕便型爵士鼓的女子向紅髮男吐槽，她的燻黑眼影幾乎覆滿一半臉頰，誇張又搶眼。

「哈哈，妳說的沒錯。」紅髮男笑著說。

女子斜睨一眼：「我還以為是誰在嚷嚷，原來是上一回大搖大擺跑過來，向團長下戰帖的那傢伙。」

紅髮男摸著下巴，朝著蛇郎一望：「我想起來了，果真是這小子，哈哈哈。」

蛇郎聞言，一臉不悅。他打量著對方，眼神閃著銳利光芒，彷彿將刺穿他們。

那兩名男女一陣冷顫，不甘示弱，正要繼續說話時，一聲渾厚嗓音從他們身後傳出。

「別鬧了。」

披著羽毛領口風衣的瘦削男子，面龐淡漠，開口就是一陣訓斥，讓方才出言不遜的兩名男女趕忙卸下嘻皮笑臉。

婆娑一見，來者三人黑衣皮褲的奇異裝扮，正是先前在北城街頭見過的海報人物——震天霆樂團。當時在郁金屋，蛇郎就是向他們下戰帖。根據蛇郎先前介紹，那名帶頭者應該就是團長王天宗，紅髮的電貝斯手名叫詹震，女鼓手則是康霆。

這麼說來，當初婆娑在房裡聽到的那一陣悠揚樂聲，就是他們演奏。婆娑原先對紅髮男沒好感，但一想到那陣輕快悠揚的貝斯樂聲，竟是他粗獷手臂下彈出的音符，不免感覺訝異。他雖然舉止粗魯，卻彈得一手好音樂，確實人不可貌相。

王天宗轉頭向蛇郎說話：「真巧，你們也來參加明天的競歌賽吧？」

蛇郎一臉挑釁：「前天在度假村沒遇到你們，沒想到還是狹路相逢。競歌賽，請多多指教喔。」

面無表情的王天宗點頭說道：「對我來說，你們可是值得期待的勁敵。明天的演奏，我們不會掉以輕心。」

王天宗一席話，讓詹震與康霆滿臉錯愕。

「團長，你在開玩笑吧？我們怎麼可能……」詹震話還沒說完，就被王天宗揮手打斷。

「音樂哪有分什麼高低？」王天宗慢條斯理地說：「每首樂曲都有適合它的聽眾，我們只要做好自己的音樂就行。」

聽聞此話，兩人只好摸摸鼻子，不再多言。

蛇郎瞄著王天宗，笑著說：「本來以為你空有其表，沒想到你人還不錯。」

「哪裡哪裡，明天的競歌賽，還請多多指教。可惜這次因為道路中斷，來參加的聽眾不多，連預計要參賽的樂團，也只來了一半。」王天宗說著話，彷彿想到了什麼，露出困惑表情，一邊思考一邊嘀咕：「不過，就算道路中斷，應該也有飛行船來往山上才對，怎麼班次變得這麼少……」

這時，蛇郎開口發問：「其他參賽的樂團已經來了嗎？」

王天宗瞥了一眼大廳裡的沙發椅，說道：「你瞧……長椅上那幾位男子，就是來自鹿港城當紅的『百聲樂團』。」王天宗再以手指向窗前聊天談笑的五位女子，「『春日樂隊』的合奏能力，可是不容輕忽，她們的弦樂跟管樂配合無間，你們得要小心。」

接著，王天宗還介紹了幾組也會參賽的樂團，提醒蛇郎不能輕敵。

蛇郎轉露出欣賞的表情：「嗯……你果然是可敬的對手。」

「沒什麼，我只是很期待明天的演奏罷了。」

王天宗話一說完，微微點頭示意，就與團員們轉身離開。

杜鵑興奮地說：「沒想到這次還有機會再見到震天霆的現場演出，實在太超值了！」

蛇郎故意露出挑眉不屑的表情，笑道：「競歌賽是由聽眾票選，如果妳倒戈……我饒不了妳喔！」

杜鵑開口保證：「安啦，我當然挺你們！」

林投大姐吃完了冰淇淋，舔著嘴角，向婆娑詢問：「對了，婆娑，你話講到一半。剛才到底發生什麼事？」

婆娑一五一十解釋方才的爭執。

「唉，小琥珀真是辛苦了……」林投點點頭，向大夥兒提議：「我們去跟琥珀好好討論吧！不管琥珀是否願意參加競歌賽和音樂祭，我們都應該幫幫她，看看有什麼地方能提供協助。」

大家都很贊同林投的建議，便走出展覽廳，想跟琥珀會合。

但是，一樓大廳四處，都沒有琥珀的身影。

討論過後，杜鵑先在大廳察看，其餘眾妖則往門外找尋琥珀的蹤跡。

暗黃的夕陽逐漸落下，漆黑夜幕籠罩起整座山丘，飯店的外牆也紛紛亮起白花花的燈盞，猶如一顆巨型的橢圓燈泡從山丘冒出。

儘管戶外庭園沿路有燈光照亮四周環境，眾妖依舊找不到琥珀。

大廳裡的杜鵑，只問到有人看見類似琥珀身影的女孩走出飯店門口。

大夥兒討論起來，猜測琥珀也許跨過圍牆，走進山中森林。

但是，夜晚的森林黑暗危險，不宜貿然進入。大家只好決議，除了請飯店人員繼續留意有無琥珀行蹤之外，等明日天光一亮，再往鐵柵欄之外的森林進行搜索。

3. 湖畔

深夜，婆娑倚靠著鐵欄圍牆，抬眼凝望眼前的人工園林，以及高聳的巨蛋建築。他想起了白天琥珀說過的話。

為了蓋起礦場、飯店，人族將整座山都挖走了。圍牆內的這塊土地，很久以前應該是一片茂密森林吧。

婆娑嘆了一口氣，轉身望向圍牆後方的森林。

還未被人類開發的黝暗山區，顯得漆黑恐怖。

夜氣寒涼，婆娑扶著鐵欄杆，縱身一躍，就跳進牆外的世界。

位於山谷裡的樹林，與飯店周圍的人工林道截然不同，一踏進去，濕氣迎面襲來，堆滿腐敗枯葉的地面傳來濃厚的土腥味。夜蟲唧唧，黑鴉鴉的林葉沙沙作響，星月光芒在樹梢葉影之間時隱時現，詭譎氣息籠罩四周。

「這是……」

走沒幾步路，婆娑猛然一驚。透過稀微的月光照映，濕潤的泥地上竟有模糊的足印，往前綿延。

婆娑循著痕跡，一路奔去。

他越走越遠，突然聽聞細微聲響。婆娑感覺怪異，便往聲音源頭尋去，黑暗林間倏然出現一座小型瀑布。水流往下嘩嘩傾洩，形成了一座湖泊。

湖岸邊，有身影正在晃動徘徊……

婆娑趕緊提步向前。

那道身影轉頭說話：「咦……是你。」月色之中，蛇郎的臉龐驀然出現。

婆娑驚問：「你在這裡做什麼？」

「我才要問你做什麼？怎麼出現在這裡？」蛇郎說著話，一邊將巫煙管伸入湖中細細洗滌，撥弄著閃閃水花。

「我睡不著，想出來找琥珀。」

蛇郎微微笑道：「果然，我們目標都相同。」

婆娑四處張望：「你有發現琥珀嗎？」

蛇郎搖著頭，舉起煙桿往前方茂林比畫了一圈：「這座山谷，我剛剛已經大致繞了一圈，也讓巫煙蛇幫忙找，卻一無所獲，連類似的足印也沒有。琥珀除了從飯店前的磁浮道路離開，大概也只能飛上天空，才能不留下絲毫足跡。琥珀失蹤前，她說要與虎骨婆婆通話聯絡。也許，她返回了虎魔一族居住的虎石峰？但是，沒跟我們說明，一聲不吭就跑回家，太不像她的風格了。」

婆婆一聽，嘆了一口氣，瞅望著前方清幽小湖，彷彿想到什麼：「除了這座湖之外，山上還有其他湖泊嗎？」

「除了這座小鬼湖，往山澗上方走去，不遠處還有一座隘谷。谷中有一座更巨大的湖泊，名叫大鬼湖。」

「果然是這樣，難怪這座山會被稱為雙湖山。你對這座山真熟悉，難道你以前來過？」

面對婆婆的提問，蛇郎坦率地說：「不只來過，我還住過這座山。這座山，是我們蛇妖族世世代代的棲息地。不過，光陰荏苒，不只山林變了樣貌，蛇妖族似乎也遷離此處，全都不見蹤影。沒想到，我隨青兒離開之後，這裡發生這麼巨大的改變。」

婆婆聽到蛇郎主動提起青兒之事，以為他心生感傷，於是開口安慰：「夫人知道你過得好，一定很寬心……」

蛇郎笑著說：「別擔心，我很好。我只是很懷念以前的日子罷了。你瞧……山澗旁，就是我跟她首次相逢的地方。當時，我跟山裡的精怪打了一架，躺在湖岸奄奄一息，是青兒救了我。」

婆婆凝望眼前的小瀑布，濺起的水花晶瑩剔透，在湖面上潺潺輕響。

蛇郎抬眼仰望小瀑布上方的壘壘巉岩，繼續說道：「那塊灰岩後方有個空地，是她的墳墓，我才剛剛去掃完墓。青兒……離開之後，我將她葬在那裡。」

婆婆頗為驚詫，也順著蛇郎的視線望向灰岩。

婆婆躊躇一會兒，不知道該說什麼。

「呵呵，別緊張。事情都過了一百多年，我早就沒事了。」蛇郎一臉輕鬆，彈著手指，在煙管口點起火苗，悠閒吞吐煙霧，「其實……一直以來，我有個疑惑想問你。但我不想讓自己對這個問題太過執著，因此，我才始終忍住不問。既然你來到了這裡，也是一種緣分，冥冥之中自有靈數，我乾脆就開口吧。」

婆娑眼露困惑。

蛇郎緩緩吐了一口煙，煙氣往湖面飄逝，他等了半晌，才繼續說：「自從青兒走了之後，我一心一意想完成她的願望，在鯤島各個庄頭走唱了好幾十年。但是，不停走唱的日子，讓我逐漸覺得……很無力。我開始懷疑這樣做，到底能不能達成青兒願望？這時，我聽到了一個消息，據說在鯤島西方海域，隱藏著一座妖魔城市，裡頭的妖鬼神魔皆崇尚咒謠靈歌。為了轉換心情，我便飄洋過海，好不容易找到門路進入鬼市。」

「原來，這就是你來到鬼市的原因。」

「剛到鬼市那時，我見到安神堂招牌，本以為可以進去申請像是『歌謠之神』之類的稱號，誰知道骷髏掌櫃竟拿著掃帚把我趕出去。」

「菟蘿跟我提過，骷髏掌櫃之後在靈謠鬪會場，才認出你。聽說你剛到鬼市，渾身髒兮兮，難怪掌櫃不認得你，甚至把你趕出門。」

「因為我的小船抵達鬼市之前，就意外翻覆了。我奮力泅水，好不容易才游上岸。誰知道，岸邊都是爛泥巴……」蛇郎笑了一笑，「但是，也真巧合。知道鬼市有妖怪聽過我跟青兒合奏的歌謠，挺讓我開心。尤其是奪得幡主稱號的那幾天，我想，我終於不負青兒，成為了名符其實的天下第一琴師。但是，在迎神祭最後一天，我卻落入深深惆悵。」

婆娑困惑地問：「為什麼？你明明已經成為幡主。在鬼市，這是最高榮譽。」

蛇郎淡淡一笑：「青兒跟我說過，樂曲能夠傳播各地，也能超越時間，不停流傳下去。但是……即使獲得幡主稱號，我當初那份懷疑，還是沒有得到解答，反而更加劇烈吞噬著我。我做的這些努力，真的有用嗎？骷髏掌櫃能記得我們的樂曲，因為他是能活百歲以上的妖族。但是，對於生命短暫的人類來說，不可能一代接著一代都記得那些謠曲，能夠順利流傳下去的音樂，也只有萬中選一的經典，才能有這種幸運。我不知曉，我演唱過的那些曲子，是不是真有這樣不朽的價值？會不會，這一切只是徒勞無功？青兒的心願，歌曲的流傳，是不是會隨著時間流逝而中斷不存？迎神祭最後一天，我在九鳳閣卸下幡主職位，隨即陷入低落，心情一蹶不振。結果……是你拯救了我。」

蛇郎這麼一說，更讓婆娑糊塗。

婆娑接著發問：「但是，我們第一次見面，明明是在祆學館中。那時候，你問我要不要參加歌謠社。」

蛇郎搖著頭：「其實，我早就見過你了。那一日，我離開九鳳閣，不知何去何從，只好隨意抬起腳步往前走……不知道走了多久，竟走到一座礁岸。那時候，我心想，該做的所有事情，我都做過了，若說有遺憾，那些遺憾早已雲淡風輕。我對這世間，也不再有什麼期盼。眺望著茫茫海面，我有了決定。」

婆娑驚道：「蛇郎，你……」

「靈數靈數，靈之有數，魂火生滅，冥軌鋪路。」蛇郎淺淺一笑，「這是當時我在迎神祭聽聞過的謠曲，是鬼市流傳已久的俚俗歌謠。不論是妖鬼神魔，都有靈數命定。既然如此，我這一世就這樣吧。我心無罣礙，一步一步踏向海中，浪花在我的腳下翻湧……這時，我卻聽聞一陣歌聲。」

婆娑瞪大了眼：「那座礁岸，該不會是冥漠灘？」

「沒錯，正是如此。當我逐漸走入海中，我聽見後方的灘礁，傳來令人懷念的旋律。我頓時震驚，悸動不已。回頭一望，我瞧見遠方的礁石上，你正引吭高歌，歌聲嘹亮清爽。聽著聽著，我不知不覺流下淚來。因為你唱的歌……正是青兒當初演奏過的曲調，也是我與青兒相識之曲。」

蛇郎聽過婆娑的詠唱，婆娑多少有猜想。他在灘上歌唱的樂曲，是魔蝠長老遞給他的古歌本上的曲子。沒想到，竟然也有人類知曉這首歌？

婆娑踏步向前，緊抓住蛇郎手臂，訝然發問：「夫人竟知道這首歌，為什麼……她會知道這首歌？」

「你先放手……」面對婆娑反應劇烈，蛇郎反而一臉困惑：「我才想向你詢問。沒想到，你比我還著急。」

兩妖目瞪口呆，不禁相視而笑。

「聽聞你的歌聲，我受到莫大震撼。沒想到青兒的曲子，竟在你的歌聲中重現，實在太不可思議了。因此，我轉身回頭，悄悄走回岸邊，靜靜聆聽你的歌聲。」

「我根本沒發現你。」

「畢竟你很投入，才會沒察覺。」蛇郎繼續解釋：「其實，青兒和你唱的歌曲，有著差異。那首樂曲據說在鯤島流傳已久，不過青兒只知道那首樂曲的旋律。後來，我為這首樂曲譜寫了一段歌詞，菟蘿就是將那段歌詞改編成〈郎君夢〉。自從青兒離開後，我沒有聽過其他人演奏過相同的曲子。本來我以為……青兒是最後一位懂得這首樂曲的人。沒想到，我竟然在鬼市，聽到同樣的曲調。更奇異的是，你不只懂得旋律，竟然也能吟唱歌詞。我驚愕萬分，不斷揣想，你到底是何方神聖？為何懂得青兒的樂曲？後來，我得知你正在祆學館進修，於是我也跟著進去。」

「原來如此。但是……為什麼你不直接問我？」

蛇郎有些不好意思：「該怎麼說呢？就像是方才所言，我不想執著過去……這是我與青兒之間的約定。但是，我又無法輕易撇頭不管，當作沒有聽過你的歌聲，所以心情一直矛盾糾結。一直等到今天，因緣際會，竟然又回到這座小湖，甚至你也在場，我才覺得，終於可以開口了。」

婆娑深吸一口氣，瞇眼沉思片刻，久久才發聲：「可惜，要讓你失望了。因為，我也不知道那首歌究竟是什麼來歷。我會唱那首歌，只因為這一冊古歌本。」

婆娑從懷囊中抽出一小本泛黃的書冊，遞給蛇郎。

蛇郎翻看著手上的古歌本。

婆娑繼續解釋：「歌本上的旋律，是用鬼市的傳統記譜方式。使用古祆語記錄的歌詞，雖能讀其音，卻是深奧難解，不知所云。我曾經問過館裡的祆教師，沒想到他們也無法讀懂。」

「看起來，真是非常古老的語言。這旋律，確實就是青兒拉奏過的曲調。」蛇郎反覆翻看，依然看不出什麼端倪，便將古歌本交還婆娑，問道：「這一冊歌本，你從哪裡得來？」

「事實上……魔蝠長老收養我之前，我想不起自己任何過往。我進入祆學館之後，魔蝠長老才將這冊古歌本交給我。我認為，古歌本似乎跟我失落的記憶相關。但，不管我怎麼問，長老都不願說明歌本來歷。」

「原來如此，要知道這首歌的來龍去脈，只有朝魔蝠長老下手……」望著蛇郎一臉不懷好意，婆娑連忙出聲制止：「你又想打什麼鬼主意？可不能對長老做出什麼不敬之舉。」

蛇郎手持煙管，徐緩吐了口煙氣，笑著說：「放心，我只是說話比較誇張啦。要是魔蝠長老不肯說，我也不會硬逼。不過，既然你有古歌本，搞不好從這本冊子裡一些細微地方，可以推斷出作者身份？我們應該可以一起來研究。」

婆娑想想，這也不錯。畢竟以往總是自己瞪著古歌本苦思，如今有蛇郎幫忙，或許能順利解開這個謎題。

婆娑便言：「古歌本其實沒有什麼蛛絲馬跡。但是，我知道另一個線索。我認為，魔尾蛇應該知道什麼內幕。」

「為什麼他會知道？」

「他綁走我之後，曾經向我坦白，當初就是他封印我的記憶。」

「該死的魔尾蛇，真是陰魂不散。我要把他兩眼都戳瞎，綁起來拷問才行……」

正當兩妖談話之時，一旁揚起濛濛大霧。

「蛇郎，你抽煙克制一下，別製造這麼多二手煙。」

蛇郎搖搖頭：「別誣賴我，這陣煙跟我沒關係。」

正當兩妖疑惑，白色大霧倏爾團團湧現湖畔。更奇特的是，濃厚大霧中，閃現著紅殷殷的刺目光芒，白霧逐漸被紅光暈染成一片赤紅，鋪天蓋地瀰散而來。

伸手摸去，紅霧有著微燙的溫熱感。

霧茫茫的視線之間，突地聽聞水聲嘩嘩。

兩妖往湖中望去，在湖面遠處，迷茫的視線中，彷彿有許多身影在大霧充溢的湖面上行走。

詭異怪霧，伴隨著許多低聲吟唱的響聲。

兩妖驚異之際，身後突然響起腳步聲。婆娑往後一瞧，叢林之中也有紅霧襲來。紅霧之中，驀然浮現一抹人影。

人影搖搖晃晃，正走向湖面。

「是誰？」蛇郎大喊幾聲，來人卻毫無反應，仍舊步伐蹣跚，往前邁進。

婆娑定睛一瞧，察覺來者身分：「這是……震天霆那名樂手，詹震。」

名為詹震的紅髮男子，白晝時一身龐克裝扮，此刻卻穿著灰色睡衣，渾身都是小傷口，流著鮮血，似乎剛被刀片割傷。他神情恍惚，跌跌撞撞往湖面走去。

婆娑和蛇郎眼見他神態有異，趕緊攔住他，朝他耳邊大喊。

不久之後，詹震眨了眨眼，說道：「誰在捉弄我？誰在惡作劇？誰……」

蛇郎問：「你還好吧？」

詹震仍舊精神恍惚，臉部抽筋地說：「要來了……」

婆娑不解：「什麼要來了？」

「祖靈……要來了……危險……」紅髮男子突然發瘋大吼：「祖靈要來了！」

4. 競歌

競歌賽開幕，一樓大廳搭建起華麗舞臺，各樂團正依序演出。

輪到妖幻樂團演奏時，樂音卻零零落落，不忍聽聞。

眾妖心緒不定，無法順利演奏。向來衝力十足的林投大姐，花鼓打擊得有氣無力。作為主唱的金魅，歌唱時竟沒跟上拍子。電吉他、電貝斯還有二胡的音律，也同時亂成一團。

儘管眾妖排練〈月相思〉與〈郎君夢〉許多次，但整場演出卻慘不忍睹。

「對、對不起～」一下舞臺，金魅垂頭喪氣，頻頻道歉：「我不只走音，也沒跟上拍子，害你們節奏亂掉。」

菟蘿低著頭唉聲嘆氣：「我心一急，拉錯了好幾個音。」

林投不禁大喊：「停！再繼續講下去，我也要開始罵自己沒用心打鼓。好不容易有上臺機會，竟這麼不爭氣。」說著說著，最我行我素的惡鬼，竟然泫然欲泣。

眼見眾妖一蹶不振，身為團長的蛇郎不禁嘆了一口氣：「看來，我們都很擔心琥珀……」

大家點點頭。

自從昨天傍晚，琥珀在大廳離奇失蹤，眾妖在飯店內外尋覓許久，依然沒有琥珀蹤跡。

菟蘿勉強提起精神，安慰大家：「杜鵑正在飯店裡的警衛室，察看監視器有沒有拍到琥珀的行蹤。就算找不到，杜鵑也會聯絡她大哥，希望可以藉由皇警隊的力量來搜索琥珀。」

片刻之後，工作人員走上舞臺，公布競歌賽名次。

震天霆樂團的演奏，擁有最多聽眾投票支持，不負眾望奪得冠軍。春日樂隊與百聲樂團，也榮獲第二、三名的殊榮。

「真是氣餒，連個名次都沒有……」蛇郎唉聲嘆氣。

評審宣布完名次之後，昨日態度囂張的紅髮男，再度走近。

「昨晚，多謝你們……」詹震一臉彆扭，說話吞吞吐吐。

昨夜，蛇郎與婆娑在湖邊發現了恍神的詹震，好不容易喚他回魂，他卻對自己為何赤腳跑來湖邊，一無所知。

「昨晚明明在睡覺，可是醒來，卻發現自己糊里糊塗走到湖邊，真是太奇怪了。」詹震一臉不好意思。

蛇郎問道：「你平常會夢遊？要不然，怎麼會走到湖邊？」

詹震搖搖頭：「我從沒這個毛病，不知怎麼回事，昨晚竟然這麼迷糊。但……好像不只我這樣。你們昨晚送我回到飯店大廳之後，帶我回房的工作人員一臉緊張，跟我坦承，其實我不是特例。這幾個禮拜，常常有飯店客人或員工，半夜睡到一半，就會夢遊走到森林裡的小鬼湖，不只耳邊傳來詭異聲響，而且全身上下都會莫名其妙出現小傷口。幸好湖邊的水淺，一走進湖中就會被冷醒。要不然跌進水裡，搞不好就會溺死……」

詹震話還沒說完，大廳內竟開始瀰漫起白茫茫的霧氣。

舞臺上，正在分享得獎感言的百聲樂團的團長，用麥克風笑著說：「山裡霧氣有這麼大嗎？」

大廳眾人哄然笑起，但是……

突如其來的霧氣越變越大，甚至逐漸轉紅。不久之後，一層又一層的紅霧，將大廳團團圍住，眾人也開始慌張起來。

一片紅色霧氣，就像鮮血般的顏色。

蛇郎驚喊：「這就是昨晚的……」

蛇郎說到一半，身影隨即被淹沒在紅霧之中，甚至連聲音都被紅霧吸收，再也聽不到。

婆娑往旁一看，方才還在身邊的眾妖也全不見蹤影。他一邊小心翼翼踏足向前，一邊伸手摸索。

燁燁紅霧有著微燙的溫度，置身其中，悶熱十足，甚至有些頭暈目眩。

婆娑汗流浹背，往前慢慢摸索。

紅霧中傳來模模糊糊的喊聲，聽起來像是呼救的聲音。叫聲忽高忽低，忽遠忽近，竟讓婆娑無法分辨是在什麼方位。

「蛇郎，你在哪裡？」婆娑喊了幾聲，可是沒有任何回應。

正當婆娑停止呼喊，前方卻傳來回應：「……哪裡……你在哪裡？」

婆娑趕緊向前奔去，繼續喊著：「蛇郎，是你嗎？你還好吧？」

「你還好吧？」幽幽蕩蕩的語音在前方響起，但是婆娑依然沒有看見對方。

「你別胡鬧！搞不好琥珀失蹤，跟這陣紅霧有關係。」

「你別胡鬧！搞不好琥珀失蹤……」

就像是回音一般的聲音在前方響起。

婆娑總算發現，原來從剛才開始，這陣紅霧之中，都會出現模仿他聲音的回音。

原來如此，昨夜詹震口中說到「捉弄」、「惡作劇」，竟是這麼一回事。
這時，一連串的回音在前方爆響。
——蛇郎，你在哪裡？
——蛇郎，是你嗎？你還好吧？
——你別胡鬧！搞不好琥珀……
彷彿炸裂般的聲音讓婆娑雙耳欲聾。凌厲的回音，甚至在紅霧之間造成尖銳的風渦，割裂婆娑衣物。
婆娑運起靈力，抵擋回音從四面八方而來的攻擊。
與北城的魔音事件不同，紅霧中這陣回音，散發出詭異萬分的靈力波動，絕對是妖怪在作怪。
婆娑為了逃離詭異回音，只得提步跑起。沒有想到，不小心撞到前方的身影。
「哎呀，誰撞我？」
婆娑往前一看，原來是蛇郎在喊叫。
「蛇郎，你跑去哪了？」
蛇郎哼然開口：「你撞到我，不先道歉嗎？」
「別在意這種小事啦……這陣紅霧又出現了，而且霧中還有奇異的回音。」
「嗯，我剛才也遇到了。」
「究竟怎麼回事？」
「這些回音，我大概能猜出誰在作怪。祆學館裡，有一位名叫『回音靈』的傢伙，就是擅長使用回音的精靈族。我曾在魔競塔跟她交手過，據我所知，回音靈的靈能可以模仿任何聲音，但是並不能製造紅霧。看起來，這陣紅霧另有玄機，甚至可能增強了回音的能量。」

正當婆娑與蛇郎討論之際，周圍再度響起砰然巨聲。

——蛇郎，你在哪裡？

——你別胡鬧！

——哎呀，誰撞我？

——究竟怎麼回事？

瞬間迸發的巨大聲響，讓兩妖同時運起靈力抵擋。

看起來，只要大廳中發出的聲響越多，回音靈就能吸收更多的能量，化為己用。

「好哇，以為我不會反擊嗎？」蛇郎拿起手邊的電吉他作勢彈奏，要以靈音回擊。

婆娑趕緊制止蛇郎。

「等等，只要發出的聲音越多，對方的回音靈力越會增強。」

「那該怎麼辦？」

「你剛才猜測，這陣紅霧會增強回音靈的力量，我認為……我們只有先消除這陣霧氣，才有可能擊敗回音靈。所以，我們要先找到大姐頭跟金魅，只有她們可以消除霧氣。」

聽聞婆娑建議，蛇郎毫不猶豫地說：「交給我吧！」隨即抽出腰間的巫煙管，吐了一口氣，霧氣幻化為一條白蛇，瞬間鑽進紅霧中。

不久，巫煙蛇又徐徐返回，盤繞於蛇郎肩上。

「嗯嗯……我知道了，往這邊走！」藉由白蛇的追蹤，蛇郎領著婆娑往目標前進。轉了一個彎，穿開層層疊疊的熱氣紅霧，兩妖就望見林投大姐與金魅的身影。不過，面紅耳赤的林投怒氣衝天，金魅緊拉著林投衣袖，仍無法阻止她向前咆哮大喊。

「你說誰是愛情騙子？」

——你說誰是愛情騙子？

「你說誰是酒鬼？」

——你說誰是酒鬼？

「老娘才不會藉酒澆愁！」

——老娘才不會藉酒澆愁！

「渣男去死！」

——渣男去死！

化為鬼魅身形的林投大姐，兩眼昏眩，聲嘶力竭，與看不見的對手互相對罵。怒罵聲越來越激烈，一發不可收拾，只見林投抽出朱紅紙傘，運轉出鬼火靈力，即將揮灑而出。

婆娑趕緊拉住林投：「大姐頭，醒醒！那是回音靈在作怪！」

金魅也慌張大喊：「大姐頭，快停手！鬼火會擊中迷失霧裡的人！」

眼見林投依舊鬼臉猙獰往前衝刺，蛇郎大喝一聲，肩上白蛇瞬間騰飛而去，纏繞住林投雙手之時，一陣白色巫煙，同時擋住林投視線。

原先大霧赤紅一片，倏然闖入迷濛白煙，似乎緩和了林投心情，腳步也遲疑慢下。片刻之後，林投才逐漸清醒，青面鬼臉也回復了原本清秀面目。

婆娑趕緊向林投解釋現況。

「我失態了……」林投滿臉通紅，支支吾吾害羞起來：「剛才是在夢遊啦。放心吧！接下來，就交給我跟小金魅。」

話一說完，林投舉起鬼傘，傘面飛速旋轉，揚起一陣劇烈旋風，翻攪起眼前熱氣紅霧。受到旋風牽引，紅霧逐漸往鬼傘靠攏。越聚越多的紅霧，受到林投龐大鬼能影響，不只是表層紅光逐漸褪去，回復為白色的大霧竟也逐漸凝結成液狀，一圈又一圈隨著紙傘旋轉。

此時，金魅看準時機，取出懷中的金蠶錦囊，敞開袋口，凝成液態狀的茫茫大霧受到吸引，便往錦囊袋中急速衝入。

登時，眾妖所在的大廳一角，紅霧盡散。

正當林投與金魅周遭的視線漸明，要繼續驅除圍繞中庭的紅霧時，前方一抹身影逐漸清晰。有著巨型雙耳的小個子，渾身漆黑，臉上除了雙耳之外，只有一張大嘴，正在不停高聲呼喊，音調尖銳刺耳。

林投大喊：「果然是妳，回音靈！」

「回音靈，我是林投，妳不認得我了嗎？」林投大姐提步向前，一邊抵抗回音靈的高分貝吶喊，一邊出聲提問：「妳在祆學館，一向安分守己，怎麼會來這邊胡鬧？」

聽聞林投的問話，回音靈總算停止大喊，緩緩轉向林投：「林投老師……請妳不要插手。」

「妳在跟誰合作，一起製造出這片紅色怪霧？快停手，別惹我生氣！」

回音靈彷彿有點害怕起林投大姐的威嚇，膽怯地說：「我也是……為了人類好，才想要警告他們。否則，祖靈就要來了。」

「妳說什麼？什麼祖靈？」

林投問話之時，回音靈後方的紅霧，似乎開始緩慢退後。

「我……我要走了。」回音靈一步一步隨著紅霧往後退，儘管林投想攔住她，回音靈卻慢慢隱入紅霧之中。

中庭的紅霧逐漸消逝，熱氣也隨之退散，飯店大廳的空調系統再度正常運轉，回復往常的舒適涼爽。方才困在紅霧之中的人們滿臉迷濛，癱坐於地，身上也有大大小小的傷痕。陷入紅霧中的人們，與昨夜的詹震一樣，雙眼無神，喃喃自語，似乎重複說著「祖靈」、「危險」等等字句。

這時，菟蘿也從大廳另一個角落匆匆趕來。

「怎麼回事……為什麼有這陣紅霧？還有那些怪音究竟是……」菟蘿摸不著頭緒，連連向眾妖發問。

「我等一下再解釋，先讓我想想……」婆娑思量片刻，倏然眼神一亮，打定主意：「我有方法對付那陣紅霧，我們先開車追上去。也許……」

「也許，琥珀就是被這陣紅霧拐走，是吧？」蛇郎朝婆娑淺淺一笑，「我們還等什麼，快走吧！」

5. 真相

飯店外圍的庭園林道，一片奇異紅霧緩緩撤退，往鐵柵欄後方的原始樹林逐漸遠去。

山谷之中，茂密的叢林樹冠之間，瀰漫著朱紅霧氣。同時，彷彿有一股無形力量，將這些散發出去的紅霧緩緩收回。一大片紅霧，皆往同個方向慢慢潮動而去。

猛不防，林鳥驚飛，一輛四輪車猝然衝破紅霧，在半空中奔馳一段距離，隨即又衝進層層疊疊的紅霧裡。

同時，車上傳來一曲又一曲昂揚樂章，在山谷森林之間迴繞不歇，氣勢磅礴轟烈。

眾妖正在魂樂車上，奏歌鳴唱，肆無忌憚。

木龍改造過的魂樂車，不只是作為運輸工具，甚至還考慮到樂團巡迴時，可以將車體直接作為演奏舞臺。因此，只要啟動裝置，車身兩側就會鋪展出特製平臺。後車廂一打開，便是巨大音箱與無數支擴音喇叭。

林投手持鼓棍，在魂樂車頂奮力敲擊轎前鼓與銅鑼，一旁金魅引吭高歌，嗓音嘹亮，響遏行雲。蛇郎與婆娑則在車身平臺上盡情彈奏樂器，電吉他琴聲激越，作為鋪底的電貝斯洶湧澎湃，一首首樂曲石破天驚，迴腸盪氣，驟然撼動林間萬物。

鑼鼓喧天，樂聲連綿不絕於紅霧與森林之間。山谷回音隨著樂曲演奏反覆彈回、擴大，演變成一連串迴盪不歇的巨大聲響，震耳欲聾。

菟蘿駕駛著魂樂車，對紅霧緊追不捨。轉瞬之間，前方出現一座懸崖。

「小心！」眼見不妙的林投，趕緊出聲提醒。

「看樣子，山崖下就是紅霧的中心點。交給我吧！」菟蘿毫無畏懼，繼續往前猛力衝刺。

魂樂車騰空飛起，行駛在一條無數藤蔓捆繞而成的綠色道路之上，順勢往懸崖下方盤旋而下。原來菟蘿不時催動靈力，操控藤蔓糾纏，形成長條形道路，讓車子衝刺於樹叢之間。

一瞥間，魂樂車已經安然無恙抵達崖下的空地，樂音霎停，團團紅霧逐漸消散而去。往前一瞧，回音靈氣喘吁吁，半跪在泥地上。

林投立於車頂，雙手插腰，大喊：「妳還不服輸？」

回音靈雙耳垂下，勉強開口：「我……認輸……」

蛇郎走近回音靈，說道：「這是婆娑的妙計。妳的靈力特性，能不斷反射回音。如果不斷發出巨大響聲，逼迫妳的靈力一直製造回聲，就算妳多厲害，也會有靈力用盡的時候。一旦妳的靈能消耗殆盡，就會失去反擊能力。」

回音靈儘管想要站起來，卻雙腿無力，只能巍巍顫顫低首喘息。

蛇郎往前一望，前方赫然聳立著一座巨大岩塊，體積比魂樂車還要大上一倍。奇異巨岩遍布青苔，岩面有著彎彎曲曲的紋路，彷彿一連串咒文符號。

蛇郎好奇察看，彷彿想起什麼：「這個圖形……好像在哪裡見過……」

蛇郎疑惑之時，岩塊後方再度襲來一片紅霧。

林投見狀，莞爾一笑：「沒有回音靈的幫助，這片怪霧不足為奇。」隨即再度取出鬼傘，旋轉傘面，藉由迴旋大風將霧氣凝結，再交由金魅取出錦囊吸收。

「跟剛才一樣，霧氣只是普通的白煙。」林投警戒四周，提醒眾妖：「造成霧氣顯紅發熱的原因，另有奧妙，大家小心！」

剎那間，一道強烈紅光從岩石後方掃射而來。紅光夾帶巨大熱能，被光線照到的草葉霎時焦黑。

婆娑吹起口哨，靈鸚從空中浮現，長鳴一聲，就往岩塊後方飛去。

不久之後，一陣大呼小叫，四周掃射的紅光突然中斷。

「臭鳥，滾開！」

上身赤裸，遍紋百步蛇刺青的少年，霍然站上巨岩，雙手揮擋靈鸚的襲擊。他臉龐一挺，顯露出臉上一隻巨大的紅色獨眼，發出高溫紅光向靈鸚威嚇。

眼見敵人現身，林投驚訝發現對方也是祆學館的學生：「原來是你……毒眼巴里！」

「廢話少說，你們快滾！」總算擺脫靈鸚糾纏的巴里，語氣不善，轉頭向眾妖叫囂，臉上巨眼即將發出高溫紅光。

巫煙蛇騰飛而起，即刻盤繞住巴里全身，讓他動彈不得。

蛇郎擎起巫煙管，躍上巨岩，想制伏毒眼巴里。不料對方雙手猛烈一揮，掙脫白蛇纏繞，一把抓住迎面而來的煙桿，將蛇郎橫暴甩開。

巴里再度開啟毒眼紅光，蛇郎首當其衝。紅光如雷電般掃向蛇郎，蛇郎反應迅速，單腳一蹬，在空中華麗翻了一圈，落在巨岩另一端。

蛇郎舉起手，發現衣袖被紅光燒掉一角，不禁張眼瞪視：「喂喂，你這傢伙，賠我衣裳啊！」

眼見蛇郎遭受攻擊，菟蘿也向前支援：「大姐頭，妳的鬼傘應該能抵抗巴里的毒眼，妳先擋住他的攻勢。」

林投出聲應好，便高舉朱紅紙傘，替眾妖擋住四射紅光。

菟蘿口誦咒歌，張開魔藤結界，以巴里為中心，讓一連串的綠藤纏住巴里雙足。

儘管綠藤無法抵抗紅光高溫，逐漸被燒融，但巨岩周遭是一片翠綠叢林，菟蘿可以取用的資源無窮無盡。儘管憤怒的巴里一再燒毀藤蔓，但綠藤卻不斷復生，牽制住巴里。

眼見巴里疲於應付，林投覷準時機，高聲詠唱靈咒，再度凝結出數枚青綠火球，往毒眼巴里的臉部瞄準擊去。

閃避不及的巴里，被鬼火正面重傷，毒眼半瞇，似乎無力繼續發出紅光。

正當菟蘿召喚魔藤，將要綁住巴里時，在叢林一角，卻突然傳來一陣驚呼。

「啊！」

眾妖轉眼一瞧，發現竟然是一身皮衣的王天宗，不小心跌倒發出喊聲。

「人類……該死！」毒眼巴里瞧見王天宗，怒意激昂，即刻又要睜開毒眼。

巴里馬上要向王天宗攻擊，但眾妖與王天宗距離遙遠，鞭長莫及。人類體質纖弱，若被炙熱紅光擊中，恐怕瞬間就會灰飛煙滅。

千鈞一髮之際，婆娑再度深吸一口氣，將全身靈能貫注於胸口，靈息一吐，全力施展能夠震懾萬物生魂的語音。

他張口詠唱出，屬於金羽族的禁忌咒音。

劇烈的靈能湧動不歇，咒音夾帶七彩光輝，旋繞四周，頓時令在場眾妖心神一凜，瞬間停止任何動作。

毒眼巴里無法移動身軀，臉上巨眼也被這一股玄異咒音所衝擊，紅眼登時不停眨動，狀似痛苦難耐。

此時此刻，巴里腳下的巨岩似乎也受到婆娑靈能影響，竟開始晃動不已，岩石上的奇異紋路乍然發出光芒。

隨著光芒閃爍，巨岩竟開始裂出一條條縫隙。岩塊崩裂同時，毒眼巴里雙腳無法站穩，便翻滾跌下，墜落在巨岩一側。

怎麼會這樣……

婆娑一臉驚嚇，納悶不解。為什麼……他連續兩次施展金羽異能，都造成岩塊共鳴，甚至引發強烈震動？

隨著婆娑詠唱咒音越久，腳下的泥地竟開始晃動起來。

這是……地震！

婆娑驚覺不妙，趕緊停止發音。

隨著咒音停歇，地震也逐漸緩和，終至平靜。

「快點……菀蘿，綁住巴里！」婆娑大聲喘氣，朝菀蘿喊話。

菀蘿也被婆娑靈力影響，他勉強提起步伐，讓魔藤纏繞住毒眼巴里，以及早已投降的回音靈。

突然闖入現場的王天宗，一臉驚魂未定，只能癱坐在地上。

經歷巨岩崩解以及地震，現場逐漸恢復平靜。被婆娑異能影響的眾妖，也慢慢恢復行動能力。

「婆婆，沒想到你有這種特異靈能。除了讓我們動彈不得，竟然還會引發強烈地震。」林投拍拍衣服上的灰塵，訝然說道。

「我沒有引發地震啦，我也不知道為何會這樣……」氣空力虛的婆婆勉強接話。

「總之，多虧你了！」林投走近被魔藤綁住的回音靈，開口詰問：「妳平常在學館裡很乖巧，為什麼要胡作非為？」

回音靈雙耳低垂，囁嚅回答：「我才沒胡作非為……因為巴里請我來幫忙，我才來警告人們……」

林投望向一旁的毒眼巴里，納悶不解：「唉……你們在祆學館一向安分，為什麼要做出這種事？還有，『警告人們』，又是什麼意思？」

毒眼巴里蠻橫喊道：「妳不要以為自己是祆教師，就可以大聲說教。妳根本什麼都不懂！」

蛇郎也走近詢問：「琥珀呢？琥珀是被你們抓走嗎？」

「什麼琥珀？我不知道！」

毒眼巴里囂張跋扈，不論問什麼都只是引來一連串怒罵，蛇郎完全對他沒轍。

「等等，我想起來了。」林投靈機一動，來到金魅身邊，「小金魅，能拿出單眼式的眼鏡嗎？」

金魅取出金蠶錦囊，伸手找了一找：「雖然沒有獨眼鏡框，不過我有放大鏡……可以嗎？」

「好吧！放大鏡應該也可以。」

金魅隨即取出一把透明澄澈的放大鏡，交給林投。

接著，林投再請菟蘿製作出一圈綠藤頭環，勾住放大鏡，就變出了一個現成的單眼式眼鏡。

林投將頭環套上毒眼巴里的頭頂，放大鏡恰好對準紅色獨眼。

「別這樣……我……我好害怕……」

毒眼巴里的囂張口氣，竟然一百八十度大轉變，讓眾妖瞠目結舌。

「嘿，果然如此。」林投得意洋洋，「平常看你在祆學館，總會戴著一副眼鏡，應該是壓抑你本身爆裂性格的抑制器吧。毒眼巴里，再問你一次，為什麼你要製造紅霧，和回音靈一起戲弄人類？」

毒眼巴里低著頭說：「我才不是戲弄人類，我只是為了警告他們，想讓人們知難而退。」

林投不解，繼續質問：「為什麼你要讓人類知難而退？那些被捲進紅霧的人，都會反覆唸著『祖靈』，跟你們的警告有關嗎？」

毒眼巴里點點頭，坦承一切：「這幾年來，人類大舉入侵山林，甚至想在禁忌雙湖蓋一座遊樂園。大鬼湖與小鬼湖，是這片山林最為神聖的地方。如果連最後的聖地都被侵犯，就太超過了，所以……」毒眼巴里聲音虛弱畏懼，越講越小聲。

林投催促巴里繼續說下去。

毒眼巴里深吸一口氣，提起勇氣才開口：「所以，世世代代居住在禁忌雙湖的祖靈們，已經決議要對人類發動戰爭。」

婆娑聽聞巴里之言，猛然憶起昨夜經歷，於是問說：「昨晚，小鬼湖的湖面上出現許多身影，並且低聲吟唱歌謠，就是你說的祖靈嗎？」

聽到婆娑發問，巴里點點頭：「沒錯，那就是祖靈們的身影。他們吟唱招魂歌，發出號令，想要集結殘存在山谷森林裡的妖怪們，一齊對抗人類。」

菟蘿驚問：「難道，你跟回音靈想幫助那些祖靈，一起加入戰爭？」

巴里搖頭否認：「不、不是的。我想阻止這場戰爭。如果山中祖靈與妖怪們聯手對抗人類，肯定會兩敗俱傷。我曾經受過這座山裡的蛇神幫助，為了報答蛇神恩惠，我不希望這座山成為染血的戰場……，所以，我才想提醒人類趕緊離開這座山。只要人類離開了，戰事就不會發生。」

林投聞言，不禁說道：「唉……你們太天真了。這些人怎麼可能聽從你們的警告？」林投望了一眼癱坐在旁的王天宗，對方依舊滿臉害怕，一句話都說不出來。

巴里垂頭喪氣：「我也知道很難，但是除了這個方法之外，我想不到其他方式。」

聽聞巴里之言，婆娑心生疑惑：「但是，你們不是住在遙遠的鬼市嗎？怎麼會知道這座山將有戰爭？」

「那是因為我在祆學館的宿舍信箱收到一封信，信裡提醒，雙湖山將有戰爭發生。」毒眼巴里搔搔頭，面露困惑：「其實我也不知道寄信者是誰，上面只有署名什麼笛……」

婆娑驚問：「該不會是……吹笛者？」

「啊，就是這個名字。」巴里點點頭。

這時，蛇郎打斷談話，橫眉問道：「琥珀呢？你們把琥珀怎麼了？」

毒眼巴里慌慌張張地說：「我真的不知道琥珀在哪裡，我只在學館裡見過她幾次而已。可是在這座山上，我真的沒見過她。」

眼見巴里回答如此誠懇，蛇郎也不好再多說什麼，只能搖頭嘆氣：「琥珀到底在哪裡啊？」

突然，巴里轉頭問向一旁的王天宗：「人類……你們真的打算破壞這片山林？」

癱坐在地的王天宗，眼見毒眼巴里朝他問話，不知如何開口：「呃……我……」

「人類，你們願意離開嗎？」毒眼巴里再度發問。

王天宗仍舊支支吾吾。

蛇郎忖度良久，開口說道：「王天宗，雖然不知道你為什麼會出現在這裡，不過剛才的情景，你應該都看得一清二楚吧？既然被你看見了，我們也不需要再隱瞞。除了你之外，我們全都是妖怪，屬於靈界的成員。你信不信？」

面對蛇郎的問題，王天宗臉色慘白，說道：「我只能相信。因為……你們太不可思議。」

蛇郎繼續說：「如今看起來，毒眼巴里跟回音靈的行為，有他們的道理。但是，只由你代表人類講話，好像不太公平。不過，你身為王氏集團的公子，你可以……去勸勸你父親，讓他暫停山中樂園的開發計畫。」

「這……」

「如果你們執意在山谷裡興建樂園，被激怒的祖靈們，可不會像我們這麼好說話喔。」

王天宗深深呼吸，張嘴回答：「好……我會跟我父親說明。我會努力勸我父親，暫停開發這片山谷。」

眼見王天宗總算做下承諾，毒眼巴里也鬆了一口氣。

林投出聲提醒：「別這麼快就放心，還不知道他會不會信守承諾。」

「請相信我！」王天宗急忙解釋：「雖然我只是一名樂手，不過我也擁有王氏集團的股份，對於集團的經營方向，我有權利提出意見。請放心，我會盡全力阻止。」

儘管婆娑懷疑對方是在脅迫之下不得不妥協，但此時也只能聽他這樣約定。婆娑補充說道：「除了要阻止開發計畫，同時，你也不能洩漏我們的身分。」

王天宗嚥了嚥口水，默默低下了頭。

6. 地牛

搭上魂樂車，眾妖終於回到雙湖山大飯店。杜鵑在門口焦急踱步，總算等到眾妖返回。

眼見大家遍布大小傷痕，杜鵑驚問：「你們怎麼都是傷？琥珀……有找到嗎？」

婆娑失望地說：「我們已經查清楚，那陣紅霧其實是毒眼巴里和回音靈在作怪。至於琥珀……似乎跟他們無關。我們也不知道琥珀在哪裡。」

林投接著說：「我從昨天就開始施展搜靈術，想要感應飯店四周是否有琥珀的靈力痕跡，但是卻一無所獲。琥珀不可能一聲不吭就離開，所以我想……她很有可能被拐走了。」

大夥兒一籌莫展之際，扶著門口柱子正在歇息的王天宗，忽地開口：「雖然不知道是否時機恰當……但是有件事，想跟你們說，也許可以讓你們振奮一下心情。」

這時，王天宗從口袋取出手機，遞給蛇郎。

王天宗按了幾個鍵，手機上就投影出一段驚心動魄的畫面。

那是眾妖搭乘魂樂車，在紅霧瀰漫的山林間穿梭演奏的畫面。

蛇郎出聲質問：「為什麼這段影片會被上傳到網路？這是你偷拍的吧！你方才不是答應，不會洩漏我們的身分？」

王天宗眼露歉意，說道：「沒錯，這是我拍攝的影片。其實，我會跟蹤你們，只是因為對你們太過好奇。當紅霧從飯店散去，我看到你們駕著車子出去，我便騎著我的磁浮機車跟在你們後頭。結果，你們在車上的演奏，實在太讓我訝異。那樣驚心動魄的演奏，前所未見，我實在……太過震撼。我一心想記錄下你們的演奏姿態，便倉促拿起手機攝影。後來，我才發現，我意外將這段影片放在網路上直播。但是，請你們放心，我並沒有洩漏你們的身分！這段影片，只有拍攝你們在車上的演出而已。」

蛇郎仔細一瞧，確實如王天宗所言，這段影片只有眾妖演奏的畫面，並不是拍攝他們在巨岩對戰的情景。

婆娑這時插話：「那你剛才說，可以振奮我們的心情，又是什麼意思？」

這時，王天宗再度按下幾個按鍵，手機投射出來的影片消失，網友留言板瞬間浮現空中，竟然滿滿是網友讚賞。

——哇，超酷！在拍電影ＭＶ？

——這歌怎麼那麼好聽！這是哪個樂團？

——跟震天霆比起來，這才是頂級的視覺系演奏啊！

一連串留言，幾乎都是好評。網友們似乎完全沒有察覺他們的妖怪身分，反而對他們氣勢磅礡的演奏印象深刻，佳評如潮。

「天啊，我竟被封為鼓手女神！」林投驚聲尖叫起來。

眾妖也望著網友留言，目瞪口呆。沒有想到，他們在山谷間的演出，竟引起網友熱烈矚目。

王天宗苦笑著說：「影片點閱率，短短時間竟然已經衝破一萬，甚至比我們震天霆最暢銷歌曲的點閱速度還快。實在是……不可思議。如果你們在音樂祭也維持一樣的品質，最後票選成績，應該會是我們兩團一較高下。」

蛇郎總算收斂起敵意，忍不住粲然一笑：「我們的樂曲，你也喜歡吧？」

王天宗點點頭。

這時，震天霆另兩位團員從大廳窗戶瞧見王天宗，趕緊走出門外與他會合。

「團長，你怎麼全身髒兮兮？」女鼓手康霆驚訝發問。

「說來話長……先扶我進去吧，我的腳扭到了。」王天宗揮揮手，向眾妖道別：「關於開發的事情，我會盡量阻止。」

蛇郎拿著手機：「這是你的……」

「送給你們吧，也算是感謝你們的救命之恩。通往山下的磁浮道路在今早已經搶修好了，所以我們震天霆等一下就會先搭車前往鳳山城。總之，明日的音樂祭，我很期待。」王天宗話一說完，便在康霆與詹震兩人攙扶之下，走進飯店大門。

此時，一旁的金魅驀然發出驚呼。

「大姐頭，有消息了！」

沉浸在網友讚賞中的林投大姐，猛然驚醒：「小金魅，該不會是椅仔姑？」

金魅從錦囊裡，掏出一把不停震動的長柄手鏡：「總算來通知了！」

「這裡人來人往，不太方便。我們去庭園裡再說。」

在林投的建議之下，大夥兒便離開飯店門口，走到戶外隱僻的林道。

樹林間有著一排排長椅，金魅隨即將長柄手鏡放置椅子上。

不斷震動的鏡子，一旦放在椅上，倏地停止晃動，緩緩浮空而起。

清澈的鏡面上，逐漸浮現出一名老者的臉龐，皺紋滿面，還留著兩串長長的白鬍子。

杜鵑好奇發問：「這就是椅仔姑？」

「不對……」婆娑驚道：「阿爺，怎麼是你？椅仔姑呢？」

「椅仔姑幫我聯絡你們之後，正在一旁納涼。總之……哎哎，你這小子，竟然偷跑到鯤島，完全不跟我報備，討打嗎？」魔蝠長老一臉氣憤，在鏡中破口大罵，甩動著花白鬍子，唾沫橫飛，還以為要從鏡裡噴出一大串口沫。

婆娑只好趕緊安撫：「阿爺……你別生氣，小心太激動，心絞痛的老毛病又要犯了。」

「呼呼……還會擔心我，算你有良心。」長老撫著胸口，不停喘氣。

這時，林投出聲抱怨：「長老，你聯絡的速度太慢了吧！」

「林投啊，別那麼急性子。自從我聽到椅仔姑轉述你們的遭遇，我驚覺大事不妙，想要請椅仔姑快點聯絡你們。」魔蝠長老一邊說話，一邊捻著長長白鬍：「只不過，你們所在的地方實在太偏遠了，連椅仔姑的通靈能力也很難連上線。總之，我想先問你們，你們在鯤島這幾天，是不是一直發生地震？」

「阿爺，為什麼你會知道？」婆娑大吃一驚。

魔蝠長老一臉鐵青，捻鬍子的手也瞬間僵掉，良久之後，才嘆了一口長長的氣：「唉……靈數命定啊……最糟糕的事情終究發生了。」

婆娑搖頭不解：「這是什麼意思？」

「我認為，太歲的目的，就是為了喚醒『大惡災』的罪魁禍首。因此，太歲才想要擒抓你。」長老語重心長。

聽聞魔蝠長老的話，眾妖面露疑惑。

「你們應該知道，大惡災是多年前的一場大災害。那場災變讓無數的妖鬼神魔死傷慘重，靈界地域也因陰陽變異而千瘡百孔。但其實……那場災害，是鯤島地底下的地牛所造成。」

林投瞪大眼睛不敢置信：「地牛……該不會就是傳說中棲息在地下的妖魔？我還以為這只是傳說而已。」

「地牛確實存在。知曉此事者，世上寥寥無幾。我也是因為機緣，才知道這件事。」魔蝠長老鬆開捏著長鬍子的手，雙手抱胸，憂心忡忡地說：「地牛，其實本名為毗舍邪，是三百年前被祆羅所收服的恐怖魔怪。這三百年來，毗舍邪都被封印在鯤島的地底下。不過，當初封印的力量，隨著時間越來越衰弱。」

金魅聽到長老解說，側著頭似乎聯想到什麼，臉色一片慘白：「地牛……封印……難道，多年之前的大惡災，就是毗舍邪想要衝破封印，才會引發災情？」

長老點點頭：「靈界之所以發生大惡災，是因為鯤島頒布禁謠令，造成山海之間靈能大量流失，讓封印更加弱化，毗舍邪因此大鬧一場。他不只在鯤島引起大地震，甚至在他的衝撞下，靈界空間也產生巨大裂縫。雖然那次災變，毗舍邪並沒有成功衝破封印，但也讓靈界遭受莫大損害。而在三百年前，與毗舍邪一同禍亂世道的惡黨，就是你們遇到的恐怖對手，名為太歲的傢伙。毫無疑問，太歲為了破除毗舍邪的封印，一直在進行準備。因為，明天將是日蝕之刻，封印將在那一天進入最衰弱的狀態。不過，在日蝕之前，還必須將龍穴中的封印石破壞，才能順利解除封印。」

此外，魔蝠長老還補充，祆羅當時就是利用左旋白螺與右旋白螺合而為一的法螺寶器，順利鎮壓毗舍邪。長老猜想，太歲請魔尾蛇偷竊白螺，應該是要預防毗舍邪再次被鎮壓。

「封印石？該不會……」蛇郎彷彿想起什麼，趕緊說道：「在北城的地洞中，我們曾經看過石壁上有怪異的圖文，就連剛剛看到的巨岩上頭，也有類似的紋路。該不會……這就是封印石？」

魔蝠長老拿出手巾擦拭額頭冷汗：「我就知道是這樣……，婆娑，你是不是在北城地洞還有那塊巨岩附近，施展了金羽族獨特的異能咒音？」

「確實是這樣……，阿爺，這到底怎麼回事？」婆娑心中隱隱擔憂，感覺自己做了什麼不得了的事情。

「唉，是這樣子……，鯤島這座島，其實是遠古之前一尾巨大龍鯤死後所留下的遺骸。當初祆羅無法徹底消滅毗舍邪，所以就決定將他封印在龍鯤屍身的最底層，想藉由龍鯤殘留的龍氣，鎮壓毗舍邪的龐大魔能。不過，因為大惡災的緣故，封印能力更加脆弱，所以……後繼者便在龍鯤遺骸裡的四個龍穴，以封印石強化鎮壓效能。婆娑，你所擁有的金羽族異能，就是能夠和封印石共鳴的能力。只要封印石受到共鳴影響，石中隱藏的能量就會激盪散離，失去鎮壓的效果。」

婆娑聞言，恍然大悟。

他這兩次施展異能，陰錯陽差，竟解放了封印石的靈力。

地震連連，確實因他而起。

「事已至此，婆婆……，你接下來，千萬不能再施展異能！」

蛇郎開口問道：「長老，你知道剩下兩處封印石在哪兒嗎？」

魔蝠長老繼續解釋：「一座在府城的古老城堡地底，另一座，則是位於黑水洋的深海底部。幸好，這兩處封印石位置隱密……」

正當長老說到一半，猛然，樹上傳來尖銳的笑聲。

「哈哈哈，你們還真以為能跟神座大人對抗？」

一隻赤羽怪鳥停駐在高聳的樹枝上，輕蔑奸笑。

眾妖還來不及反應，邪鳥就拍振起羽翼，作勢飛離，並丟下一句話。

——呵呵，你們的小琥珀，正在神座大人的城堡中作客喔！想要跟你們的團員敘舊，就來熱蘭遮城吧！不過……如果婆婆沒來，你們應該能猜到，會發生什麼恐怖的事情吧？

妖鳥話一說完，就在空中迴旋一圈，拍翅飛離。

一陣又一陣邪性笑聲，在眾妖耳畔久久不散。

間奏曲：打工交易

身為學生會專屬書記兼衛生糾察員，除了要協助會長處理各項事務，也要在學館走廊張貼「愛護整潔」與「服儀乾淨」的宣傳單，或是向祆學士宣導環境衛生的重要性。這些工作，皆是我職責所在。

——堅持正確之事，就算會被討厭，有些事還是不得不做。

一角獸會長經常這樣說，勉勵著我。

雖然張貼傳單、向同學提醒衛生，都是吃力不討好之事。但是，只要想起會長她說的這些話，我就勇氣倍增。就算被翻白眼，都要赴湯蹈火完成任務。

會長的存在，總在我心中點起一盞明燈。

雖然現在正逢休館月，會長因放假而返回角魔族。但，我也要好好待命，努力維持會室整潔，讓她隨時能踏入一塵不染的房間。

只不過……應該要清掃學生會室的我，如今卻坐在一輛造型狂放的車輛上，跟著樂團成員們，往鯤島府城疾速奔馳。

駕駛座上的菟蘿，向來溫文儒雅，一握上方向盤，性格彷彿即時顛換，左彎右拐毫不客氣。前座的蛇郎，雙手交叉放在頭後，對於恐怖車速似乎樂在其中。位於中座的婆娑，撫著下巴，一臉深思看向窗外。我在祆學館見到婆娑，他總是這樣冷漠表情，本來以為他難以親近，沒想到加入樂團後，才發覺他外冷內熱，對朋友不吝付出。

至於我身旁的大姐頭，儘管雙手抱胸正在閉目養神，凌厲煞氣依然能從威嚴臉龐透射而出。我行我素的惡鬼。

本來，我也是這樣看待大姐頭。尤其是前幾天，我正在學生會室拿起金毛撢子，四處清潔時，林投大姐昂頭闊步，大剌剌闖進會室。

「嗨嗨，魔競塔唱謠冠軍，妳想不想打工？」來勢洶洶的林投，舉起一份文件。

果真是任性妄為的惡鬼，毫無老師風範。跟英姿煥發、總是雍容不迫的一角獸會長相比，簡直天差地別……，正當這樣想的時候，我大喊一聲。

「這是……會長的入學申請書！」

我盯著林投大姐手上拿的文件，感到不可思議。

鬼市妖怪若要進入祆學館，都必須遞交一份申請書，經過學館內長老們的審查，才准許入館。按照規定，申請書都必須附上一張經由「靈念寫真」拍攝下來的照片，作為審查參考。

完美無瑕的一角獸會長，她是所有祆學士仰望崇敬的偶像。只不過，再完美也有缺憾，一角獸會長羅患難以治療的病症──鏡頭恐懼症。

她一旦面對鏡頭，就會恐慌發作，頭暈目眩幾乎要窒息。這種病因不明的恐懼症，讓會長拒絕任何拍照機會。

但是……林投大姐手中這份祕密文件，顯露出第二頁一角，明顯是一張靈念寫真照的局部。

該不會，為了遞交申請書，會長曾經勉強克服困難，拍下一張難得照片？

我摀著嘴，克制自己不要尖叫。

「這份資料隱藏的祕密，是不是很危險？」林投大姐笑容可掬，繼續說下去：「就像我剛才說，這是打工，其實也算交易。只要妳願意接受我的條件，這份文件的安全，就由妳妥善保管。」

「什……什麼條件？」我嚥了嚥口水。

「蛇郎組織了一個樂團，將在鯤島演出。只要妳願意成為樂團的主唱，並且聽從我一切指示，這份資料……就由妳負責保管。當然，這份資料可是真品喔。」

果然是狡猾的惡鬼。身為學生會書記，這麼偷雞摸狗的事情萬萬不能妥協。

可是……這樣的條件，實在太誘惑。全靈界可能唯有一張的會長玉照，就夾藏在我前方的文件中。

如果，林投大姐手中的文件不小心洩漏，肯定後果不堪設想！看來……只有我能擔此重任。

所以……我伸出手，收下這份資料。

林投大姐含笑點頭，接著，便將歌謠社組成妖幻樂團的詳細情形告訴我。

聽完解說，我不禁疑惑：「但是……大姐頭，為什麼妳這麼堅持，一定要加入樂團？」

我的疑問讓林投愣了一下，她思忖片刻，字斟句酌緩緩說道：「因為……我想實現夢想。」

我瞪眼呆住，不知該作何回答。

林投輕輕綻放笑靨：「很久很久以前，因為人們害怕我的存在，就為我蓋起一座宮廟，讓我成為廟中主神，擁有香火供奉。只不過，因為市區改建，這座廟就被拆除了。雖然沒了棲身之廟，只能再度遊蕩鄉野，甚至千里迢迢跑來鬼市當祅教師。但是，我反而鬆了一口氣，總算不用天天正經八百坐在廟殿裡。」

我發問：「這跟夢想有什麼關係？」

不同方才粗枝大葉，林投大姐有些彆扭地說：「在廟裡，最開心的日子，莫過於信徒做戲來還願。既然被奉獻香火，我也不能敷衍了事，有時候我就會幫助信徒解決困難。事後，信徒為了答謝，就邀請戲班來廟前。我觀賞著一齣又一齣的劇目，不知不覺，就開始愛上那些華麗演出，以及美妙的唱詞。」

林投頓了頓，彷彿在思考該如何敘述，一會兒才繼續說：「我……以前當人的時候，卑微又悲情，活得毫無喜悅。轉成鬼身之後，我也討厭身為厲鬼的恐怖形象。結果，好不容易有了神靈職位，以為能安身立命，但是，我日日夜夜為信徒勞碌奔波，卻弄得心力憔悴。這時，我看到戲臺上的演出，眼神一亮……，這份悸動，讓我萌生了一個想法。沒錯，這就是最適合我的地方！只有在舞臺上，才可以無拘無束展現自己。從此之後，擁有一個屬於自己的舞臺，成為我心中願望。」

林投大姐眉飛色舞，越說越激動，似乎好不容易找到一個願意傾聽的對象，想要一股腦兒把所有心情都說出。這時，我也漸漸明瞭大姐頭的心情。

就這樣，我在林投大姐的指揮下，與她悄悄爬上魂樂車的車頂，與歌謠社的成員們前往鯤島。並且，也順利成為妖幻樂團的女主唱，還結識了與團員們交好的女子杜鵑。

沒想到，卻意外捲進一連串恐怖陰謀。

魔尾蛇圖謀搶奪左旋白螺，還與太歲合作想綁走娑娑。在山中與毒眼巴里、回音靈敵對。此時，又出現紅羽毛的怪鳥以琥珀作為要脅，逼迫我們前往府城。

接二連三的襲擊，一直讓我驚恐萬分……

若真如長老所言，邪惡怪物一旦被喚醒，後果絕對不堪設想。我毛骨悚然，眼前再度浮現數十年前大惡災發生的情景。

在那場災厄中，將近三分之一的巨魔蚤扇貝崩陷，位於其上的鬼市街樓也損失慘重，無數妖鬼斷魂當下。原來，大惡災的起因，正是因為地牛試圖衝破封印。

若這一次，地牛被成功釋放，不只是鬼市受到影響，鯤島也會首當其衝，極有可能島毀陸沉。

婆娑已經在無意間釋放兩座封印石的鎮壓能量，接下來，婆娑千萬不能再靠近封印石。事與願違，怪鳥的通知讓我們陷入兩難。

結束與魔蝠長老的通靈談話後，蛇郎臉上暴現青筋，緊握拳頭，咬牙切齒說著：「我們去府城，婆娑留下。」

「我也要去。」婆娑出聲反駁。

蛇郎搖搖頭：「剛才長老的話，你沒聽到？你去，就是自投羅網！」

「我不會讓他們稱心如意。只要我不施展金羽異能，他們又能如何？」婆娑眼神堅定，似乎已經打定主意。

「這樣還是太危險了，難保他們不會使出什麼詭計。」菟蘿不同意婆娑的決定。

杜鵑著急地喊：「但婆娑不去，不知道對方會對琥珀怎麼樣……，這該如何是好？」

林投大姐默默聽著大家爭論，突然轉頭朝向我：「小金魅，妳怎麼看？」

已。

突然被指名，我驚慌失措起來。

我並不習慣發表意見，就算在學生會裡，我也只是將一角獸會長交代的各種事務妥善辦好而已。

因為林投大姐的發言，大家轉而將目光放在我身上，我頓時頭暈目眩。

「我……這個……我……」

林投大姐安慰我：「別緊張，我們只是想聽聽妳的想法而已。」

就在我不知如何開口之時，驀然想起常在大家面前發表言論的一角獸會長。她總是從容不迫，情感真摯傾訴自己的想法。

會長勉勵我的話語，再次浮現心頭，彷彿出現一股堅毅力量，推著我前進。雖然我知道，我一旦說出心中真正的想法，可能會引來反駁。但是……如果現在不講的話，就永遠沒有機會說出口。與其未來後悔，不如現在努力行動。

我抬起頭，望著大夥兒，深吸一口氣才啟齒：「我……覺得，婆娑應該跟我們一起去。就像杜鵑所說，……如果婆娑不去，難保太歲他們不會對琥珀施展毒手。雖然婆娑若去，正中他們下懷，但如果我們還沒努力，就輕易放棄了，琥珀可能會很危險。所以……我認為婆娑也要去。」

我好不容易說完話，大夥兒卻低著頭，遲遲沒有回覆。我以為，自己講錯了什麼。

「啊……這只是我的小小意見而已，大家不用參考，沒有關係。」我揮著手想化解尷尬。

此時，蛇郎摸了我的頭一下：「小金魅說的沒錯。好吧，我們就一起去府城。我們絕不會失去任何夥伴。所以，婆娑……你聽好！你是太歲首要目標，解救琥珀的過程中，你千萬不能驅動體內的金羽異能。」

蛇郎的話，獲得大家認同，也解救了我害怕說錯話的緊張心緒。

所以，我們趕緊搭上魂樂車，順著磁浮道路，往府城方向疾駛。

如同震天霆團長所言，因為地震而損壞的道路已順利運作，來來回回的磁浮車輛穿梭於山林道路之間。

雙湖山的山腳下，即是鳳山城。不過，我們的目標則是府城，所以來到山腰道路時，菀蘿折了一個彎，便將魂樂車開向分岔出去的道路，急速駛往府城。

在路上，菀蘿曾向蛇郎提醒，這一趟前往府城，可能會錯過明天的音樂祭。不過，這幾天一心一意期待音樂祭的蛇郎，卻語氣堅定地說：「這個時候，還有什麼比琥珀更重要的呢？何況，我們樂團的演奏已經在網路上大放光彩，連震天霆團長都自嘆弗如。我想贏過他們的心願，也算是達成一半了吧，呵呵……」

聽到蛇郎這麼說，我暗自欽佩起他與同伴之間的深厚情誼。以前在學館裡，常看到一堆愛慕者圍繞他身邊，我始終以為他是放蕩任性的花花公子。但是如今，我的這些刻板印象早就不存在。

這幾天與大夥兒相處下來，我不禁認為，眼前這些夥伴，絕對是我在袄學館中最值得交上的朋友。

我們一定會順利救出琥珀，並且阻止太歲的陰謀。

一角獸會長，也請妳相信我，我絕不會辜負妳對我的期望。

第五章

迷宮城

奉請三星照令符，
天上日月來拱應。
——太歲星君咒

手掌上，兩顆珠子。

浮爍熠熠光芒的輕盈珠子，小巧玲瓏，似乎毫無重量。一顆珠子呈現白潤輝亮的色澤，另一顆則是烏溜溜閃現詭譎靈采。瞇眼凝望，在兩顆珠子的核心，竟輝映出歷歷在目的山海景色。

我一手捧起白珠，灼光炯炯，珠內正展現明亮白晝的畫面，由上而下鳥瞰世界萬物。先是廣袤無垠的湛藍大海，浪濤悠悠，還有木造船帆在海上航行。接著，視角往前滑移，越過了木船……，前方赫然出現一片海岸，往左右兩邊無限綿延，岸邊有矮綠樹林盤據的泥質濕地。畫面再往前飛行，田野之間散落一排排茅草屋，聚落裡的黑犬朝觀看的角度不停張嘴，似乎正在吠叫。畫面一陣顛簸，便往側邊滑去，再度攀空，瀏覽川河森林，水鹿群奔，以及雄偉山巒……，這一座壯麗大島，鳥瞰眼光一覽無遺。

手握白珠，溫暖漸增。連續播放的絢麗畫面，讓我深深著迷。

另一顆黑珠，觸之卻是寒涼。珠中畫面雖是一模一樣的海洋波濤、山野森林，但並非白日情景，反而是黑夜時序。

一鉤明月映照粼粼海波，燃起燈火的漁船正在忙碌捕魚。島上山林幽深難測，俯瞰視角直直滑行，穿越寂寞的高峰、漆黑的峽谷，定睛一瞧，叢林之間有著飛鼠雙眼在發光，騷動的枝葉暗示不平靜的夜晚。

珠子一白一黑，珠內畫面一晝一夜，飛行俯望的畫面不斷播放，沒有重複，似乎也無盡頭。

第一顆珠子，是在北城地下洞穴意外拾獲。

第二顆珠子，與長老談完之後，才發現口袋裡不知何時掉進這顆珠子。仔細回想，也許是在山中戰鬥時意外落入。

也許……並非意外。

每當解開封印，我都能拾得珠子，難道這些珠子與封印有關？

珠子在他者眼裡似乎很普通，就算是眼尖的蛇郎，將白珠拿在手上把玩，也沒發現珠子特異之處，更無法看見珠內的山海風景。

但……只要我觸及珠身，珠內就會開始放映與眾不同的日夜風光。這兩顆珠子，能和我本身靈能產生共鳴。

儘管與如今高樓聳立的風景截然不同，但珠內播映的地景，應是鯤島。

我雙手捧著兩顆珠子，心中驀然揚起一陣熟悉感，以及一種低沉的傷感。彷彿……珠子想向我說些什麼。

到底是什麼呢？

我小心翼翼摩挲起兩顆珠子，不經意之間，雙珠碰撞在一起，發出清脆響聲。這時，雙珠由內而外，散發出一股暈黃透亮的色彩。

模糊的聲音幽幽蕩蕩傳來。

雙珠互擊，似乎開啟某種開關，珠內傳出一陣柔婉低吟的歌聲。

那是——

1. 斷牆

魂樂車一駛入府城主要街道，眼前即是銀光閃閃的大廈林立，蜂巢式高樓建築隨處可見。四通八達的磁浮軌道交叉其間，也有密密麻麻的高架道路橫貫空中。巨大的電子投影螢幕充斥街角，不停播放新聞節目或商品廣告。

眾妖先前遊歷北城或鹿港城，所處位置大多是刻意仿古的老街或度假村，還不曾真正踏入興國現代城市的核心區域。因此，面對府城時尚前衛的城市街景，眾妖大吃一驚。

「好像……來到另一個世界。」菟蘿一邊說話，一邊將車速慢下，閃躲後方急著要超車的磁浮車輛，「按照杜鵑所說，熱蘭遮城在這附近吧？我先將車停在路邊。」

等待車子一停，杜鵑踏上府城街道，表情卻猶豫不決：「其實，我只知道那座古城在附近，但不清楚確切位置。古城遺蹟原本是觀光景點，卻因為經濟效益不佳而被賣給民間集團，在市區改建時，聽說也被拆除了。」

菟蘿一臉訝異：「糟糕！既然沒了遺蹟，我們要怎麼去找琥珀？」

蛇郎轉念一想，說道：「沒關係，我認識一個在府城待了很久的傢伙，也許他能幫忙。不過，我也只知道他常出沒的地點，那是一處名叫『灶仙樓』的餐廳。但是，現在城裡道路丕變，我也不知道怎麼走……」

蛇郎還未說完話，身後竟傳來說話聲：「我知道在哪裡！我們正要去灶仙樓品嘗名聞遐邇的小籠湯包！」

眾妖愕然望去，沒想到竟是戴著大草帽的王芸，喜孜孜向婆娑揮手：「婆娑大人如果想要去那邊，我很樂意帶路！」

原來，前來府城的路上，杜鵑與王芸一直透過手機訊息聊天。正在苦惱約會景點的王芸，一聽杜鵑說要前往府城，也決定跟著過來。

王芸現身，讓婆娑很訝異。但是，更吃驚的是，王芸正一手挽著水鬼，狀似親暱。

婆娑不禁發問：「這是……水鬼？」

「呵，你們嚇了一跳吧。」王芸察覺到異樣眼光，大方地把水鬼拉上前：「就像你們看到的，我們正在交往喔。」

將黝綠長髮束成馬尾的水鬼，有些害羞地說：「自從阿芸知道我的身分，竟不害怕，還纏著我問一些妖怪、鬼怪的事情。不知不覺，我們就在一起了……」

「你們速度也太快了吧！」林投驚呼。

「真的要感謝你們幫我們牽紅線。」水鬼扭扭捏捏，嘿嘿傻笑。

林投忍不住問：「阿芸，他可是跟蹤狂耶，難道妳不介意？」

王芸笑著說：「一開始我也很猶疑，可是越跟他相處，越覺得他可愛。沒想到世界上很多稀奇古怪的事情，都是真實的存在。至於……他會跟蹤我，也只是因為悶葫蘆個性。要是他早點跟我告白，也許我們早就在一起囉。」

正當眾妖震懾於不可思議的緣分，蛇郎哈哈大笑：「真是可喜可賀呀！既然順利在一起了，水鬼……你千萬不能辜負阿芸！」

「這、這是當然，我肯定會好好負責！」儘管水鬼總是一臉頹喪，這時卻勉力振奮起精神，語氣抖擻表明心意。

「好喔，我拭目以待。」蛇郎揚起笑容，轉頭詢問王芸：「話說回來，妳剛才說……可以帶我們去灶仙樓？」

王芸點點頭：「是呀，我們正好要去那裡用餐，就一起去吧！」

「真是太好了！我要找的傢伙，就在那家店裡。」蛇郎撫掌微笑。

於是，在王芸帶領下，大夥兒便前往這間位於附近路口的麵食餐廳。

掛著「灶仙樓」木質招牌的店面，人來人往，生意興隆。

「沒想到，這傢伙的事業做得挺大。」蛇郎目睹門口排隊的人潮，不禁咋舌。

菟蘿問說：「社長，你說的朋友，究竟是何方神聖？」

「他名喚灶君，這家灶仙樓就是他開的餐廳。只不過，我們突然來訪，不知道他在不在……」蛇郎左瞧右望，看到店內客人有不少女性，笑著說：「看樣子，他應該會在場。」

婆娑正疑問蛇郎何以如此肯定，這時，店內響起一陣騷動。

「不要離我太近，你會被我的帥氣灼傷喔。」一名西裝筆挺的俊俏男子意氣風發從廚房內場走出來，不時朝店裡的女客人展露迷人的微笑。

儘管男子作風大膽，但浮誇行徑沒引起太多反感，就算是男客人也嘻嘻哈哈朝他敞開胸懷作勢擁抱。

「非禮勿近！非禮勿視！」西裝男子慌慌張張左閃右躲，引起哄堂大笑。

蛇郎一臉看好戲的模樣：「灶君，別來無恙啊？」

灶君好不容易躲過男客人的擁抱，踉蹌走至門外，喘著氣說：「哎呀呀！原來是蛇兄～真是好久不見。」

灶君察覺蛇郎背後站著四名女子，便趕緊整理衣袖，束好胸前紅色領結，鞠躬說道：「不好意思，唐突各位佳人。我先自我介紹，在下名為灶君，也是這間灶仙樓的經營者。您們光臨，是敝店榮幸。」

只見灶君腳步踏前，想搭訕躲在林投大姐身後的金魅，菟蘿趕緊出面喊叫社長。

蛇郎總算想起此行目的，說道：「灶君，別胡鬧啦！我們來這兒，其實……」

灶君一臉熱情，朗笑點頭：「我當然知道你們的目的。你們聞香而來，想大快朵頤是吧？」

王芸挽著水鬼，上前解釋：「其實只有我們兩位要用餐，他們找你另有要事。」

「嗯嗯，原來如此，小姐與您的朋友請先入席吧！只要報上我的名號，服務生會替你們特別安排貴賓席喔。」

眼見水鬼拉著王芸急急走入餐廳，灶君納悶不解：「奇怪……，我明明這麼彬彬有禮，為何急著要走？」

蛇郎哈哈笑說：「你一直對阿芸拋媚眼，難怪水鬼會不開心。你死心吧，她已經名花有主。」

灶君攤著雙手，搖頭說：「緣分不可強求，只可惜我晚了一步。不過……你們找我有事？」

「我們對府城不熟悉，想請你帶我們找熱蘭遮城。」

灶君對蛇郎的要求頗感訝異，不禁疑惑：「熱蘭遮城？為什麼你們要去那種無聊的地方？乾脆先進我的灶仙樓，好好品嘗我引以為傲的的七巧小籠湯包。不只皮薄汁多，還用七種不同餡料製成，所謂七巧是……」

等不及灶君說完，杜鵑急道：「救妖如救火！我們得趕去這座古城救回同伴，阻止太歲陰謀。請你先帶我們過去吧！」

「救妖？太歲陰謀？什麼意思？」

面對灶君提問，菟蘿趕緊將事情原委簡略敘述一遍。隨著菟蘿解說，灶君臉色也逐漸凝重。

「最近地震那麼多，原來是這麼回事。」灶君拉一拉西裝衣領，拍著胸膛說：「好吧，我帶你們過去！」

於是，大夥兒便返回魂樂車，在灶君的引導下，前往古城遺址。

「據你們所說，婆婆之所以會接連解開封印，都是因為太歲暗中安排？」車子行駛之際，灶君一邊思考，一邊提出疑問。

婆婆點點頭：「嗯……，我們來鯤島停留的地點，恰巧都是封印石的所在位置，這絕非湊巧。而且，不論是郁金屋的周小茶，或者是毒眼巴里，都是受到一封署名『吹笛者』的信件蠱惑，才犯下事端。」

「原來如此……，也就是說，太歲其實就是『吹笛者』嗎？他暗中藉由這個身分引起混亂，藉機想讓你靠近封印石。」

婆娑點點頭：「這是一種可能……」

討論之際，魂樂車也順利抵達灶君指示地點。

「灶君，這位置沒錯吧？」蛇郎一下車，四處張望卻是一棟棟高樓豪宅，沿街皆是銀行企業、珠寶店，路上每一位行人都裝扮時尚，行頭貴氣。

蛇郎不禁疑惑，這種上流街區怎麼看，都不像是古代城堡會出現的地點。

「別急躁，跟我走。」灶君領著大夥兒走進狹窄巷口，在防火巷弄內穿梭，停步在一家精品服飾店的後方。

灶君指向前方轉角，向大家解釋：「前幾年這塊街區改建時，古城幾乎被剷平，但有一處地方是畸零地，尚未被開發。若那隻鬼鳥要你們前往古城，或許這處遺址有什麼線索。」

大家走過轉角，服飾店後方的小巷角落，赫然出現一面低矮的斷牆，牆面覆蓋著一叢叢翠綠攀藤，幾乎要掩蓋住牆體。在一排排高聳樓屋的縫隙之間，古牆的存在突兀而詭異。

兩旁高樓遮住光線，僅剩約兩尺寬的古牆顯得很陰暗。這座斷牆，磚石斑駁汙穢，黯然荒涼，與方才街道上繁華氛圍迥然相異。只要一踏近斷牆範圍，一股不知源頭的濃厚濕氣就會襲面而來。

灶君解釋，本來建商也想開發這塊小區域，不過只要一開工，駕駛怪手的操作員或是工程負責人都會遭遇厄事，甚至還有人因為工地事故去世。所以古牆拆了一半，改建工程就喊停，最後只留下這面牆不了了之。

「只剩下這面小牆，根本不算什麼城堡嘛！那隻紅毛怪鳥該不會在耍我們？」蛇郎撇著嘴，心生不滿，前前後後繞著石牆轉了一圈，也拿著煙桿敲著髒汙牆面，揚起陣陣塵埃，「莫非這座斷牆藏有什麼玄機？」

菟蘿站在古牆前方，端詳陰暗牆面一會兒，彷彿發現什麼：「蛇郎，你看這處灰磚排列起來的圖形，像不像一隻大魚？」

「有魚？我來瞧瞧。」蛇郎好奇心起，用煙桿敲擊猶如魚形的斑駁磚面。

沒想到，石牆遽然發出低沉聲響。隆隆聲響逐漸歇止時，牆面竟然浮游出一尾透明晶亮的紫眼龍魚。

不可思議的巨大龍魚洄游半空，大夥兒驚呼連連。正當灶君想伸手抓住牠，龍魚卻陡然擺尾，直直往斷牆前方的地面衝去。

剎那間，龍魚晶瑩形體就潛進泥地，轉瞬消失。

「咦？這是……」灶君還沒反應過來，腳步一空，竟往下墜落。

以龍魚潛入的泥地為中心，地面竟開始層層崩解，眾妖不及退後，便接二連三跌進不停擴大的地洞。

2. 禁錮

眾妖漂浮空中，彷彿足履透明平地。舉目環顧，盡是一片虛無星空。

猶如身處銀河宇宙之間，遠方閃爍著一顆又一顆的星光，魔幻又縹緲。儘管踏步向前，沒過多久卻會莫名其妙回到原先位置。就算婆娑展開羽翼極力往上飛，也會再度從下方飛返原地。

無比遼闊的空間，卻如同狹窄牢籠，眾妖無路可走。

「幸好杜鵑沒跟著跌進來。」菟蘿鬆了一口氣，小心翼翼查看四周，惑然不解：「看樣子，灶君也不在。但是……這裡究竟怎麼一回事？」

已經來來回回走了好幾圈的蛇郎，依舊無法突破奇異障蔽：「真邪門！就算巫煙蛇搜索四周，也會一直繞回來。」

「我們應該是掉進塌陷的地洞，怎麼不知不覺跑來外太空？」金魅左顧右盼。

林投大姐驀地抽出身後紅傘，幻化成青面鬼身，一邊警戒周圍，一邊提醒眾妖：「別掉以輕心！恐怕我們已落入對方的奇異陣法之中。」

蛇郎一邊活動筋骨，一邊說著：「正好！要是太歲敢過來，我剛好可以揍他一拳。」

此時，魔異空間彼方響起一陣拍掌，掌聲停罷，霍然響起令眾妖熟悉卻又厭惡的嗓音。

「汝有此決心，甚好。」

隨著低沉陰冷的聲調傳來，太歲緩步現身，依舊散發凜然不可侵犯的氣息。在他黑衣後方，還跟隨那隻威脅眾妖的赤羽怪鳥，以及一隻渾身冒火的麒麟異獸。

蛇郎大喊：「琥珀在哪？」

「呵呵，親愛的蛇郎，你真是急性子啊。」怪鳥哈哈訕笑。

「我們依約前來，你還想怎麼樣？」蛇郎氣憤不已，喚出靈蛇往前攻去，沒想到太歲身後的火焰麒麟一踏前蹄，就揚起巨大炎風，靈蛇瞬間就被火風給擊退。

怪鳥望著婆娑，譏笑起來：「很好！你們確實沒辜負我們的期望。要是你們膽敢不照約定前來，恐怕只能替琥珀收屍囉！但，你們這麼急躁，難道看不清目前處境？你們早就陷入神座大人設置的空間陣法，哪都去不了，還敢出言不遜，哈哈。」

「墓坑鳥，稍安勿躁。」太歲再度開口。

墓坑鳥低首致歉：「是的，神座大人。」

這時，婆娑再也按捺不住，挺身說道：「快說，琥珀在哪？」

「別跟他廢話。」林投大姐一躍向前，煞氣猛然爆發，憤然大喝：「太歲，快交出琥珀！你的陰謀，就是想釋放毗舍邪吧？若你及早悔改，也許我還能饒過你。否則，當我上報鬼市的奏靈殿，靈界所有妖怪將視你為敵。」

「汝實在眼界淺薄。」太歲面對林投威嚇無動於衷，「毗舍邪引發靈界大惡災，全因人類一己私慾，造成山海靈能流失。至於毗舍邪，此子乃天降獸星，不該永世幽禁地底，吾必須將他喚醒。」

林投駁斥：「胡言亂語！只要喚醒了毗舍邪，世間將會生靈塗炭。」

「就算如此，與吾何干？人類猶如渺小螻蟻。吾之任務，只在於培養毗舍邪，引導毗舍邪創造屬於他之未來。」

蛇郎聞言，勃然大怒：「不管是你還是毗舍邪，這麼恣意妄為，你們又算什麼？」

太歲冷冷答道：「問吾等身分，不如讓汝親眼見識。」

太歲語畢，右掌一揮，銀河幻境轉瞬變換。太歲他們倏忽消失，眾妖彷彿墜入另一處奇異空間，眼前是一座巍峨海岸。

月色稀微，夜空下的海岸線朦朧模糊。眾妖與方才一樣，漂浮於半空，被困在一座透明空間之內。遠方天際突現一顆巨大火球，直直飛墜地表，焰光四射猶如白晝。不久，掉落海岸灘頭的大火球，炸起一陣又一陣的火炎熱氣，爆裂聲響不絕於耳，焦煙籠罩四野。瞬間，海水受到高溫蒸騰，瀰漫起迷濛水蒸氣。

在濛濛水氣與凶猛熾火之間，驀然浮現一抹發光身影，手捧著一隻頭生雙角的詭異黑物，一步一步踏上燒成炭土般的海岸。

此時，幻境空間再度移轉，眾妖眼前出現太歲身影。

太歲佇立山巔，俯瞰瀰散黑煙的山腳聚落。一隻巨大無比的牛型怪物，正在村中奔吼肆虐，四處蹂躪，引發火苗竄飛，草屋接連焚毀。

猶如一座小山丘的怪物，足踏火燼，挺起駭然黑顱，頭上雙角都穿刺著數十名鮮血淋漓的人類。被尖銳利角穿腹而過的人們半死不活，一片哀鳴。慘叫聲似乎激起怪物野性，牠也敞開血盆大嘴，仰天嘶吼。

巨牛吼聲響遍四野，就算眾妖身處半空，仍然感受到音波壓力而不得不摀住雙耳。

金魅瑟瑟發抖，躲在林投大姐身後：「到底……怎麼回事？這裡又是哪裡？」

「小金魅，別怕。」林投嚴肅凝望底下恐怖景象，「這些情景，應該是太歲操弄出來的幻境。很有可能，就是以往毗舍邪殘害鯤島的過往。」

「沒想到他們竟然這麼殘忍……，大姐頭，我不敢看……」金魅摀住雙眼，吞了吞口水。

林野間一處又一處的聚落被巨角怪獸襲擊，血肉橫飛，慘不忍睹。

突然，一陣悠揚樂音從天而降，與怪物吼聲旗鼓相當，形成兩音抗衡的情勢。

隨著輕靈樂聲逐漸擴散開來，巨牛似乎也被這股異音影響，吼叫頓時歇止，不斷踐踏草屋的腳步也慢慢停下。

太歲蹙眉轉頭，瞅向樂音源頭。

順著他的目光，眾妖望見彼方森林的樹冠上，傲然屹立一位威儀非凡的白髮女子，靈眉秀目，花容妍麗。窈窕身姿立足樹頂，碧瑩瑩衣袖飄揚，正吹奏手中一片樹葉。

動作停頓的怪牛，血眼大睜，再度發威怒吼。吼聲磅礡無邊，竟讓女子手上綠葉震裂碎開。

女子面帶慍色，隨即右手往樹上一撥，無數青葉隨手勢飛舞空中。團團綠葉因劇烈旋轉，發出一陣又一陣的脆亮鳴響，女子即刻劍指劃下。

無數綠葉迅即衝向彼方，破風撲去，將癲狂怪牛緊緊包覆住。

不久之後，翡綠樹葉覆蓋怪牛全身，如同層層疊疊的繩網。

怪牛被緊縛的綠葉割傷，憤怒低吼，鼻噴高溫蒸氣。儘管動彈不得，牠卻開始往前踏步奔馳，似乎即將掙脫束縛。

這時，白髮女子取出懷囊中的一只法螺寶器，悠悠吹響，低沉的螺聲迴盪於大地。巨獸受到螺聲影響，眼皮半瞇，逐漸停止躁動。大如山丘的身軀也搖搖晃晃往旁側倒，壓毀一排排樹林，激起一片塵土。

在塵埃飛揚中，有一抹七彩身影、背生雙翼的鳥妖緩步走近巨獸。

鳥妖斂眉凝視，手掌輕撫巨獸滲流著蒸氣熱血的傷口，並且抬眼示意樹上女子。女子心領神會，即刻口誦咒歌。

低吟聲中，巨獸、女子、鳥妖，都逐漸形體淡化，最後消失得無影無蹤，只留下滿地瘡痍。

巨獸被擄，太歲怔然瞪眼。他即刻奔向山下想搜尋巨獸身影，卻毫無所獲。

夜晚悄悄來臨，星月光芒照射在屍橫遍野的村落中。這時，一陣陣低沉的嗚吼聲從遙遠的彼方傳來。隨著吼聲，另一陣清亮嗓音卻如夢似幻，婉轉響起。

輕柔歌曲，音韻裊裊不歇，怒吼聲也逐漸低平，終至停止……

蛇郎一臉呆愣，朝婆娑開口：「這旋律，就是……」

婆娑還未回答，瞬時幻境產生裂痕，「砰！」的一聲，空間碎裂。

眾妖受到空間崩毀的衝擊，散離四方。

3. 復仇

走在甬道之中，婆娑回憶起方才的畫面。

那名鳥妖外型，分明就是……金羽妖族。

一旦憶及那名鳥妖，婆娑就在記憶深處依稀望見零零落落的殘影，彷彿與對方並非第一次相見。

但是……只要努力回想過往，婆娑卻會頭疼欲裂，記憶碎片應聲瓦解。

婆娑深深呼吸，不讓自己再度陷入虛無的記憶中。

方才的異空間破碎之後，婆娑跌進一處角落。他拾起掉落身旁的眼鏡，爬起身才發現，這是一條昏暗通道。

每隔幾步路，石壁上就會有油燈，照亮黑黝黝的通路。通道由暗紅色的磚石堆砌而成，在燈火的照耀下，磚石表面閃爍著微微發光的暗藍色碎石，點點幽光詭譎怪異。

必須快點找到琥珀，這才是他們此行最重要的目的。

通道陰暗濕冷，曲折蜿蜒，猶如一座毫無盡頭的迷宮。與北城地下洞穴不同，這座迷宮甬道絕非天然。雖然牆上有燈火照亮，但是古老的磚道破舊損壞，必須小心踏步，否則通道就會有塌毀的可能。

一旦走到塌毀的通道，婆娑只能展翅飛行，橫越過昏暗無底的地面窟窿。陷落的洞口深處，悠悠傳來細微水聲。

正當婆娑戰戰兢兢前行，不遠處傳來對話聲響。

「乖乖投降吧，你們敵不過神座大人！老夫不殺你們，快快離開！」雄厚的嗓音迴盪在陰濕的通道之間。

「投降？不可能！」蛇郎聲音隨後響起，婆娑趕緊踏步向前。

狹長的通道盡處，是一間寬敞石室，牆上油燈映照出蛇郎與林投大姐，以及石室另一邊的火焰麒麟。

石室地磚血跡斑斑，退至石室一角的蛇郎摀著左肩，渾身是血。

「蛇郎，你的舊傷……」婆娑見到當初蛇郎受到魔女鬼髮割傷的創口，正裂開綻血。

「這點傷口，沒事。」蛇郎微笑，提醒身後的婆娑：「你要小心對面那頭猛獸，他名叫麒麟颸，能操縱狂風融合火焰，很難對付。」

「老夫已言明，我不想傷害妖族同伴……」麒麟颸踏著火蹄，猶如威武不可侵犯的戰士，昂然說道：「神座大人一切計畫，都是為了靈界遠大未來，你們應當好好協助。」

林投護在蛇郎前方，鬼臉怒言：「麒麟颸，你好大膽子，竟敢攻擊祆學館的師生！儘管你離開學館偌久，你的行為還是觸犯學館規定！」

麒麟颸淺淺笑道：「老夫修行數百年，望盡世道滄桑，駐留祆學館已是百年前的往事，學館規定又算什麼？在我心中，只遵循一字『義』！既然同有學館情誼，我可以放你們走。但是，婆娑必須留下。」

林投聞言，勃然大怒：「枉費你修行那麼久，真是死腦袋！」眼見麒麟颸踏步走向婆娑，林投再度揮舞鬼傘，發動凶悍攻勢。

朱傘旋出青綠鬼火，襲向對方。但麒麟颸無視攻擊，尖牙一咬，就將林投鬼火盡數吞噬肚中。

「經過方才對戰，妳難道認為能戰勝老夫？」麒麟颸昂首無懼。

雖然麒麟颸如此強悍，卻始終未下毒手。看起來，對方並非好戰之輩，也許還有講道理的空間。進退不得之際，婆娑只好問道：「為什麼你要幫助太歲？毗舍邪一旦釋放，將會發生大災禍，人界與靈界均會受到衝擊，所以人靈兩界不應該敵對。」

麒麟颸哈哈一笑：「不應該敵對？你這隻鳥妖，說什麼傻話？」話鋒一轉，麒麟颸瞪起大眼，厲聲道：「你可知，人類是多麼卑鄙無恥的種族？你可知，我們妖族受到人類多少欺凌？」

與剛才和顏悅色的表情截然不同，麒麟颸雙瞳冒火，咬牙切齒，彷彿說到他心中最痛恨之事。

「你們竟如此愚昧！」麒麟颸嘶鳴一聲，雙蹄騰空，狠狠踏擊地磚。地磚受到麒麟颸火蹄重踩，磚石表面上的藍色結晶層層龜裂，湛藍粉塵飄揚而起。

浮飛到油燈附近的藍色塵體，倏忽燃成點點火星，啪啪作響。

麒麟颾齜牙咧嘴：「這種礦物，是鯤島岩脈常見的成分，名為電曜晶礦，你們可知悉？」

婆娑點點頭：「當然知道。鯤島的電能，都是經由這種晶礦提供。」

「果真是小妖怪，蠢笨無知！你們聽好了，這種晶礦，根本無法自主產生電能！」

婆娑聞言，一臉狐疑：「但人類使用電力，就是利用這種晶礦……」

「一派胡言！」麒麟颾怒然開口：「這種晶礦確實能激發出電能，卻是『媒介』的功能。此礦石真正能力，是將妖怪身上的靈能轉化為電能。人類雖然能藉由吟唱咒謠、運轉法器來驅使天地靈能，但是妖怪身上獨一無二的天生靈息，才是最為龐大的能量泉源。為了掌握這股力量，人類經過一連串研究，終於發現電曜晶礦能吸收妖怪靈息，並且將之轉化為豐沛無比的電子能量。但是，妖怪靈息並非源源不絕，一旦被晶礦吸走全身靈氣，你們可知會發生什麼事？」

眾妖面面相覷，彷彿想到恐怖後果。

蛇郎冷靜地說：「妖怪靈息一旦消散，魂火盡滅，就是死亡。」

「既然如此，你們再猜，為了製造強大電能，人類將如何做？」麒麟颾眼見眾妖默不作聲，便繼續說下去：「為了獲得充足電能，人們組成了『獵鬼隊』，開始獵捕無數妖怪，將無辜妖怪關進電曜晶礦打造而成的密閉箱籠。妖怪一旦被晶礦吸取龐大靈力，生命力就會被榨乾，死後的屍體也會被集體焚毀。若是電曜能量不足，獵鬼隊就會出動，上山下海搜捕妖怪蹤跡。數十萬妖族同胞，因此慘遭毒手，死於非命。最後，擁有電曜科技的人們，武備強大，順利征服鯤島，並且成立興國。不只如此，他們為了壟斷電曜技術，甚至想隱瞞妖鬼存在。頒布禁謠令，逮捕法師道士，禁絕一切怪力亂神，都是為了讓人們逐漸遺忘如何運使靈力。你們可知，興國的皇警隊，便是……萬惡的獵鬼隊！」

講至激動處，麒麟颸慷慨激昂，周身火焰沸騰不已。

婆娑聞言，搖頭不信：「不對……，我的朋友也是皇警隊成員，他從沒講過這種事。」

「很有可能，你的朋友欺騙你。但也有可能，他並不知情。因為自從『大惡災』之後，皇警隊就停止狩獵妖鬼的行動。」

林投疑惑發問：「若你所言不假，電曜能量來自妖怪靈息，為什麼人類在這幾十年之間，依然可以運用電能？」

「因為『大惡災』發生之後，鯤島地層陷落，興國皇族意外發現被禁錮在地底下的雙角巨獸，也就是毗舍邪。並且，人類經過實驗，得知這隻巨獸不只適合作為電曜晶礦的轉化能源，甚至牠體內產生的熱氣靈力永不衰竭。這也就意味，只要掌控這隻巨獸，就能獲得無窮無盡的電曜能量。因此，興國便停止狩獵妖怪。畢竟，只要依靠這隻巨獸，就能供應興國全島用之不竭的龐大電能。」

蛇郎按住傷口，質問對方：「這些祕密內幕，連鯤島一般人族都無法知曉，為什麼你身為妖怪，卻知道得這麼詳細？」

麒麟颸瞪視蛇郎，緩緩說道：「這是因為……獵鬼隊曾經擒住老夫。老夫被關在電廠內的晶礦箱籠內，好幾年不見天日，奄奄一息，離死亡只有一線之隔。老夫身上無數傷痕，就是當初被晶礦吸附靈能時，所留下的傷口。吸收靈能的過程是漫長的折磨，皮開肉綻，猶如一刀一刀剜刮血肉的滋味，簡直生不如死。每一天每一夜，我都祈禱自己快點靈息耗盡，魂火斷滅。」

婆娑端詳石室對面的麒麟颶，全身遍布無數焦黑醜陋的舊傷。雖已結疤，依然能感受出曾受一番苦難。

「呵呵，講這些無聊的過往，你們恐怕很難感同身受吧。」麒麟颶嘆了一口氣，低聲述說：「幸好，太歲當時為了查探毗舍邪的封印位置，意外闖入電廠，也恰巧解救老夫。不過，其餘被擒住的風魔族，卻無一倖免。」

「該不會……風魔族，只剩下你？那麼……蛇妖們呢？」蛇郎大驚失色。

「愚蠢的蛇妖，你總算明白。」麒麟颶抬眼瞄向蛇郎，「久居雙湖山的風魔族與蛇妖族，互相敵視的數百年恩怨，已然一筆勾銷。因為……我與你，就是如今兩族僅存的妖怪。若你仍要反抗太歲，我們就要延續彼此勢不兩立的敵對立場，繼續爭鬥不休。」

麒麟颶一番言談，震懾在場眾妖。

儘管不敢置信，婆娑還是說：「就算……人類對妖怪做了這麼多惡事，並不能評斷他們全都這麼卑劣。如同妖怪有善有惡，沒有誰有資格評判價值。」

「你真的認為，人類並非十惡不赦？」麒麟颶冷然哼氣：「凌遲、灌水、鞭刑、剝皮、毒殺……這些恐怖無比的刑罰，曾在雙湖山上一處關閉犯人的刑監所上演。那些犯人都是道士或巫師，因為違反興國皇族頒布的『禁謠令』而被監禁。這些犯人被處決之前，都經歷過慘不忍睹的殘酷刑求。而且，人族只要曾經運使過靈力，身上就會出現靈印，所以那些皇族害怕有人會依據屍身靈印得知靈力的使用方式，因此也下令將屍體焚化。當年，老夫就是心頭不忍，想冒險救出這些人犯，沒想到卻意外洩漏了風魔族的根據地，害得同胞盡皆遭逮，連我衷心的夥伴們也……唉，往事已矣。老夫早已明瞭，人族劣根性難改。畢竟，他們對自己同族都下得了毒手。此種惡毒心腸，天理難容。老夫支持太歲，不只要向興國皇族復仇，更希望能藉由毗舍邪的能力，洗滌世間，為靈界的未來帶來希望。所以……老夫再問最後一次，金羽鳥妖，你是否願意解開封印石上的靈力？」

麒麟颶揭露的真相，令眾妖錯愕不已，現場陷入死寂的沉默。

片刻之後，婆娑深深呼吸，率先打破沉默：「我不會解開封印。」

「真是令人遺憾的回答……」麒麟颶仰首吐氣，噴出熊熊火焰。

霎時間，巫煙蛇擋在婆娑面前，阻隔住熾熱烈火。

蛇郎大喊：「大姐頭，快帶婆娑離開！」

4. 撤退

跫音匆促，婆娑和林投奔馳在古老通道內，急如星火。

行事向來果斷的林投，聽到蛇郎大喊，卻躊躇不決：「但你已經受傷……」

刻不容緩，婆娑只好張開彩翼，搶先開路。他趁著蛇郎掩護，飛越過麒麟颶上方，抵達石室彼方出口。林投見狀，也以魂體飄飛而去，隨婆娑往通道奔逃。

一路上，婆娑咬緊牙關：「快跟菟蘿、金魅會合！只有聚集大家的力量，才有機會擊敗對方。」

儘管婆娑這麼講，但他也心知肚明，麒麟颶已難以對付，若再加上太歲及其同黨，恐怕勝算渺茫。也許還未找到琥珀，眾妖就會全軍覆沒。

就算如此，還是不能辜負臨走前蛇郎對他付以重任的堅定眼神。

林投出聲提醒：「你是他們首要目標，千萬記住，絕不能施展金羽異能！」

此時，通道前方赫見分岔路，猶疑之際，轉角倏然響起怪聲。

在燈火輝映下，一抹漆黑身影遠遠行來。兩妖暫停步伐，倚靠著石牆，小心戒備。

林投揮舞鬼火朱傘，攻其不備，不料對方的慘叫聲卻極為熟悉。

「灶君……怎麼是你！」婆娑趕緊扶住搖搖晃晃快倒下的灶君。

「唔，疼死了！」灶君摀著燒燙燙的受傷臉頰，一臉苦笑：「大姐頭，妳真是無時無刻都這麼火辣啊。」

林投毫不客氣地問：「廢話少說，怎麼你也來了？」

「什麼我也來了？真是有夠衰，跟著你們一起掉進這個老鼠洞，連我早上特地熨好的西裝都髒了……」

灶君抱怨連連，林投不耐煩，凶狠抓住他的衣領：「別再廢話！你方才從這條通道走來，沿路有看到夥伴們或是太歲？」

灶君被林投氣勢嚇傻了，慌張地搖搖頭。

「既然如此，就往這邊。」在林投帶領下，婆娑便與灶君跟著奔往另一條通路。

走沒多久，通道再度連接一座寬大石室，不過石牆上卻出現了三條通道的入口。一時之間，眾妖不知該往何方。

驟然，中間通道的深處傳出忙亂腳步聲，不久，菟蘿與金魅驚慌現身。

金魅哽咽著說：「大姐頭，終於找到你們了……」

眾妖總算會合，婆娑便說明與麒麟颶惡戰的經過，菟蘿也說出方才經歷。原來他們剛與那隻紅羽邪鳥進行一番激戰，好不容易才擺脫對方糾纏。

「可惜……我們沒找到琥珀。」菟蘿嘆息。

「別氣餒，我們不能自亂陣腳。」婆娑出聲安慰，並開始討論接下來的對策：「雖然麒麟颶和那隻怪鳥很難應付，但是，最危險的敵手，莫過於太歲。他能利用手中的崩星儀，任意操控重力。上一回在海岸邊，我們合力抵擋，仍招架不住。」

「連你們合力對抗都無法贏太歲？」灶君嚇得兩眼發愣，倒退好幾步：「讓……讓我先回去吧！說實話……我只是臨時擔任在地嚮導，根本不是什麼戰鬥員。灶仙樓還有很多事務，需要我……」

灶君聒噪不停，林投再度惡狠狠一瞪，他趕緊摀住嘴巴，噤聲不語。

婆娑推著鼻梁上的眼鏡，說道：「雖然我們靈力無法勝過太歲，但是如果我們互相搭配……也許能有勝算。」

「要怎麼搭配？」菟蘿發問。

婆娑兀自沉思，一會兒才開口：「太歲能掌控重力，是因為他手中那顆圓球的功效。之前在海岸戰鬥，蛇郎看出那顆黑球是他力量來源，才想趁機掠走。不如……我們相互配合，以奪取崩星儀為目標。菟蘿的魔藤結界，可以阻擋太歲攻勢。在菟蘿掩護下，大姐頭伺機攻擊。金魅則作為大夥兒的支援。太歲分心之際，我們再迅速奪走他手中的崩星儀。」

菟蘿點頭認同，急忙說道：「社長的靈蛇差點就搶走黑球，要是我們計畫妥當，奪物肯定沒問題。

我們快去找社長！」

當眾妖擬定計畫，正要回頭去找蛇郎，卻突然傳來轟隆轟隆的巨響。

無數巨石從上方墜落，天搖地動，眾妖努力閃避時，太歲也跟著緩緩降下。

灶君見狀，簌簌發抖，趕忙躲至林投大姐身後。

「愚蠢的鳥妖，難道汝還不願協助？」太歲悠悠開口。

婆娑凝視對方：「喚醒毗舍邪，會有多少生靈逝去，你知道嗎？」

太歲漠然地說：「與吾何干？吾已言明，吾之任務，便是導引毗舍邪。」

婆娑一臉無畏：「我不會讓你稱心如意！」

「吾再三忍讓，汝卻不知珍惜。」太歲眉頭一皺，舉起戴著墨色手套的右手，掌心捧著一顆墨黑球體，渾身散發皓白光芒，引起周圍空間震盪。

在太歲指揮下，牆上的磚石躁動不安，整座石室彷彿開始扭曲起來。

從牆壁滑落出來的石磚，紛紛聚攏成碩大圓球，在崩星儀的操控下，一顆顆巨大石球便往眾妖襲去。

「來不及跟蛇郎會合，我們先按照計畫！」

林投大姐一聲令下，眾妖心領神會，便依照方才編排，擺出隊形。

菟蘿詠唱咒歌，無數魔藤拔地而起，圍出一層又一層的藤蔓結界，金魅也同時頌唱咒歌，加強結界防護。林投舞動朱傘，一團團青綠鬼火旋飛而去。

計畫奏效，巨大石球被魔藤阻擋下來，林投的攻勢也讓太歲不得不製造更多石球來應對。

眼見雙方一時僵持，灶君不由得拍掌叫好，卻也納悶：「咦，誰來搶那個小黑球？」

婆娑張開雙翼，同時抱起灶君，撲撲拍翅飛向太歲。

「等等……你做什麼？」灶君驚問。

婆娑一邊閃避巨大石球，一邊讓灶君爬上背部：「太歲目標是我，我不能太靠近他，所以……請你幫忙！你以我為跳板，躍向太歲，趁機奪走他手中的崩星儀。」

「這這……」

「拜託你了！」

灶君莫可奈何，進退兩難，只好點頭答應。

趁太歲與林投周旋，灶君抓準空隙，奮力一跳，趁太歲不備，右手一撈，竟順利掠走了太歲掌心上的崩星儀。

「別小瞧我！」灶君哈哈大笑，捧著手上黑球歡欣鼓舞。

這時，離開太歲掌心的黑球也慢慢散失白色光芒。

黑球被奪，正快速飛梭的巨大石球頓時無力落下，攻勢乍然停歇。

眾妖以為太歲再也無力反擊，但對方表情依舊漠然。

「汝等奸計，實在乏味。」太歲輕嘆一聲，再度舉起手掌，將黑色手套取下，露出底下猶如燒焦黑炭的粗糙手掌。

太歲猛然提氣，炭黑皴裂的掌心散逸赤紅火光。俄頃之間，掌心緩緩浮現另一顆漆黑球體。

「崩星儀，乃是由吾肉身煉化，汝等白費工夫。」

眼見計策失效，眾妖一臉愕然。

太歲運轉手中崩星儀，黑球散發皓白光芒，再度讓磚石聚攏成巨大石球，攻向眾妖。

菟蘿來不及反應，石球便衝破魔藤結界，重重擊傷林投。金魅察覺不妙，趕緊抱住受傷的林投往旁閃避。面對接二連三衝飛而來的巨石，菟蘿眼見不妙，趕緊挺身向前，橫甩尖牙棘鞭，護住金魅與林投。

目睹夥伴負傷，婆娑只好大喊撤退。菟蘿趕緊加大結界範圍，掩護眾妖往通道退去。

一陣混亂，砂塵飛揚，在昏暗的地道中，油燈搖曳，眾妖狼狽奔逃。

婆娑滿臉挫敗：「抱歉……，我的策略，根本毫無作用。」

「真是超衰。」灶君丟掉剛搶來的黑球，嘖聲不悅：「明明我都搶到崩星儀了，誰知道竟然還可以再生出一顆，根本是犯規！」雖然灶君滿口抱怨，卻在逃逸途中，機警地沿路施放小型火焰。一旦太歲追上來，這些小火焰就會串連成火網，互相引爆。雖然可能無法傷及對方，但是只要能阻擋對方步伐，就可以為眾妖取得更多的奔逃時間。

「小心警戒，太歲隨時會攻來！」菟蘿一臉喪氣，「這麼危險的傢伙，我們實在打不贏。只要他靈力不衰竭，就能不斷操控巨石。我們力量根本不足夠，若是祆學館的長老們能前來相助就好了。」

金魅扶著受傷的林投大姐，淚眼汪汪：「沒錯……，一角獸會長也會召集大家共同對抗，像是火鱗鱷、魔神仔這些厲害妖怪肯定能幫上忙。」

「但是遠水救不了近火……」婆娑彷彿想到什麼，驚然發問：「妳說什麼？」

金魅哭哭啼啼：「我是說一角獸會長……」

「不，」婆娑搖頭，「妳剛才提到，火鱗鱷？」
「是呀。」金魅搖頭不解，「怎麼了？」
「石磚……火……」婆娑臉上似乎浮現信心，開口說：「雖然不知道效果如何，但也許能試一試。」
灶君半信半疑：「你別再提出半吊子的計畫了喔。」
「我們只能孤注一擲，還需要麒麟颶協助……」
婆娑隨即跟眾妖解說新的計畫。

5. 終戰

後方通道傳來轟然崩毀的巨響，眾妖便知太歲正在後方追趕，只能快點往前奔去，與蛇郎會合。
眾妖急忙奔馳，左彎右拐，好不容易抵達麒麟颶所在石室。
蛇郎遍體鱗傷，仍持續與對手鏖戰爭鬥。
「終於來了。」蛇郎喘著氣，轉頭說道：「你們動作實在太慢了……」
蛇郎話還沒說完，眾妖身後登時出現太歲身影。
蛇郎瞪眼大驚：「哇哇，我這邊都快對付不了，怎麼還把這條大尾的引來這兒啊！」
麒麟颶踏蹄向前，周身火焰四竄，威勢恫嚇：「束手就擒，你們已無退路！」
太歲把玩手上黑球，冷哼一聲，石磚再度聚集成許多巨大石球，狂猛襲來。

「社長，辛苦你了！接下來交給我們。」菟蘿擋在蛇郎前方，施展靈咒，讓身邊魔藤轉幻成無數把寬大鋒利的青藤刀，將迎面而來的巨球一一斬碎。

碎裂的磚石，即將砸中林投大姐，她卻不閃不避，旋舉起朱紅鬼傘，傘面舞轉出一圈又一圈的尖銳風刃，將破碎的磚塊切割成細微的碎屑。

暗紅磚石被菟蘿和林投給切碎，粉末綿密浮飄，磚上混雜的電曜晶礦也片片剝離，藍色碎粉在塵霧中閃閃發光。

「咳咳……」塵埃瀰漫，蛇郎嗽聲不止，「怎麼回事？」

婆娑掩住口鼻，向蛇郎低聲解釋計畫，一邊退至角落，掃視石室中適合作為起火點的位置。

方才金魅提起火鱗鱷，讓婆娑想起之前祆學館的烹飪教室爆炸事件。電曜晶礦是一種高度易燃的物質，只要運用得當，不只能炸毀石室，也許還能重傷太歲。

就算太歲僥倖躲過，這場爆炸也能將他拖延，眾妖便能趕緊從通道逃離現場。

「想以這片塵霧阻擋吾之視線，真是可笑。」茫茫塵霧的另一端，太歲冷冷說道。

婆娑答道：「我們不會坐以待斃！」

「快快停手吧。」麒麟颶說：「你們只是白費工夫，老夫不想傷害你們。若及早投降，老夫會向神座大人求情，讓你們安然離開。只是，婆娑必須留下。」

此時，在菟蘿與林投的奮戰下，無數巨大石球已然粉碎，現場一片迷濛不清。

蛇郎收到婆娑信號，便擎起巫煙管，指向麒麟颶：「你這老糊塗，分不清是非黑白。既然人類早已不再狩獵妖鬼，你也該放下復仇心，別再執迷不悟！」

「枉費老夫苦口講道理，你們卻不領會，唉！」麒麟颶一聲嘆息，昂首抬眼，蹬踏著火蹄，周身籠罩在烈光火焰之中。

霎時，麒麟颶聚靈吐氣，怒吼出熾盛浩大的巨型火球，朝蛇郎洶洶擊去。

「就是現在！」婆娑一聲令下，金魅隨即抽出隨身的金蠶錦囊，將錦囊袋口反折，吟唱密語，袋口便衝飛出各種細碎塵埃，都是以往金魅打掃時收進錦囊內的灰塵。藉由金魅靈能操控，只要是易燃性的碎屑，全都從袋口噴發出來。

灶君大喊：「接下來換我！」雖然灶君操使的火能不大，卻能持續放射出團團火苗，點燃空氣中飄飛的晶礦碎片。

「大家，退向通道！」婆娑大聲呼喊。

在灶君火苗刺激下，石室中的晶礦碎片劈哩啪啦燒燃起來。麒麟颶吐出的巨大火球，熱能源源不絕，在各種粉塵瀰漫的空間中，延燒出一片火海。

一連串爆炸，如同轟雷掣電迴盪四周，衝擊石室。

麒麟颶首當其衝，被爆炸當面震傷，頹然倒地。

「這……」太歲的驚呼，淹沒在接二連三的爆炸聲中。

婆娑眼見麒麟颶重傷，踏向前想拯救對方。但眾妖引燃的粉塵爆炸太過猛烈，石室不斷崩毀，炸聲轟隆，紛飛的落石即將壓住婆娑。

「你……」婆娑不敢置信。

巨大的岩塊在婆娑上方陡然停住，原來是麒麟颶捨身來救。麒麟颶的背部鮮血淋漓，卻穩穩撐住龐然巨石。

「妖族同胞……不該自相殘殺。」麒麟颾口濺朱紅，「你……快逃……」

麒麟颾儘管力大無窮，卻因爆炸而受傷沉重，即將撐不住巨石重量。

婆娑一臉驚訝：「為什麼……」

麒麟颾不禁大喊：「快走！」隨即昂首嘶鳴，以長尾甩撞婆娑。

婆娑震飛而去，巨石轟隆壓下。

6. 毀滅

前方一片霧濛濛，婆娑眼眶濕潤。

他不知道是被塵埃嗆出淚來，還是因為感傷麒麟颾的犧牲。

太歲無情冷血，毋庸置疑。但麒麟颾之所以協助太歲，全是因為人族的行為太過殘酷陰毒，才讓麒麟颾心生仇念。

人族對於靈界步步進逼的事實，婆娑並非不曾聽聞。

琥珀先前跟眾妖大吵一架，就是源自於虎魔棲息地被人族奪走。人族為了開發利益，虎魔的生存空間就成為犧牲的祭品。

不管是琥珀或者麒麟颾，都有仇視人族的正當理由。

孰是孰非，婆娑心緒百轉千折，一時無法理清。婆娑皺眉嘆氣，只好提步向前，想趕緊跟走散的夥伴會合。

驀然，一陣笛音在通道前方響起。

奇異的笛音，迴繞於婆娑耳畔。縱然身後的爆炸聲與崩毀聲接連不斷，婆娑彷彿受到誘惑般，耳中逐漸只剩下悠揚笛聲。

婆娑循著笛音前行，竟然是一面石壁。

笛音就是從石壁裡面傳出。

婆娑試著觸摸石壁，磚石竟因碰觸而緩緩開啟。一處祕密入口，驟然顯現。

正當婆娑遲疑不定，不知道是否要等眾妖集合之後再來察看，這時，洞內卻遠遠傳來琥珀聲音。

「婆娑，救我！」琥珀的聲音從暗門深處幽幽傳來。

聽到琥珀求救，婆娑不願空等，直接踏步闖入。

這座隱祕的通道，牆壁上同樣點燃著油燈，火光搖晃閃動。

走沒多久，婆娑張眼凝望，就在昏暗的通道前方，看見一隻花虎輪廓。

是琥珀！

婆娑急奔向前，通道角落的模糊身影，確實是化為虎形的琥珀。

正當婆娑鬆了一口氣，想出聲招呼時，在燈火搖曳的光芒下，映現驚駭一幕。

花虎的腳邊，躺著昏迷不醒的蛇郎。赤羽怪鳥踏在蛇郎的身軀上，正在啄咬蛇郎的手臂。

「蛇郎，快醒醒！」婆娑大喊：「琥珀，小心！那隻怪鳥……」

「你終於來啦。」察覺婆娑靠近，墓坑鳥停下玩弄動作，朝婆娑嘿嘿尖笑，轉身問向一旁的花虎：

「咦？小琥珀需要小心我嗎？」

琥珀一言不發，眼神霜冷，瞪視著婆娑。

「琥珀……妳怎麼了？」

「廢話少說。」琥珀緩緩開口，向婆娑威脅：「只要你答應我的要求，我就讓墓坑鳥放過蛇郎。」

婆娑驚問：「琥珀……妳在開玩笑嗎？」

「你看我的模樣，是在開玩笑？」

隨著琥珀怒吼一聲，墓坑鳥也邪笑起來，尖嘴胡亂啄咬蛇郎身軀，腳爪同時不停蹬踏，將蛇郎胸膛刮磨出無數血痕。蛇郎傷痕累累，血流不止。

「停……快停手！」婆娑著急阻止，琥珀陰冷表情卻嚇得他乍然停步，只好開口問：「那妳說……什麼要求？」

「只要你施展金羽異能，解放通道盡頭的封印石能量，我就放過他。」

婆娑一臉訝異，往旁邊望去，昏暗通道的盡處，赫然出現一座布滿奇妙紋路的封印石。

沒想到……琥珀也受到太歲蠱惑，想要幫毗舍邪破除禁錮。

「虎骨婆婆，絕不會希望妳這麼做。」婆娑說道。

「你懂什麼？」琥珀氣憤難平，再度怒吼一聲，「虎骨婆婆……她已經……已經不在了！」

「虎骨婆婆不在了？妳說什麼？」

面對婆娑的詢問，琥珀沒有接話，眼神顯露無盡的悲戚。婆娑只好繼續問：「解除封印，會發生很大的災難，難道妳不知道？」

「我當然知道。」

「琥珀，妳到底怎麼了？難道……妳被太歲控制了嗎？還是說，他威脅妳？」

「沒有誰威脅我。」琥珀聲音冰冷。

「難道……妳被拐走，是一場騙局？」婆娑按捺住發顫的語氣。

「是又如何？」

「為什麼……妳要欺騙我們？」

「別說廢話，你快施展異能！」

「琥珀，妳為什麼會變成這樣？妳離開展覽廳的時候，不是打算跟虎骨婆婆通話嗎？」

琥珀瞪視著婆娑，沉思片刻，才緩緩開口：「好吧……我就跟你說清楚。那時候，我沒有跟婆婆講到話。因為我正要啟動手鍊的空間咒術時，鍊子上的虎牙……崩碎了。」

「碎了？難道……虎骨婆婆發生什麼意外？」

琥珀不理會婆娑的問話，自顧自說下去：「我心裡著急，趕緊走出大門，想施展靈術，以靈氣修補虎牙，可是卻毫無效果。這時，一隻紅羽妖鳥飛到了我眼前……」

婆娑一陣驚愕，轉頭看向一旁的墓坑鳥。一向聒噪不休的怪鳥，此時卻反常地閉上嘴，像是看好戲一樣，眼露戲謔。

「我本來不想搭理這隻怪鳥，沒想到她卻說出殘酷的消息。」琥珀深深呼吸，眼神悲痛，彷彿必須提起巨大的勇氣，才能繼續說下去，「虎石峰……發生了土石流，整個虎魔村落都……都被掩埋了……當然，虎骨婆婆也……」

話說到一半，琥珀雙眼泛淚，表情痛苦。

「這……」婆娑不敢置信，轉念一想，指向前方怪鳥，「這個消息可能是假，妳別被這隻怪鳥欺騙了！」

墓坑鳥哈哈一笑：「我有騙妳嗎？小琥珀？」

琥珀強忍住悲傷，大喊起來：「我也希望這是假的！但是……她帶著我，飛越一座座山頭，回到了虎石峰。我親眼……親眼見到，大量土石崩塌，村落全被掩埋……」

「琥珀，妳……」

得知琥珀驟變的緣由，婆娑一時愕然，不知該如何回答。

琥珀再度開口：「婆娑……念在我們曾是同伴，我不想和你爭鬥。」

「琥珀，妳不能因為這樣，就對太歲言聽計從……」

「我無法守護虎魔一族，你知道……我有多痛苦嗎？」琥珀咬牙切齒，「人族如此卑鄙，只有實現吹笛者的計畫，靈界眾妖才有未來。」

「琥珀！妳醒醒！如果虎骨婆婆知道妳的所作所為，絕對會很傷心……」

「閉嘴，閉嘴，閉嘴！閉嘴!!!」

「琥珀……」

「身為巫女，我徹底失職。既然我無法改變虎魔結局，那我就……改變這荒謬的世界！」

話音一落，琥珀的靈力彷彿失去控制，花虎元靈瞬間膨脹成一隻恐怖的巨型虎妖，虎爪重重壓住腳邊的蛇郎。墓坑鳥也被琥珀的舉動嚇了一跳，往上空撲翅飛起。

「哎呀，琥珀，妳總算凶狠起來了，這才對嘛……」

琥珀一陣怒吼：「妳別廢話！」

面對琥珀的斥責，怪鳥似乎也呆愣住。她停歇在通道頂端的岩塊上，一句話都不敢說。

「琥珀，妳快住手……」無論婆娑怎麼說，都無法勸服對方。

「別再囉嗦！」琥珀語畢，隨即虎首挺前，將一口尖牙對準蛇郎咽喉。

不論婆娑如何喊叫，陷入昏迷的蛇郎始終無法甦醒。

眼見琥珀就要狠狠咬下，婆娑心意決定。

禁忌的咒音低聲揚起。

婆娑張開身後雙翼，唱誦異音，施展起金羽血脈特有的靈能。

受到金羽異能衝擊，封印石散發出刺目光芒。

封印石內的能量瞬間消散，引起地道劇烈搖晃。

這次地震，竟比之前解放封印石產生的振動更加強烈，通道轟然響震，開始層層崩毀。

趁琥珀與墓坑鳥動彈不得之時，婆娑趕緊拍翅向前，從琥珀口中順利救出蛇郎，再往另一端的通道竄飛而去。

施展異能耗費了婆娑許多靈能，他逐漸體力不支，稍不注意，竟被滾落的碎石砸中翅膀。

婆娑眼前天旋地轉，無力再飛，便與蛇郎雙雙墜落。

塌毀的通道下方，傳來嘩嘩聲響。沒過多久，兩妖便跌進冰涼的水中。

婆娑暈眩迷茫，好不容易憑藉求生本能，拉著蛇郎浮出水面。

昏眩之際，黑暗的空間裡倏然浮現一抹亮光。

「那是……」

婆娑已經無力划水，只能藉著水流慢慢漂向光芒附近。

他勉強舉起手掌，將光芒握住。

那是一顆珠子。

白色的珠子。

婆娑在半昏迷中，彷彿再度從珠內望見奇異畫面。

緊緊一握，婆娑身上另外兩顆異珠，似乎同時共鳴發光。

聲音開始在黑暗中迴盪。

一開始，婆娑還不清楚那是什麼聲音。但是漸漸地，聲響越來越大，越來越清晰，在水面迴盪繚繞。

那是一首歌，那是古歌本之中的旋律。

歌唱者是一名女子。

婆娑意識逐漸模糊，似乎快要神智不清。但他卻突然憶起，他曾在很久以前，聽過這首歌。

倏然，一雙魔掌在眼前一揮。

那是魔尾蛇正在施法，封印住他過往記憶。當時，逃過一劫的婆娑，恍惚徘徊在冥漠灘上，巧遇一位途經灘礁的流浪術士，對方自稱魔尾蛇。

年幼的婆娑太過痛苦，太過煎熬，他請求對方將自己的記憶化消。魔尾蛇陰笑起來，揮出魔掌。

過往的記憶碎片不斷衝擊婆娑，猶如幻覺迷亂，讓他心窩絞痛萬分。

似乎因為三顆異珠的靈能影響，魔掌形體逐漸淡化，逐漸模糊，終至消失。隨著魔掌消失，封住記憶的迷障開始一一解除。

婆娑聆聽女子的歌聲，如同記憶中那樣清晰，悸動。

這名女子……

這陣歌聲的主人……

婆娑記起了一切。

這陣歌聲，是為了婆娑而唱誦。

這是一首安眠曲。

眼前，驀然浮現這名女子死亡的畫面。

儘管女子渾身血淋淋，依舊含淚而笑，向他揮手道別。

他哭著求魔尾蛇，將記憶消除。

所以，他遺忘了這名女子。

他遺忘了——

他的母親。

＊

斷牆周遭的地面崩塌之後，杜鵑只能乾著急。

地洞太過深邃，連踏腳走下的地方都沒有。除了以繩索下降之外，別無他法。

正當杜鵑轉身想尋找繩索時，才猛然想到，她可以趕緊打電話聯絡大哥，向他求救。

幸好，皇警隊正在府城進行警備訓練，一葉聽聞消息，便領著一隻小隊伍匆匆趕來。

在一葉的部署下，兵警訓練有素，依序進入地洞中進行搜救。

一葉拍著杜鵑肩膀，安慰說：「有我在，別怕。」

話一說完，一葉也跟著隊員垂降入洞。

儘管大哥柔聲安慰，杜鵑卻六神無主，心慌意亂。

這時，她倏然發現腳邊閃現一抹異采。她彎腰瞧去，才發現是一面手鏡。

「這面鏡子，不就是用來聯絡……」杜鵑心念電轉，想到自己可以幫上忙的地方。

她努力回想，總算記起當初金魅誦唸的咒語。

杜鵑舉起手，向鏡面敲擊三次，然後低聲呼喚。

——椅仔姑，椅仔姊，請汝姑姑來坐椅。

——坐椅定，問椅聖，若有聖，來作聖。

隨著咒謠低吟，鏡面逐漸發光。

（To be continued.）

附錄一

妖鬼奏音，諦聽魔幻——小說家與音樂家的對談錄

本部小說與音樂息息相關，作者何敬堯設定世界觀、樂團演奏、妖怪歌曲……等等音樂劇情，皆與音樂家邱盛揚共同討論，反覆琢磨。究竟，兩人如何聯手合作？

【第一問：小說串聯音樂的契機與挑戰？】

邱盛揚

最一開始的時候，大約是二〇一七年的三月吧，我和一位在業界工作，也是我們共同的朋友「峰哥」在聊天的時候，他說有一位專門寫妖怪文學的作家朋友正籌備寫一個關於妖怪與樂團的故事。其實我一開始對妖怪這個領域是完全不熟悉的（笑），但早些我在逛書店的時候也曾翻看過你出版的《妖怪臺灣》一書，所以頗好奇這次會是什麼樣的內容，於是就向他要了你的小說大綱來閱讀。

看過你小說大綱後便覺得很有趣，同時也有許多想法產生，尤其主角們是妖怪樂團，因此如果能同時在小說中有妖怪歌曲的話，應該能夠讓整個小說的故事呈現更加立體才是。所以第一次和你見面的時候，就將這個想法和你提了一下，我記得那時好像是說了「來一起合作歌曲吧！由你來作詞。」這樣的提案，不過當初也只有一個合作的概念而已，許多內涵與方向，都是之後在

相互的討論中才逐漸成形。

一開始思考的方向比較是小說與歌曲的關係，也就是彼此之間怎樣連結才會比較有趣方面。除了覺得小說中的妖幻樂團應該要有自己的創作歌曲以讓音樂成為小說閱讀完之後的延伸外，同時也希望歌曲能跟臺灣過去的歷史文化有一定程度的關聯，也能與整體的故事進行有關，甚至可以讓主角們從創作親身經歷的歌曲做為切入點，比較具體地描述樂團將故事譜寫成歌曲的過程等。

從這樣的想法出發並醞釀，之後的討論才慢慢聚焦於樂團歌曲在「故事橋段中呈現的方式」與「樂曲的主題」這兩點上。為了要讓音樂能夠與小說的內容結合，你也很大方地讓我參與小說故事中音樂部分的設計。也因為彼此都還有其他案子要忙，且你住臺中我住臺北，所以我們幾乎都是用Line來溝通的。有想法的時候，都會打出一長串的文字，這樣啟發創作想法的過程也是跨界合作最有趣的部分之一，彼此都有熟悉的領域與互補的部分，這樣的合作都能夠讓我們看到更多可能性。不過話說回來，我們能夠合作也是峰哥的緣故啊。那麼當初你為什麼想要創作以樂團為主的妖怪故事小說呢？

何敬堯：

我很敬佩峰哥！他是這部作品最重要的催生者。本來，我在二〇一七年預計完成一個準備多時的新作品，想讓臺灣妖怪展現通俗的可能。這時，我與峰哥聊天，他提出一個石破天驚的想法：臺灣妖怪很有魅力，「音樂」也一向是大眾文化的傳播媒介，何不將臺灣妖怪結合音樂，讓這些本土傳說具備更多通俗力量？

峰哥的建議給了我很大的衝擊，因為妖怪確實能與各種元素進行結盟。若以日本妖怪史做為參考，一開始妖怪現身於佛教地獄繪，到了江戶時代，妖怪與桌遊「雙六」聯結，甚至浮世繪、和服圖案、餐具造型……都能一窺蹤跡。時至今日，《妖怪手錶》更是一部跨越遊戲、漫畫、電影的作品。

同樣的，臺灣妖怪需要經過無數實驗，才能蛻變。若臺灣妖怪能與音樂結合，會產生何種火花？我覺得這概念很有趣，於是擱下原先寫作計畫，開始寫這部作品。

其實，現代歌曲中，以妖怪為主題的創作很少見。不知道你製作妖怪歌曲，會有何挑戰？

邱盛揚：

的確比較少見啊，就我所知，閃靈樂團曾經做過關於「林投姐」的歌曲，不過一般來說，當我們談到妖怪時，不外乎是一個個恐怖嚇人的形象，但你這次小說的特別之處在於，妖怪雖仍舊保有妖異感，但卻是人類可以認同與親近的存在，甚至可以說是被迫害的一種「族群」（所以才會變成含冤的妖怪）。

如此一來我們看待妖怪的角度就不同了，而這也很大的改變了整個音樂製作的形成，轉成以妖怪為主體，從妖怪的角度來思考「妖怪們」想要唱什麼的方向。主題確立了之後，音樂風格與配器編制才是之後考慮的事情。由於這次的媒材形式是文字小說，挑戰的重點還是在於如何讓音樂與妖怪文學更有意義的結合上。

在構思歌曲的時候，我也常常幻想妖怪會是怎麼演奏音樂，比方說妖幻樂團為了要在鯤島某處擴大聽眾群，把場面弄得很盛大，找了許多妖怪們來協同他一起打鼓形成大鼓陣，在演出開演前，一邊將「魂樂車」開進表演舞臺現場並在車後方敲擊打鼓造勢，同時從四面八方來了許多小妖怪，成行成列演奏大鼓，在現場的人類都來圍觀，然後臺上的妖幻樂團開始演奏唱歌之類的。

為了搭配你的小說故事，我也趁著這個機緣，大量地聽臺灣過去的歌曲。比方說，許多早期被禁止的臺語歌曲。我也去廟會現場，研究北管樂器的曲式構成與內涵等等。這樣的體會過程對我而言是有趣也很重要的，而創作的時候，便將這些吸引我的元素以某種方式再現並運用出來，形成了新舊融合的妖怪樂曲。

令我感到好奇的是，在合作之前我拜讀了你過去的作品，相較之下這次的小說是相當不同的嘗試，請問你又是如何拿捏輕小說與純文學兩者之間的比例呢？

何敬堯：

這本作品，我設定的寫作目標是「通俗」，尤其希望與年輕讀者群進行交流。我希望小說能口語化，輕鬆閱讀，包含一些喜劇情節，努力往輕小說的風格邁進。

但，小說中的世界觀一開始就不是很輕鬆的主題，而是非常沉重。「音樂淨化輔導法」影射的史實，即是臺灣從一九四九年以來面臨的恐怖高壓統治。

因此，如何在嚴肅主題與輕文學之間，求取一個最好的平衡點，成了最大難關。例如，小說第一章初稿，我就反反覆覆改寫了五、六次以上。我曾經將讀者群預設為小學生，想寫出近似於童話風格的作品，最後卻失敗了。我也讀了大量輕小說，想學習他們特有的幽默口吻，但真的很難！日本漫畫、動畫一向擅長描述樂團劇情，我便開始接觸這些作品，想讓我的小說具備動漫風格。諸如此類，這一連串實驗，簡直讓我筋疲力盡。

另一個難關則是與遊戲開發團隊的合作。小說寫作的過程中，很幸運地，我的故事受到他們青睞，願意將這部作品進行遊戲化。我非常感謝這個珍貴機會，所以希望這個作品不只具有小說的閱讀性，也能飽含闖關樂趣，適合進行遊戲改編。因此，我與遊戲團隊展開密切討論，希望能讓故事更加通俗。

簡言之，這部作品其實不只與音樂跨界合作，更是「小說、音樂、遊戲」三位一體的嶄新實驗。這三種載體互相牽連，骨肉相接，我們很希望創造出多采多姿的奇幻世界。例如，小說中驚鴻一瞥的木龍等等角色，未來也將現身於遊戲。

【第二問：小說中歌曲主題的內涵？】

何敬堯：

小說中的「音輔法」，除了有白色恐怖的影子，也從臺灣禁歌史、漫畫史延伸出來。臺灣流行音樂歷經各種審查政策，七〇年代也有「淨化歌曲」的查禁措施。若覺得音輔法太過荒唐，不妨去理解一九六二年公布的《編印連環圖畫輔導辦法》，此制度荒謬絕倫，扼殺了臺灣漫畫無窮潛力。音輔法條文，就是對照此制度。

在記憶斷裂的鯤島，妖怪們屬於過往的歷史。因此，如何讓妖怪歌曲擁有「記憶」、「傳承」的內涵，就成為焦點主題。你提出「老故事、新詮釋」的歌曲視角，也非常有趣。

邱盛揚：

我記得在開始創作歌曲之前，也一直和你討論與思考「妖幻樂團究竟要唱什麼？為什麼而唱？」這個問題。然後也是直到讀過你「古井魔女」那一章的初稿，我對歌曲主題的想法才明朗了起來，覺得歌曲主題以「老故事、新詮釋」會是最好的方式。月裡的故事其實很令人印象深刻，也很具有代表性，以第一首〈月相思〉來說，也就是站在妖怪的角度，從他們對於「月裡」的悲慘遭遇作為創作時的情感來源而「歌頌」的故事。一方面點出人類自私與殘忍的面向，另一方面也結合篇章中你對於故事的新詮釋，這樣才比較能夠貫串主線故事中「周成過臺灣歌」、「古井魔女月裡事件」與「妖幻樂團」三者之間的聯繫。

妖怪故事的「傳承意涵」也是我覺得相當重要的核心。對於妖怪族群而言，如果連他們都無法「唱頌」自己族人的遭遇，也就更不會有後世的妖怪甚至是人類會知道這些事情，而這反映在人類的文化記憶中亦是如此。因此我便覺得妖幻樂團創作音樂最核心的目的，其實也就是想要讓這些妖怪「值得傳唱的事蹟」被後世妖怪甚至是人類所記住，對比於禁謠令所造成的過去記憶斷裂這件事，更能讓妖幻樂團創作歌曲本身更具有一種「流傳」的高度，而這也才能反映出臺灣妖怪故事的傳承感。

當我們討論第二首要用什麼妖怪故事作為主題時，原本預定從「蛇郎君」的故事出發。不過，原始的民間故事與你的小說架構有些不符合，之後看過你改寫的新版本時，我很喜歡。不過，比起〈月相思〉是以傳統的妖怪故事為主軸，〈郎君夢〉則是大幅度改編過去流傳的蛇郎君妖怪故事，你如此創作的想法為何？

何敬堯：

我設計「月裡」、「蛇郎君」作為歌曲主角，各有不同原因。

古早時代，妖怪故事除了口耳相傳，另一個傳播媒介即是「說唱藝術」。例如，走江湖賣唱的唸歌藝人，會以各種民間故事作為說唱主題，「周成過臺灣」就是其中曲目。我很感嘆這個曲折離奇的鬼魅故事，逐漸被現代人遺忘。所以就決定以月裡為主角，創作第一首妖怪歌曲。〈月相思〉幾乎按照「周成過臺灣」的傳統劇情來進行編排，〈郎君夢〉則改編蛇郎君諸多情節。這種改編，有兩個原因：

第一：原版傳說牽涉到蛇郎君的丈人、蛇郎君妻子的姊妹、死後復活……等等元素。這些架構太過龐大，並且與我小說中的人物設定、劇情安排，無太多關聯，所以我便刪除。

第二：原版傳說中的主視角，並非蛇郎君。蛇郎君的角色扁平，並非推動劇情的主要角色。原版主角，其實是蛇郎君之妻。她不只對父親孝順，對丈夫也很忠貞，就算遇到任何難題都努力克服，是傳統社會對於女性形象的理想化。不過，這與我小說的主題不符合。

為了讓現代讀者也可以理解蛇郎君的故事，所以我採用「歌謠會流傳，也會變異」的觀點，重新為蛇郎君賦予新的故事。

我編寫歌曲背景時，一直希望能保留「傳統精神」，同時也具備「現代風格」。在音樂製作上，不知道如何讓樂曲延續「古典味」，同時又具備「現代感」？

邱盛揚：

關於樂曲的精神，我的作法是先回到妖幻樂團本身的背景與形成的過程來思考。

在小說裡，妖幻樂團其實經歷過一個從傳統樣貌的音樂型態過渡到更適合現代風貌的樂團演進過程。他們意識到原本的音樂構成在獲得聽眾共鳴上所缺少的元素，以及現代樂器的加入可以改善音樂缺乏動態的優點，這本身就很像文化演變過程的縮影。妖幻樂團的演唱，用他們熟悉的語彙對古老妖怪故事進行重新詮釋與再造，就是一種古典與現代的精神共構的反映。我在製作歌曲之前，會先把握住故事中妖幻樂團成長的過程，而在創作歌曲以及編曲的時候就將這樣的特色盡量融合起來。

另外像是楊秀卿老師的「唸歌」形式，其實也給了我靈感，只不過在這裡轉化成「用第三者——妖幻樂團的角度來看」的方式。就像是妖怪作為說書者的角度來描寫，從妖怪的視角來述說的感覺。另外在編曲上比較特別的是，我使用了故事當中較少描述的弦樂來作為鋪陳，主要是因為弦樂的音色表現很綿密，更加能夠在聽覺上強化這種既古典又現代的氛圍以及時代感。

【第三問：歌詞合作過程？】

何敬堯：

我曾經想以白話來寫歌詞，不過你卻希望以文言語法呈現。仔細一想，確實值得玩味，而且可以加深「古祆語」的內涵。因此，我也朝著文言的方向來思考歌詞。

填詞的過程中，非常感謝你對我的音樂指導，才能讓我一步一步依照韻腳、文氣，將這兩首妖怪歌曲完稿。不知道當初你為何想採取文言風格？

邱盛揚：

其實最開始的想法，是從你在故事當中有古祆語的背景設定出來。那時我就想到，若加入具有古老形式，同時也是故事設定中一般人類較少聽過的歌詞，除了可以增加歌詞本身形式上的特殊性，也能做出妖怪與當今與國人類在語言使用之間的差異。因為眾妖皆有修習過古祆語所以可以自然地寫出，妖怪們能馬上理解，但是人類因為與這種語言脫離太久，以至於無法立即聽懂這是什麼意思，而這也可側面反映出在與國的音輔法實施之後，對於人類之前的語言使用的斷裂影響，也就是「失傳」概念的隱喻。

所以當我們在討論歌詞形式的時候，你也說了你其實是將古祆語視為「臺語」或者「文言」，儘管兩者是不同的脈絡，但其實都各自面對不同的艱難處境。你想要借用這個概念，來討論語言該如何傳承的時候，我也是與你有類似的想法。

至於另一個選擇這種形式的原因，則是歌詞表達上的需要。因為我們討論歌曲主題的時候，希望傳達的是一個較為完整的故事性的概念，所以其實每一個句子都是一個故事情節的縮影，而比起用「白話」把故事直接地說出來，不如讓它本身具有更多的神祕感與意義上的想像空間，也能讓聽者與讀者去玩味歌詞中的意境，同時參與詮釋的過程，這樣也會比白話更有趣一些。

何敬堯：

當初設定「古祆語」，我就是想回應「臺語文」與「文言文」的傳承問題。不過……明眼人一看，一定會挑出諸多尖銳問題。例如，這兩種語言，分別具有不同的歷史語境與文化脈絡，怎可能相提並論？

關於此點，我充滿慚愧之心。本來的小說初稿有十九萬字，我寫了很多關於「古祆語」的反省與討論，不過最後受限於篇幅、劇情發展，這些探討都被刪除，只留下目前十四萬字的小說全文。古代語言的設定，只能簡化為「古袄語」。

音樂家陳明章老師曾經說過：「所有的起源都從語言開始。」我深感認同。我並非專門研究語言的學者，我也無法知道臺灣未來的語言發展會是如何。但是，我很希望藉由「古袄語」的存在來提醒自己，千萬不能忘記自己的語言是什麼。

其實，我一直很好奇，在你的指導中，你對於歌詞的字數調配、韻腳安排，都有明確想法，究竟這些編排如何產生？

邱盛揚：

基本上在創作歌曲的時候，不論手邊的樂器是什麼，我都會保持一邊彈一邊唱的習慣。因為這可以幫助釐清許多事情，像是歌詞的字數與韻腳，對我而言比較是一種語感判斷，也包含了對於那個音符當下情境的發音選擇。所以雖然創作是一種理性活動，但畢竟音樂是關於感覺的，因此在創作時多讓身體與歌曲旋律保持連結和互動，同時再一邊配合每個段落之間的情感流動，就會讓旋律本身的語感以及字數與韻腳的選擇漸漸地明晰起來。不過這種選擇其實也不是絕對的，因此我也儘量保持寬鬆一些的範圍以便可以容納其他可能的組合，或許會更好也說不定。

但話說回來，其實一般比較常見的作法，是作曲者先提供有旋律的簡單demo，然後再交由作詞家去考慮字詞與旋律的咬合問題。不過，由於你是初次嘗試歌曲的作詞，為了在有限的時間內完成，也為了配合雙方製作時程可以順利銜接，所以才會選擇這種特別的合作模式啊。

【第四問：妖幻樂團曲風的形成？】

邱盛揚：

第一首歌〈月相思〉的創作，考量到小說中妖幻樂團雖然經歷過加入現代樂器的形式轉變，但仍保有身為妖怪的意識與風格這點，所以在一開始的設計上，就希望能在開頭多傳達出一些「妖異感」，就像是對人類說：「歡迎來到我們妖怪世界！」的感覺。

〈月相思〉整首樂曲是將它設定為「開場曲」那般揭幕的方向，所以開頭的旋律線，會假想一群鬼魅以較慢的速度同時哼唱出「妖怪異世界感」。後來在編曲時，才逐漸演變成現在是由獨唱型態所呈現的版本，並配合著歌詞，傳達出彷彿召喚妖靈與怨恨的感覺。接著整體的旋律性在間奏樂段時一口氣變得明朗起來，這裡的用意是：妖幻樂團描述月裡怨恨丈夫忘恩負義，卻不經意地回想起過去兩人相處情景，因此心境上有所轉變，才產生最後樂段那樣的情感轉折，以搭配小說中「月裡最終仍以相思樹寄存心意」的新詮釋。

至於第二首歌〈郎君夢〉，與〈月相思〉比較不同之處，在於這是一首描寫人與妖之間戀愛故事的歌曲。因此，我刻意淡化了樂曲中的妖異感，在編曲上更加靠近現代樂器的編制，有點消融妖怪與人類彼此之間距離與差異的意義在。同時，由於這首歌在故事裡的起點，是青兒所演奏的那首代代流傳的樂曲，因此我在創作〈郎君夢〉之前其實還先寫了這一首蛇郎過去與青兒結緣的曲調。這段旋律，我將它藏在前奏哼唱的段落，有點像是金魅伴隨著那段古調旋律哼唱而穿越時空回到蛇郎過去的感覺。

就歌曲整體的情境來說，前半部描述蛇郎與青兒的結緣經過，以及蛇郎對於青兒的深情款款。但由於是從回憶的角度進行，因此這當中隱隱透露了哀傷與思念，並由淡轉而為濃郁的感覺。後半段則呈現蛇郎失去青兒之後的悲痛，注入了更多妖幻樂團以夥伴的角度來詮釋蛇郎君故事的同理面向。

兩首歌曲完成之後也立刻傳給你聽，記得那時收到你的稱讚相當開心，我也很好奇你初次聽到時是什麼感覺呢？

何敬堯：

歌雖由我填詞，但我始終無法想像如何呈現。直到聽到demo，真是嚇了一跳，因為成果實在太厲害了！

聆聽〈月相思〉，彷彿能經歷「周成過臺灣」故事的高低起伏，隨著女主角的心境感受命運的曲折與酸苦，與原版的唸歌藝術呈現截然不同的氛圍。初次聽〈郎君夢〉，我也大感驚訝！我非常喜愛一開頭的哼唱。後來得知，原來在我小說中設定的青兒原版旋律，就是這一段哼唱，我真是非常驚喜。

關於妖怪歌曲的製作流程，除了很好奇你如何進行編曲，也非常好奇你與歌手、樂手如何進行合作，不知道能否分享這些過程呢？

邱盛揚：

先說一下歌手吧！妖幻樂團這兩首歌曲的演唱者羅香菱，其實是透過我一個做廣告配樂的朋友小高才認識她。之前他們曾經合作過電影的插曲，也因此我對她的聲音留有印象。

羅香菱活躍於劇場界與音樂劇領域，她也常接觸各種不同型態演出，所以她的歌聲表現範圍與類型相當廣闊，是一位很能唱的歌手啊。我聽她過去的作品，發現她的聲音很適合我想要的感覺，於是便主動找她來參與這次的配唱。第一次合作〈月相思〉這首歌曲時，進錄音室前，其實還先花了一段時間在練團室排練，與她溝通如何唱與詮釋歌曲會是最好的方式等等。她的個性相當外放活潑，因此合作的時候也相當有趣，非常謝謝她為這次作品帶來好聲音。

除了演唱之外，樂器演奏也是我相當在乎的部分。由於樂曲中有許多傳統樂器表現的地方，所以除了能自己彈的樂器像是電吉他、電貝斯、二弦月琴、鋼琴之外，還邀請了三位傳統樂器的演奏好手來一同參與錄音。

二胡演奏家范庭甄，是我之前合作其他配樂案子時認識的優秀二胡樂手。她除了在世界各地巡迴演出之外，也是「戰嬿樂團」的成員之一，我很信任她的演奏能力。除此之外，由於笛子在〈月相思〉當中擔任了重要的間奏主旋律，在煩惱人選之際，甄甄（范庭甄）也很窩心地替我介紹了笛子演奏家江碩齡，真是太感謝了！她們兩個人時常合作，碩齡也會在臺北圓山大飯店的大廳與其他音樂好手們不定期地合奏樂曲，並且也是鋼琴演奏者，錄音時幾乎可以短時間就掌握到樂曲的情感重點。另外一位溫育良先生，則是來自「新竹青年國樂團」的嗩吶好手，錄音當天他提了一個箱子，裡面放了各種類型的嗩吶，也因此我們在錄音的時候作了許多的嘗試，包括能夠吹各種調性的加鍵嗩吶，盡量去尋求更多音色的可能性。其實我會認識育良，原本是因為「竹塹國樂節」的緣故，但錄音時才知道原來他與甄甄是以前大學時期的同班同學，所以還滿巧的。這三位樂手不止具高水準的演奏技巧及豐富的演出經驗，還有非常謙虛與敬業的態度，也因為我們彼此都是音樂人，在錄音室也都很有話聊，能和這些優秀的歌者樂手們合作既是一件愉快的事，也是我的榮幸。因為有大家的幫忙才能夠順利完成兩首音樂。那麼最後，敬堯你希望這些妖怪故事如何與當代聽眾產生共鳴呢？

何敬堯：

這本小說與我以往的寫作風格截然不同，我做了很多嘗試，想講述各種主題。這些主題包含臺灣妖怪、歌謠傳承、歷史文化、自然環境、語言發展、海島型態的奇幻世界觀的探勘……

我無法百分之百肯定，這些主題都有明確發揮。就像是語言議題無法深入探討，故事中諸多主題，也受限於篇幅、劇情發展，而無法有更多發揮。這些主題被「簡化」之後，是否適當？面對這一個問題，我始終如坐針氈。我很不希望這些議題，只是淪為表面。

但是，魚與熊掌不可兼得。為了讓小說具備最大的通俗能量，寫作過程一定要進行取捨。目前，這本小說最主要的核心目標，就是希望利用這些寫作實驗來「拋磚引玉」。日本妖怪的發展，始終在通俗化、消費主義的潮流中，獲得更多生命力。藉由這一次與音樂家合作的契機，我也更加感受到，不同領域的結合，肯定能綻放繽紛色彩。

與邱老師合作的過程，我非常感激。很感謝小說中的音樂世界，在邱老師的協助之下，更加完整而豐富。期望續集與邱老師合作，也能聆聽到精妙絕倫的樂曲！

附錄二　小說歌曲樂譜

〈月相思〉

作詞：何敬堯
作曲：邱盛揚

月濛濛比 翼離天涯 鯤島隔浪 花 歲幽幽淚 冷醒孤舟 稻江影紛
雜 錦繡衣 新 妾歡 始知相憶 假 鬼毒計
魍 魎心 黯然香魂 殺
屍骸淒淒 古井颯颯 埋沒不知 曉 煉獄火十 殿十八罰 情妖鎖情
牢 無情郎冷 面鐵心腸 轉瞬化凶 煞 貪歡一晌 沉 淪浮華
人言成鬼 話
魔女影 古井 底 負心 不負 相思
話 香絲 百 年 情悠 悠 魂牽 夢 縈 相思 留

〈郎君夢〉

作詞：何敬堯
作曲：邱盛揚

夜月春暖 倩影顧盼
青兒眸 琴韻風采 花辰美景 與子畫黛
執子手 脈脈情懷 嘆相愛 紅顏
墜塵埃 愛別離苦淚滿懷 白首相偕不復在
郎君惘傷哀 陰陽相知不悔愛 青鸞有翼銜
夢歸來 弦歌一舞佳人猶在

小說歌曲製作名單

製作人：邱盛揚
作詞：何敬堯
作曲／編曲：邱盛揚
女主唱：羅香菱
二胡：范庭甄
嗩吶：溫育良
笛子：江碩齡
電吉他／電貝斯／弦樂編寫&所有音源彈奏：邱盛揚
錄音師：彭成意、林尚伯
錄音室：強力錄音室 JL Studio
混音：邱盛揚
母帶處理：Geoffrey Han
特別感謝：張偉峰

致謝辭

感謝各界朋友協助與支持，此書才能完成。

感謝張偉峰先生與他的團隊，同心合力促成此作品誕生，厥功至偉。

感謝邱盛揚老師，他以精湛技藝，創作蕩氣迴腸之歌曲，此書因而餘音不絕。

感謝我的家人，在我不眠不休創作時，始終給予我無條件的支持。

感謝吳俞儂小姐，不只協助校稿，更給予我寶貴建議，協助我跨越創作的難關。

感謝黃子欽老師與氫酸鉀老師的合作，讓書籍封面、整體設計，皆完美呈現。

感謝編輯羅珊珊，盡心竭力讓此書順利出版，一直以來實在感激不盡。更感謝九歌各位出版從業人員的努力，讓此書展現最美好的狀態。

感謝與這部作品有所連結的諸多朋友們，謝謝你們。

這本書，是屬於眾人的作品。

九　歌　文　庫　　1355

妖怪鳴歌錄 Formosa：唱遊曲

國家圖書館出版品預行編目（CIP）資料

妖怪鳴歌錄 Formosa: 唱遊曲 / 何敬堯著 . -- 增訂新版 . --
臺北市 : 九歌出版社有限公司 , 2021.06
面；　公分 . -- (九歌文庫 ; 1355)
ISBN 978-986-450-351-3(平裝)
863.57　　110007681

作　　者——何敬堯
創 辦 人——蔡文甫
發 行 人——蔡澤玉
出　　版——九歌出版社有限公司
台北市 105 八德路 3 段 12 巷 57 弄 40 號
電話／02-25776564・傳真／02-25789205
郵政劃撥／0112295-1

九歌文學網　www.chiuko.com.tw

印　　刷——晨捷印製股份有限公司
法律顧問——龍躍天律師・蕭雄淋律師・董安丹律師
初　　版——2018 年 2 月
增訂新版——2021 年 6 月
定　　價——360 元
書　　號——F1355
I S B N——978-986-450-351-3（平裝）